AURORA

LA LÉGENDE DE L'OISEAU DE FEU

AUZOU

L'édition originale de ce livre a été publiée pour la première fois sous le titre
« Darkwhispers, a Brightstorm adventure » en Grande-Bretagne aux éditions Scholastic.

24-32 rue des Amandiers, 75020 Paris

Correction : Catherine Rigal, Maxime Gillio
Mise en pages : IGS- CP

Loi nº 49-956 du 16 juillet 1949 sur les publications destinées à la jeunesse,
modifiée par la loi nº 2011-525 du 17 mai 2011.
Dépôt légal : septembre 2020
Imprimé en Serbie.
Produit conçu et fabriqué sous système de management de la qualité certifié AFAQ ISO 9001.

VASHTI HARDY

AURORA

LA LÉGENDE DE L'OISEAU DE FEU

Traduit de l'anglais par
Julie Lopez et Olivier Perez

AUZOU

À Tom et Lucy,
jumeaux Brightstorm dans la vraie vie.

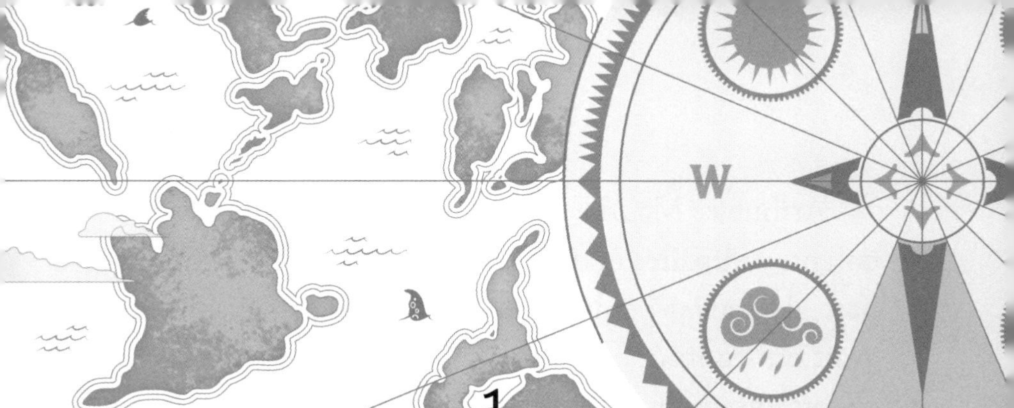

1. UN COUTEAU DANS L'EAU

Au-dessus d'un océan infini, là où les pensées s'évanouissaient comme le soleil couchant, régnait un brouillard épais, aussi gris que l'ombre de la mort. Dans les profondeurs en dessous, nul poisson ne nageait, nulle baleine ne soufflait et le lit de la mer demeurait aussi désolé et silencieux qu'un souvenir perdu.

L'immense nuage se rétractait et se gonflait sans un bruit et, dans l'obscurité d'un noir d'encre, sur une île escarpée, les créatures attendaient. Elles savaient que l'éclair et le grondement du feu-du-ciel allaient venir. Elles le sentaient au picotement de leur peau tannée, et chaque cellule de leur corps percevait la charge électrique qui grossissait.

L'obscurité fut alors brisée par un éclat aveuglant et, en un clin d'œil, elles s'envolèrent.

Arthur et Maudie Brightstorm étaient à la fois des enfants ordinaires et des enfants extraordinaires. D'une part, ils avaient perdu leurs parents et leur maison leur avait été confisquée injustement – cela dit, ils étaient encore ensemble et s'étaient trouvé une nouvelle famille improbable : l'équipage d'un navire volant. D'autre part, à seulement treize ans, ils avaient voyagé jusqu'au point le plus lointain du Grand Large jamais atteint par des humains, la région glaciale de Polaris Sud, poussés par le désir de découvrir la vérité et de réhabiliter leur nom de famille.

Maudie était pragmatique et réfléchie – deux qualités qui faisaient d'elle une jeune ingénieure exceptionnelle – tandis qu'Arthur, bien que studieux et intelligent, était plutôt impétueux, prompt à agir avant de réfléchir. Parfois, les jumeaux se retrouvaient donc dans des situations périlleuses, comme à cet instant précis, où ils filaient furtivement dans les rues de Lontown, à la poursuite d'une grande silhouette qui glissait dans la nuit comme un couteau dans l'eau.

Arthur l'avait aperçu seulement dix minutes plus tôt par la fenêtre de sa chambre, alors qu'il s'absorbait dans la contemplation de la rue de l'Archange, habituellement toujours calme à minuit : l'homme venait du sud et se dirigeait précipitamment vers le nord, regardant autour de lui d'un air nerveux tout en tripotant un petit objet. Trouvant son comportement suspect, Arthur avait décidé de le suivre et de découvrir ce qu'il faisait dehors à une heure aussi tardive. Maudie l'avait accompagné, surtout pour l'empêcher de se montrer trop imprudent.

Leur cible s'arrêta et regarda par-dessus son épaule. Maudie tira Arthur derrière un haut mur.

— Qu'est-ce qu'il mijote ? chuchota-t-elle.

Ils regardèrent la silhouette se tourner vers une élégante maison en pierre blanche, aux fenêtres en voûte et aux piliers parfaitement symétriques, avant d'en gravir les marches en marbre qui luisaient dans la nuit comme de l'os poli.

Arthur plissa les yeux et murmura :

— Qui vit ici ?

— Je ne suis pas un annuaire ambulant, Arty.

— Je réfléchissais à voix haute, c'est tout. Nous sommes dans la rue Montague, alors c'est sans doute quelqu'un d'important.

Leurs muscles se figèrent lorsque l'homme, éclairé par un lampadaire à poix, se retourna de nouveau pour scruter la rue. Ils pressèrent leurs corps contre les briques, le cœur battant la chamade.

— C'était une mauvaise idée, souffla Arthur.

— *Ta* mauvaise idée. C'est toi qui m'as réveillée.

— Je n'ai pas eu de mal à te persuader. Tu avais enfilé tes chaussures avant même que je trouve les miennes !

La silhouette qu'ils poursuivaient était celle de Smethwyck, l'assistant dévoué d'Eudora Vane, l'éminente exploratrice qui avait tué leur père.

Mais ils étaient suffisamment loin et bien cachés dans l'ombre, si bien que Smethwick détourna les yeux et s'affaira avec l'objet qu'il tenait dans la main, jurant lorsque l'une de ses manches s'y accrocha un instant.

— Trop froufroutantes, murmura Arthur.

Maudie réprima un ricanement et tenta de voir de quoi il s'agissait.

— On dirait une sorte de crochet à serrure.

Il y eut un bruit sourd, puis la porte s'ouvrit. Après un bref coup d'œil par-dessus son épaule, Smethwyck disparut à l'intérieur.

— Il est entré par effraction, constata Arthur. Allez, viens, approchons-nous un peu.

Ils traversèrent la rue à toute vitesse pour se cacher derrière une haie de laurier, près de la porte.

Après plusieurs minutes, Smethwyck réapparut avec ce qui ressemblait à un tas de livres. Il ferma doucement la porte, balaya la rue du regard, puis s'éloigna.

Quand il eut pris assez d'avance, Arthur et Maudie sortirent de derrière la haie et le suivirent le long de plusieurs rues jusqu'à ce qu'il s'engage dans l'allée d'une grande maison.

— Viens, chuchota Arthur, on va traverser la pelouse. La lumière est allumée.

Maudie hocha la tête. Il n'y avait qu'un fin croissant de lune ce soir-là, de sorte qu'elle ne craignait pas qu'ils soient vus.

Ils sautèrent par-dessus la clôture ouvragée et coururent en direction de la maison comme deux renards détalant dans la nuit. Ils s'arrêtèrent derrière un rosier volumineux juste à côté des immenses fenêtres, ouvertes par cette nuit tiède. Des rideaux blancs se gonflaient doucement dans la brise. À l'intérieur, des lampes à poix projetaient une lueur orangée sur le gazon.

La pièce était somptueusement décorée avec des miroirs dorés raffinés, des coussins rebondis bleu turquoise et rouge rubis, des moulures dorées et des plantes luxuriantes qui, remarqua Arthur, ne poussaient pas à proximité de Lontown.

— Tu crois que ce lustre est en cristal et diamants? demanda-t-il.

— Oui, et je parie que c'est vraiment de l'or. Tout ce luxe me fait carrément mal aux yeux, Arty.

Un homme qu'ils ne reconnurent pas s'approcha de la cheminée, regarda sa montre de gousset, puis régla la pendule de cheminée. Sur le buffet à côté de lui, même s'il était difficile de les voir distinctement à cette distance, se trouvaient des photographies de plusieurs personnes dans différents lieux: au sommet de montagnes, sur des pics enneigés, dans la jungle, et une, assez horrible, d'un homme tenant la tête d'un animal mort, peut-être un ours de Polaris Nord, supposa Arthur. Quand l'inconnu en eut terminé avec la pendule, il se retourna et resta planté là, plongé dans ses pensées. Le garçon lui trouvait quelque chose de familier, mais il n'arrivait pas à déterminer quoi. Il était âgé, avec un regard perçant et des cheveux blancs coupés court. Les rides de l'âge se concentraient autour de ses yeux et de l'arête de son nez, comme formées par de nombreuses années de calculs méticuleux et savants. Il était impeccablement vêtu d'un costume croisé agrémenté de boutons de manchette en diamant et d'une chemise rose pâle. D'une main, il tenait une canne ornée de pierres précieuses, bien qu'elle ne semblât supporter aucun poids, et son autre main était glissée dans la poche de sa veste, d'où ressortait son pouce. Son menton était légèrement orienté vers le haut. Il suintait l'arrogance.

Soudain, la porte s'ouvrit : Eudora Vane entra dans la pièce avec la force d'une rafale de vent, regarda la pendule et se laissa tomber dans un fauteuil.

Les jumeaux échangèrent un regard mi-exaspéré mi-horrifié quand ils prirent conscience de la ressemblance.

— Ce doit être son père, chuchota Maudie.

— Tu sais ce que ça veut dire, répondit Arthur avant de prendre une grande inspiration. C'est donc notre… grand-père.

Ils n'avaient aucun souvenir de leurs grands-parents. Du côté Brightstorm, leur grand-père était mort de nombreuses années avant leur naissance et leur grand-mère était décédée quand ils étaient très jeunes. Cependant, sur les photographies, ils avaient pu voir que leur grand-père Brightstorm avait le regard bienveillant de leur père, et leur grand-mère son sourire contagieux. De l'autre côté, ils avaient appris récemment qu'Eudora Vane était la sœur de leur mère.

— Comme c'est ennuyeux d'attendre, souffla Eudora.

— Au nom du ciel, cesse de t'avachir, lança son père d'une voix aussi acérée et précise que son apparence.

— Mais il n'y a personne, se plaignit-elle, ce qui ne l'empêcha pas de se redresser.

— Se laisser aller dans son intimité, c'est se laisser aller en société. C'est une pente glissante, surtout à notre époque… comme tu le sais très bien.

Eudora plissa les yeux.

— Tu penses vraiment qu'il était sur une piste? Ces fichues îles Orientales ne sont bonnes que pour une chose, le cubla de Poméranie et… (Elle haussa les épaules.) Les îles Orientales ne servent plus à rien désormais.

Arthur et Maudie échangèrent un coup d'œil. Il était probablement question d'Ermitage Wrigglesworth. Explorateur de renom et auteur de nombreux livres sur l'exploration, Wrigglesworth avait disparu récemment dans les îles Orientales. Ils avaient lu un article à ce propos dans *La Gazette de Lontown* à leur retour de Polaris Sud. L'équipage Coriander, dont les jumeaux faisaient partie, prévoyait de partir à sa recherche la semaine suivante. Il n'y avait pas beaucoup d'argent à gagner, à peine de quoi couvrir leurs frais, mais l'appel de l'aventure était trop irrésistible.

Le père d'Eudora s'avança vers elle.

— J'en suis persuadé. Wrigglesworth ne peut pas s'empêcher de fourrer son nez dans les affaires des autres. C'était le plus agaçant des lèche-bottes à l'Universitas, toujours à fureter et écouter les conversations, griffonnant incessamment dans ses journaux. Il était utile quand on voulait savoir quelque chose, mais s'il n'avait pas été issu d'une grande famille, je l'aurais écrasé comme une mouche – d'ailleurs, je crois l'avoir fait à quelques occasions. (Son regard se perdit dans le vide, comme s'il revivait un souvenir, et un petit sourire apparut sur ses lèvres.) En parlant de mouches…

Des pas résonnèrent bruyamment derrière la porte. Smethwyck entra et les salua tous les deux en inclinant la tête.

— Thaddeus. Eudora.

— Tu as pris ton temps, lança brusquement celle-ci.

— Il y a quelque chose de différent chez Eudora, mais je n'arrive pas à mettre le doigt dessus, dit Arthur dans un murmure.

Smethwyck posa sur la table la pile de livres prise dans la rue Montague. Sans un mot de remerciement,

Eudora et Thaddeus se mirent à les feuilleter avec empressement.

Arthur se pencha vers Maudie et chuchota :

— À en juger par leur conversation, on peut supposer que c'est sans doute dans la maison de Wrigglesworth qu'il s'est introduit par effraction. J'aimerais tant qu'on puisse voir ce qu'il y a dans ces livres.

— Ça doit être intéressant, vu comment le sourire d'Eudora s'élargit à chaque seconde.

Les Vane continuaient de tourner les pages avec enthousiasme et d'échanger des regards entendus et des haussements de sourcils, tandis que Smethwyck restait sur la touche, tel un enfant exclu.

Soudain, Arthur comprit ce qu'il y avait de différent.

— Où est son horrible insecte ? Miptera ?

Maudie plissa les yeux.

— Sans doute parti tyranniser des insectes plus petits que lui.

À ce moment-là, ils entendirent un claquement de mandibules et un furieux battement d'ailes. Les yeux écarquillés, ils baissèrent la tête alors qu'un coup de vent soulevait le rideau et révélait l'énorme insecte argenté posé sur le bord de la fenêtre, qui regardait dans leur direction.

— Nom d'un rouage rouillé… cours, Arty ! siffla Maudie.

Mais avant qu'ils puissent se mettre en mouvement, Miptera battit des ailes avec férocité et fonça vers eux.

Les jumeaux se baissèrent, et l'insecte les manqua et acheva sa trajectoire dans le rosier. Ils se relevèrent d'un bond et détalèrent sur la pelouse, s'éloignant de la maison. Comme ils n'entendaient pas l'insecte derrière eux, ils reprirent leur respiration derrière un arbre pendant un moment, puis risquèrent un coup d'œil en arrière. Juste à ce moment-là, Miptera fusa à travers la fenêtre ouverte et s'y cogna dans son empressement, provoquant comme un tintement de verre frappé par une cuillère en métal. Elle se dirigea fiévreusement vers Eudora, mais avant de pouvoir l'atteindre, elle fut chassée par la main leste de Thaddeus Vane.

— Tu ne pourrais pas te trouver un lucide[1] digne de ce nom ? Cette créature est une honte.

---

1. Les lucides sont des animaux à l'intelligence élevée, qui comprennent les humains mais ne peuvent pas communiquer en retour avec eux autrement que de manière simple. Ils sont rares et très fidèles à leur maître.

Eudora tressaillit, mais elle ne fit pas mine de s'emparer de Miptera. Elle se leva et posa les yeux sur le jardin.

— Quelque chose l'a perturbée.

Les jumeaux retinrent leur souffle, comme si cela pouvait les rendre invisibles. Mais Thaddeus appela brusquement Eudora d'une voix excitée, le doigt pointé sur l'un des livres, et elle se hâta de le rejoindre, obéissante.

Arthur et Maudie saisirent leur chance et filèrent dans la nuit.

Sur le pas de la porte du 4, rue de l'Archange, Welby détailla Arthur et Maudie, sortit sa montre de la poche de sa robe de chambre, fit un bruit désapprobateur et haussa ses gros sourcils en forme de V.

— On… on sortait les poubelles… ? suggéra Arthur.

Maudie retroussa les lèvres pour retenir ce qui menaçait de se transformer en sourire devant l'excuse minable d'Arthur.

Les sourcils de Welby se soulevèrent d'un centimètre supplémentaire.

— Comme c'est gentil de votre part. On devrait peut-être vous confier cette tâche à partir de maintenant, si cela vous plaît autant ?

— En fait, Parthena voulait une promenade de minuit, réessaya Arthur.

Parthena était leur faucon lucide, une créature extrêmement intelligente du Grand Large.

Welby bâilla de manière exagérée.

— Parthena est dans la salle à manger avec Queenie. Quoi d'autre ?

Taquiner Welby était devenu l'une des occupations favorites d'Arthur depuis qu'il avait emménagé au 4, rue de l'Archange. Mais avant qu'il puisse tenter une autre excuse idiote, Maudie l'entraîna dans l'escalier.

— On est désolés de rentrer aussi tard. On ferait mieux d'aller au lit.

Welby secoua la tête et repartit d'un pas traînant vers sa chambre au rez-de-chaussée.

— Vous vous expliquerez avec Harriet demain matin, dans ce cas, lança-t-il par-dessus son épaule.

À l'étage, Maudie dit :

— Tu ne devrais pas trop plaisanter, Arty ! Souviens-toi, il connaît des techniques redoutables !

Ils sourirent. C'était vrai. Ils avaient été complètement ébahis dans les dunes près de la Citadelle, lors de leur expédition vers le sud. Ils étaient tombés dans une embuscade et Welby avait déployé à cette occasion un bel étalage de mouvements d'arts martiaux.

— Il suivait sans doute des cours dans je ne sais quelle école chic des Beaux Quartiers qu'il fréquentait. Peut-être qu'il avait un professeur privé d'autodéfense, ajouta Arthur avec l'accent snob de Welby, tout en réalisant plusieurs attaques improvisées du tranchant de la main.

Il aimait bien celui-ci, mais il avait parfois trop tendance à les juger. À vrai dire, maintenant qu'il y pensait, c'était plutôt Arthur qu'il avait tendance à juger, pas Maudie. Welby aimait l'ingéniosité, et Maudie avait toujours un outil à la main, tandis qu'Arthur affichait souvent ce que le vieil homme décrivait comme un « regard vide ».

Ils rirent et s'assirent sur leurs lits.

— Il prend sans doute encore des leçons d'arts martiaux. Il sort tous les matins depuis qu'on est rentrés d'expédition. Je parie que c'est là qu'il va, dit Arthur en se laissant tomber sur son oreiller. Au moins, on sait dans quelle maison Smethwyck s'est introduit. Je me demande ce qu'il y avait dans ces livres…

— Avant que tu le suggères, je te préviens que je n'ai pas envie d'y retourner pour le découvrir. Thaddeus Vane n'avait pas l'air particulièrement accueillant, dit

Maudie en fronçant le nez. En fait, j'ai un peu de peine pour Miptera.

— De la peine pour la créature qui a provoqué notre crash dans la Forêt Éternelle ?

— Bon… peut-être pas à ce point. J'entends encore le bois qui se brise…

Elle frémit.

— On verra bien ce qu'en pense Harriet demain matin.

2.

L'ARMADA

Au petit déjeuner, Felicity Wiggety – la cuisinière de l'*Aurora* et la personne qui défendrait toujours les jumeaux avec sa cuillère porte-bonheur et sa propre vie – entra dans la pièce, ses cheveux bruns hirsutes réunis dans un chignon lâche, sa grande cuillère en argent accrochée à un tablier qui recouvrait à peine sa jupe volumineuse. Ses grands pieds étaient nus, comme elle les préférait à la maison, en l'absence de modèles de chaussures à sa taille et à son goût. Elle sourit à Arthur et Maudie et posa sur la table une généreuse assiette de toasts beurrés.

— Vous vous levez tard ce matin, les jumeaux. Vous avez encore brûlé la chandelle par les deux bouts dans la bibliothèque, hier soir ?

Welby toussa bruyamment.

Après avoir jeté un petit coup d'œil par-dessus l'édition matinale de *La Gazette de Lontown* pour jauger la situation, Harriet reprit sa lecture.

— C'est fatigant de préparer une expédition, se défendit Arthur. Et Maudie travaille comme une folle sur les modifications de l'étage supérieur et… sur des trucs.

— Des *trucs*? s'indigna sa sœur en rattachant le ruban dans ses cheveux. C'est de l'ingénierie complexe.

Harriet sourit.

— Pas aussi complexe que cartographier les îles Orientales, répliqua Arthur.

— Ni aussi intéressant que les excursions nocturnes dans Lontown, ajouta Welby d'une voix forte.

Mais, absorbée dans son journal, leur capitaine ne parut pas l'entendre.

Maudie échangea un regard avec son frère et se pencha vers lui pour chuchoter:

— On devrait le lui dire avant qu'il ne le fasse.

Arthur étala une grosse cuillerée de confiture sur son toast et hocha la tête même si, pour lui, ce n'était pas le bon moment.

Felicity leur servit du thé.

— Cette confiture est une recette de mon oncle Elbert. Je n'ai jamais ressenti un tel picotement dans mes orteils que le jour où je l'ai goûtée pour la première fois!

Arthur en prit une bouchée et sourit. Felicity avait presque tous les jours un picotement dans les orteils à propos de quelque chose, et elle se trompait rarement. La confiture était aussi suave qu'un jour d'été et n'avait le goût d'aucun fruit rouge dont il se souvienne.

— C'est délicieux. Elle est faite avec quoi?

— Des baies d'Elbert.

— Bien sûr, ricana-t-il entre deux bouchées.

— C'est aussi exact que les carillons de l'horloge de la Société Géographique. Il s'agit d'un mélange entre une mûre sauvage et une framboise. Oncle Elbert a fusionné les deux, et voilà! C'est un génie de la fusion gustative.

— Il y a un article sur nous dans *La Gazette*, annonça soudain Harriet.

Tous se turent et la regardèrent.

— Qu'est-ce qu'il dit? demanda Maudie.

La capitaine toussota et se mit à lire:

«La jeune et intrépide exploratrice Harriet Coriander, audacieuse capitaine du navire volant l'*Aurora*, devenu le troisième à atteindre Polaris Sud…

Arthur remarqua que ses joues rosissaient un peu.

… est parvenue à convaincre la Société Géographique de reconnaître dès aujourd'hui les noms officiels des continents dans tous ses documents, publications, cartes et correspondances. Les masses de terre habituellement connues sous le nom de Premier, Deuxième et Troisième Continents seront désormais officiellement et systématiquement référencées sous l'appellation Vornatania, Nadvaaryn et le Continent de Glace, respectivement. »

Welby lui donna une tape sur l'épaule.

— Excellent travail, Harrie.

Elle sourit.

— C'est un petit changement, mais une énorme avancée. Même l'expression îles Orientales est problématique : orientales pour qui ?

— Comment les appellent les gens qui vivent là-bas ? demanda Arthur.

— Il y a de nombreuses langues dans cette région, mais les habitants des îles les appellent Stella Oceanus dans leur langue commune, ce qui signifie « les étoiles de la mer ».

Arthur trouvait ce nom beaucoup plus poétique.

— Néanmoins, je suis contente que la Société Géographique ait au moins accepté le changement de nom des continents ; c'est un grand pas pour elle.

— J'imagine qu'il y a eu des résistances de la part de certaines familles, non ? s'enquit Felicity.

Arthur en connaissait une en particulier qui ne devait pas apprécier ce changement. Une famille qui s'estimait au-dessus de tout.

— Je parie que les Vane ont tenté d'empêcher ça, maugréa Maudie d'un ton renfrogné.

— En effet, confirma Harriet.

— Il est bon de voir que tu as acquis de l'influence après tes derniers succès, ajouta Welby.

— Mais c'est dommage pour le Continent de Glace, intervint Arthur en grimaçant. Ce n'est pas génial, comme nom. Je parie que les loups télépathes en ont un bien meilleur.

Son cœur s'enflammait au souvenir des merveilleuses créatures rencontrées lors de leur expédition. Elles pouvaient communiquer directement par la pensée. Tuyok, leur chef de meute, était devenu un véritable ami, et il manquait beaucoup à Arthur, comme s'il avait perdu une partie de lui-même qui resterait à jamais sur ce continent gelé, avec les loups… et son père.

Maudie le regarda, et il vit qu'elle ressentait la même chose.

L'attention de Harriet avait été captée par un autre article dans le journal, qui semblait la préoccuper et les jumeaux s'en rendirent compte.

— Que se passe-t-il ? demandèrent-ils à l'unisson.

Harriet leva la main un instant, finit de lire, puis plia *La Gazette de Lontown* et la posa sur la table.

— Il y a une réunion à la Société Géographique cet après-midi à trois carillons. Toutes les familles d'explorateurs reconnues sont invitées à y participer. Apparemment, un sujet de la plus haute importance y sera discuté.

— Qu'est-ce qu'ils disent d'autre ? demanda Arthur.

— Pas grand-chose.

— On va y aller ? l'interrogea Maudie.

— Bien sûr qu'on va y aller, répondit son frère avec enthousiasme, avant de regarder Harriet. N'est-ce pas ?

— On est censés partir pour les îles Orien… je veux dire pour les Stella Oceanus dans moins de deux semaines, dit Maudie, et on doit encore connecter la valve du transformateur, restaurer le mécanisme du toit et nettoyer les pompes des ballons, sans parler de mon nouveau projet.

— Arrête, Maud, tu me donnes envie de retourner me coucher.

Elle lui poussa le bras d'un air taquin. Harriet sourit.

— Nous sommes parfaitement dans les temps. Le reste de l'équipage arrivera dans deux jours pour nous aider à apporter les touches finales. Welby, si Felicity et toi pouvez rester ici afin de continuer les préparatifs pour leur arrivée, nous vous ferons un rapport à notre retour de la Société Géographique.

— Certainement, même si je dois d'abord sortir faire une course, répondit le vieil homme.

Arthur jeta un coup d'œil à Maudie et fit un discret mouvement d'art martial de la main.

— As-tu fini de rassembler toutes les cartes, Arthur ? demanda Welby.

— J'y suis presque.

— Pff! J'ai pris la liberté de vérifier, et tu as encore beaucoup de travail.

Le garçon rougit sous ses taches de rousseur.

— Si tu imagines avoir ne serait-ce qu'effleuré le sujet avec les quelques cartes que tu as compilées…

Les Stella Oceanus se comptent par centaines et sont éparpillées comme un seau de graines de Parthena.

Celle-ci entra dans la pièce en fendant l'air, se posa à côté d'Arthur et regarda Welby avec une perplexité évidente, même pour un faucon. Le garçon lui caressa la tête.

— Ne t'en fais pas, il sait que tu n'aimes pas les graines pour oiseaux, Parthena.

Queenie, l'énorme chatte lucide aux poils soyeux assise sur les genoux de Harriet, miaula doucement de sous la table, comme pour dire « moi non plus ».

— Tu n'as consulté que deux ou trois des cartes les plus communes, au maximum.

— Je suis minutieux, rétorqua Arthur avant de se tourner vers Harriet. Bon, c'est vraiment tout ce qu'ils disent sur cette réunion ?

— Il y a bien autre chose… ils disent que c'est Eudora Vane qui la présidera.

Queenie sortit la tête de sous la table, et Parthena déplia ses ailes et hérissa ses plumes. Maudie et Arthur se regardèrent.

— Harrie, hier soir, nous avons suivi Smethwyck, annonça Maudie.

Harriet fronça les sourcils.

— Pourquoi donc ?

— Je n'arrivais pas à dormir…, commença Arthur.

— Comme toujours, ajouta Maudie.

— … et j'étais à la fenêtre pour voir si Parthena voulait un vol de nuit, quand je l'ai vu marcher dans la rue d'un air louche. Alors, on l'a suivi.

— Je suppose que ça ne sert à rien que je dise que vous auriez pu me prévenir ?

— Désolé, mais le temps qu'on te prévienne, il aurait disparu. Bref, il est entré par effraction dans une maison, puis il est allé chez les Vane et leur a donné des livres qu'il y avait dérobés.

— Vous êtes allés chez les Vane ? articula lentement Harriet, comme pour mieux digérer cette information.

— On n'est pas entrés.

— On s'est juste approchés de la fenêtre, confirma Maudie.

— Mais s'ils vous avaient vus ? lança l'exploratrice en secouant la tête. Dans quelle maison s'est-il introduit ?

— Euh…

Arthur regarda Maudie, qui haussa les épaules.

— On a oublié de regarder le numéro, mais on est presque sûrs que c'était celle d'Ermitage Wrigglesworth.

— Tu penses que cette réunion pourrait avoir un rapport avec ce qu'ils ont découvert ? demanda le garçon.

Harriet réfléchit un instant.

— J'en suis quasi sûre, mais tous les explorateurs doivent consigner leurs projets détaillés auprès de la Société Géographique avant de partir, et tout le monde a accès à ceux de Wrigglesworth. Ils sont disponibles à quiconque en fait la demande. Eudora doit croire qu'il n'a pas révélé à la Société Géographique tout ce qu'il projetait de faire. (Elle tapota le journal.) En tout cas, une chose est sûre : si Eudora Vane est impliquée, il va forcément y avoir du grabuge.

Maudie, Arthur et Harriet tournèrent au coin de la Société Géographique de Lontown au moment où retentissait le premier des trois carillons de la tour de guet. La place débordait de personnes se dirigeant vers le bâtiment. Arthur sentit un frisson glacé le traverser lorsqu'il se remémora la première fois où ils étaient venus ici et où on leur avait rapporté un mensonge sur ce qui était arrivé à leur père à Polaris Sud – on l'avait accusé à tort d'avoir dérobé le carburant d'un navire volant rival. On leur avait raconté que leur père et son équipage avaient péri à cause de créatures soi-disant cruelles, qui s'étaient avérées être les pacifiques loups télépathes, alors qu'en réalité, c'était Eudora Vane qui avait orchestré tout ça. En effet, elle détestait leur père parce qu'il avait épousé sa sœur. À ses yeux, il était impensable qu'un explorateur non issu du sérail puisse épouser une femme issue d'une famille d'explorateurs ancienne et respectée.

Maudie lui décocha un regard.

— Est-ce que ça va ?

— Je me souvenais juste, tu sais…

— Je sais.

— Grattons de scarapion, deux pour un souverain ! s'écria quelqu'un.

Maudie et Arthur se tournèrent vers l'endroit d'où provenait cette voix, un étal sur la place.

— Je n'y crois pas ! souffla le garçon.

C'était M. Beggins, le mari du couple ignoble qui avait acheté les jumeaux à leur gouvernante, Mme Poacher, après la mort de leur père. Le couple les avait emmenés vivre dans les Bas-Fonds de Lontown, dans une chambre pleine de trous sous les combles, avec un matelas détrempé et presque rien à manger, jusqu'à ce que les jumeaux réussissent à s'enfuir et à rejoindre l'équipage Coriander. M. Beggins se tenait derrière une charrette à bras. Il passa la main dans ses cheveux gras, puis remarqua Harriet et les jumeaux.

— Hé ! Vous nous devez de l'argent pour ces deux petits ingrats ! lança-t-il en se dirigeant vers eux d'un air furieux.

Harriet leva les mains pour retenir Arthur et Maudie.

— Laissez-le-moi. Monsieur Beggins, comme c'est intéressant de faire votre connaissance en bonne et due forme. J'espérais que la vision de la cuillère porte-bonheur de Felicity vous mettant K-O serait la dernière que j'aurais de vous, mais hélas, vous voilà.

Le visage de l'homme vira au cramoisi, tant sous l'effet de la honte que de la fureur. Il ouvrit la bouche, mais l'attitude calme et déterminée de Harriet ainsi que son assurance absolue étaient impressionnantes, et, bien qu'ils fassent tous les deux exactement la même taille, elle semblait le dominer.

— Je détesterais penser que vous travaillez ici sans article 561.

— Je… eh bien… bien sûr…, bafouilla-t-il.

— Est-ce passible de deux ou de trois ans d'emprisonnement, Arthur ? Arthur est très au fait des lois de Lontown, ces derniers temps. Que me disais-tu sur la loi au sujet de ceux qui achètent des enfants, puis les obligent à cuisiner et faire le ménage sans un souverain en compensation, tout en les faisant dormir dans des pièces répugnantes avec des trous dans le toit et sans nourriture ?

Elle s'exprimait d'un air gai et dégagé, mais ses sous-entendus étaient aussi clairs que le ciel de Lontown cet après-midi-là.

— Nous avons accueilli ces gamins ingrats par bonté…

Harriet se contenta de lever un doigt pour le faire taire.

— Ah oui, c'est ça. Vingt ans d'emprisonnement : largement de quoi réfléchir à ses actes. (Elle se pencha vers lui.) Il paraît qu'un rat lucide extrêmement bouleversé par la cruauté s'est donné pour mission de tourmenter les condamnés de ces crimes. Il vole la quantité dérisoire de nourriture que reçoivent les prisonniers et, juste quand ils essaient de dormir, le voilà, rapide comme l'éclair, qui leur grignote les oreilles, les orteils, les…

M. Beggins avait viré au vert. Harriet rit gaiement.

— Je crois qu'un 561 est le cadet de vos soucis, monsieur Beggins. Vos grattons de scarapion vieux de trois jours ne risquent pas de passer les tests d'hygiène de Lontown. (Elle plissa les yeux et murmura :) Ne proviennent-ils pas de braconnage illégal ? (Elle lui donna une claque sur l'épaule.) Enfin, je suis sûre que vous contrôlez la situation. Quoique, ne venons-nous pas de dépasser la police il y a quelques instants seulement dans le passage Langley ?

Elle frissonna et ajouta :

— Allez, les jumeaux. Assez de rats pour la journée.

Laissant M. Beggins se hâter d'aller ranger son étal en regardant tout autour de lui d'un air paniqué, les jumeaux suivirent Harriet sur les marches en pierre de la Société Géographique de Lontown, un grand sourire aux lèvres, passèrent la porte sculptée et entrèrent dans le hall grandiose. Cette fois encore, Arthur eut le souffle coupé devant les piliers majestueux, les cartes dans leurs cadres dorés, et les statues des grands explorateurs.

Ils poussèrent la double porte qui menait dans l'auditorium. C'était une vaste pièce située sous l'énorme dôme emblématique de Lontown. Le plafond était orné de motifs dorés raffinés qui culminaient tous au sommet du dôme, où était peinte une énorme boussole en forme de soleil flamboyant. Des lustres pendaient aux plafonds extérieurs, entre les piliers, et un demi-cercle de fauteuils en velours rouge pointait vers une grande estrade. Nombre des familles d'explorateurs de Lontown étaient déjà là – Arthur reconnut Azalea et

Dryden Bestwick-Ford, Rumpole Blarthington, Evelyn Acquafreeda, l'exploratrice des mers, Samuel Fontaine, Eldrid Nithercott et sa fille aînée Beatrice, qui devait se préparer à devenir capitaine de leur navire volant, la grande Hilda Hilbury avec son chapeau pot de fleurs à rubans, et d'autres encore.

Harriet, Arthur et Maudie s'assirent à l'arrière.

— On peut tout voir d'ici, murmura Harriet. Parfois, un minuscule hochement de tête ou un regard entre les familles d'explorateurs peut s'avérer très révélateur.

Les officiels de la Société Géographique étaient assis sur scène, y compris Mme Gainsford avec son hermine lucide posée sur ses épaules tel un col en fourrure. Mais elle ne se trouvait pas à son siège central habituel, occupé cette fois-ci par Eudora Vane. Comme toujours, celle-ci était vêtue de rose pâle des pieds à la tête, et Miptera se tenait sur sa veste, ressemblant à s'y méprendre à un bijou. Bien que la beauté extérieure d'Eudora soit indéniable, Arthur et Maudie ne connaissaient que trop bien le cœur noir qu'elle dissimulait.

Mme Gainsford abattit son marteau, puis se leva.

— Estimée Société, vous savez tous que l'un des nôtres, l'éminent explorateur et auteur de nombreux comptes rendus d'expéditions, Ermitage Wrigglesworth, a disparu dans les îles Orientales. Nous avons été informés aux premiers carillons par Mme Vane qu'elle avait reçu des informations de la part de sources à l'est selon lesquelles il pourrait être en danger. Nous ne savons pas exactement où.

Arthur se pencha vers Maudie.

— Des sources à l'est ? N'importe quoi !

— Madame, peut-être pourriez-vous présenter votre proposition aux estimées familles ?

Eudora se leva et prit la parole de la voix douce et mielleuse de celle qui ne ferait pas de mal à une mouche.

— Les nouvelles que j'ai reçues tard hier soir suggèrent qu'il pourrait être en danger. Nous possédons peu de détails… mais j'ai une proposition. (Elle sourit.) Comme nous le savons tous, ces îles se comptent par milliers, et il serait vain de croire qu'un seul navire puisse toutes les parcourir.

Elle passa l'audience en revue et s'arrêta quand elle arriva au niveau de Harriet. Nul n'ignorait que celle-ci comptait partir à la recherche de l'explorateur la semaine suivante.

— Ce serait d'ailleurs assez présomptueux.

— Comment ose-t-elle ? siffla Maudie.

Harriet posa doucement la main sur son bras.

— Ne réagis pas.

Elle soutint le regard d'Eudora sans que son expression change le moins du monde. Celle-ci se mit à marcher de long en large sur la scène.

— Je propose qu'une armada d'explorateurs du Premier Continent parte à l'est à sa recherche.

Mme Gainsford toussota et tapa doucement du marteau sur la table.

— Veuillez utiliser le nom correct des continents, je vous prie, madame Vane.

Maudie se pencha vers Arthur et chuchota :

— Qu'est-ce qu'elle manigance ? Une armada ?

Eudora adressa un faible sourire à Mme Gainsford et poursuivit :

— Une armada d'explorateurs *vornataniens* devrait partir à l'est. Nous avons récemment perdu un explorateur à cause d'une erreur tragique, la faute d'un cuisinier. Nous n'en perdrons pas un autre !

Arthur et Maudie se regardèrent, bouche bée.

— Une erreur tragique ? répéta celle-ci en secouant la tête.

— Elle ne manque pas d'air ! lança son frère.

Ils connaissaient la vérité : Eudora avait elle-même orchestré l'empoisonnement de l'équipage de leur père. Mais ils n'avaient pas de preuves, et son statut à Lontown lui avait permis de s'en tirer à bon compte.

Dans la pièce, de nombreux explorateurs acquiescèrent aux propos d'Eudora.

— Nous devons faire vite pour notre cher Ermitage. Nous partirons vendredi.

Elle inclina la tête en direction de Mme Gainsford, qui prit alors la parole.

— Au nom du comité de la Société Géographique, j'ai le plaisir de vous informer que la récompense a été majorée à cent mille souverains pour que toutes les familles participantes puissent partager les fonds. Les chefs des familles souhaitant se joindre à l'Armada de Lontown pourraient-ils rester un peu plus ? Vous avez beaucoup de préparatifs à prévoir.

Des bruits de pas se firent entendre tandis que de nombreux membres du public commençaient à quitter la pièce.

Maudie se leva.

— Venez, fichons le camp d'ici.

— Carrément ! répondit Arthur en l'imitant d'un bond. On n'a pas de temps à perdre si on veut arriver avant Eudora et les autres, et… Harrie, pourquoi tu ne bouges pas ?

Celle-ci semblait pensive

— Je veux en savoir plus. D'abord, pourquoi veut-elle à ce point trouver Ermitage Wrigglesworth ? Ce n'est sûrement pas une mission de sauvetage qu'elle a en tête.

— La récompense ? suggéra Arthur.

Harriet secoua la tête.

— Elle a plus de souverains qu'elle n'en pourrait désirer. Le meilleur moyen de découvrir ce qu'elle mijote, c'est de rester près d'elle. Ce qui veut dire jouer le jeu et participer à son projet, pour l'instant.

La salle se vidait, à l'exception d'une dizaine d'explorateurs qui se dirigeaient vers la scène pour rejoindre Eudora.

— On ferait mieux d'y aller, dit Maudie en tirant Arthur par le bras.

— Attendez un moment, intervint Harriet en sortant un stylo de sa ceinture pour griffonner une adresse. Je veux que vous vous rendiez là. Demandez Octavie et dites que c'est moi qui vous envoie. J'aimerais que vous découvriez…

— Seuls les chefs de famille doivent rester! beugla quelqu'un depuis la scène, de toute évidence à leur intention.

— Filez. On se racontera tout à notre retour.

Arthur prit le bout de papier. Il y était écrit:

18A rue Montague

3.
OCTAVIE

Lorsqu'Arthur et Maudie arrivèrent dans la rue Montague, ils se rendirent compte que l'endroit où les avait envoyés Harriet se trouvait juste en face de la maison dans laquelle Smethwyck s'était introduit la veille.

— Comme c'est étrange, commenta Maudie alors qu'ils gravissaient les marches.

— Je me demande ce qu'on est censés trouver là, dit Arthur en frappant à la porte.

Une femme aux cheveux courts, ondulés et grisonnants ouvrit la porte. Elle avait un sourire tranquille, curieux, des yeux déterminés et un visage juvénile malgré ses rides. Ses manches blanches étaient retroussées et elle tenait une petite pièce de machinerie dans une main.

— C'est une pompe à injection ? demanda Maudie.

La femme sourit.

— Quelle manière intéressante de se présenter !

— Désolée. Nous cherchons Octavie. Nous sommes…

— Les jumeaux Brightstorm. Vous êtes plutôt célèbres à Lontown, et le sujet de bien des commérages derrière les portes closes des explorateurs. Je suis Octavie. Entrez.

— Je crains que nous ne sachions pas exactement pourquoi Harriet, Harriet Coriander, notre…

Arthur se rendit compte qu'il ne savait pas comment la définir. Leur capitaine ? Leur amie ? Leur espèce de parent de substitution ? Il se contenta donc de dire :

— … pourquoi elle nous a envoyés. Elle n'a pas eu le temps de nous en expliquer la raison.

Octavie les devança à l'intérieur.

— Eh bien, vous êtes au bon endroit. Venez dans mon bureau. J'ai une théière pleine et j'ai préparé un délicieux cake aux fruits épicé ce matin.

Ils la suivirent dans une pièce vivement éclairée, remplie de livres, d'étranges mécanismes et d'outils. Elle posa la pièce qu'elle tenait encore sur une table et les regarda, avec dans les yeux une étincelle qu'Arthur et Maudie trouvaient familière, même si c'était la première fois qu'ils voyaient cette femme. Elle mit les mains dans les poches de son pantalon, qui était large aux genoux et plus étroit aux chevilles, exactement comme…

— Harriet, lâchèrent-ils en même temps.

— On veut dire que vous devez être de sa famille, expliqua Maudie. Non ?

La femme hocha la tête et tourna son poignet pour leur montrer le tatouage d'oiseaux des Coriander. Chaque famille d'explorateurs arborait fièrement sa marque : celle des Coriander représentait deux hirondelles en plein vol. Au retour de leur expédition à Polaris Sud, Arthur et Maudie s'étaient fait tatouer sur le bras le papillon de nuit Brightstorm, une espèce rare, hautement résistante, rouge et or, que leur père avait découverte dans les îles Volcaniques du Nord.

— Je suis la grand-tante de Harriet, la sœur de feu son grand-père. Je suis très contente de faire enfin votre connaissance.

Elle serra la main de Maudie, puis marqua une pause et changea de main pour serrer celle d'Arthur.

Arthur aurait juré avoir déjà entendu Harriet mentionner sa grand-tante à un moment donné… et cela lui revint. Il était à la Dernière Station avec Harriet quand il avait découvert les écritures secrètes dans le journal de Wrigglesworth, révélées par du jus de citron, et, au cours de leur conversation, Harriet avait dit que sa grand-tante l'avait bien connu.

— Vous étiez une bonne amie d'Ermitage Wrigglesworth ! s'exclama-t-il.

— Ah, le thé, j'ai failli oublier.

Elle s'approcha d'une petite table où une théière était posée sur un support, au-dessus d'une mince flamme vacillante. Surprenant le regard de Maudie, elle ajouta :

— Les choses les plus simples sont souvent les plus efficaces.

Quand elle souleva la théière, Arthur vit qu'elle avait d'autres tatouages au-dessus des hirondelles Coriander. Des triangles... Sa manche les recouvrit quand elle reposa l'objet.

Octavie s'assit et joignit les mains.

— Je suis navrée de ne pas être venue vous saluer. Harriet est passée me voir, bien sûr, mais je sais à quel point vous êtes occupés par la reconstruction depuis votre retour, et je ne voulais pas vous déranger.

— Donc c'est bien ça, vous connaissez Ermitage Wrigglesworth, l'explorateur disparu ? insista Arthur. C'est ce qu'a dit Harriet.

— En effet.

Elle sirota son thé et les observa avec ce regard pétillant typique des Coriander, qui laissait entendre qu'ils ne lui soutireraient pas facilement des informations.

— Vous devez vous faire beaucoup de souci pour lui, dit Maudie.

Octavie fronça légèrement les sourcils.

— Depuis combien de temps a-t-il disparu ?

— Plus d'un an.

Elle haussa les épaules.

— Mes chers, j'étais amie avec lui il y a terriblement longtemps. On pourrait dire que nous nous sommes éloignés.

— Mais vous vivez dans la même rue ?

— Oui, c'est un fait, répondit-elle en souriant. Alors comme ça, la grande Mme Vane mène une armada de Lontoniens pour le retrouver ?

Arthur se demanda comment elle le savait, puisque cela venait tout juste d'être annoncé.

— Rumeurs et bouche-à-oreille, dit-elle en lui faisant un clin d'œil, comme si elle avait lu dans ses pensées. J'aime me tenir informée. Et Harriet se demandait si je pouvais vous apprendre autre chose ?

Ils hochèrent la tête.

— Nous sommes quasi sûrs que quelqu'un est entré par effraction dans la maison d'Ermitage Wrigglesworth hier soir et que quelque chose a été volé, expliqua Arthur. Quelque chose qui pourrait nous aider à savoir ce que l'explorateur cherchait.

Elle se laissa aller dans son fauteuil.

— Je crains n'avoir aucune idée de ce dont il pourrait s'agir. Ermitage Wrigglesworth est du genre obsessionnel, curieux. Il veut tout savoir sur tout le monde. C'est pour ça qu'il a écrit autant de livres sur les familles d'explorateurs : leur histoire, où elles sont allées, ce qu'elles ont fait, ce qui les passionnait. Mais pour lui… Eh bien, disons simplement qu'il a toujours eu l'impression que quelque chose manquait à l'appel. L'Orient exerçait une grande fascination sur lui. C'est un endroit où l'on peut se perdre dans la spirale de la découverte. Il y a des centaines d'îles. Personnellement, je ne suis pas sûre qu'il souhaite qu'on le retrouve. C'est un très vieil homme qui a vécu pour l'exploration et qui veut probablement passer la dernière partie de sa vie en paix sur une île exotique. L'Armada va dépenser beaucoup de temps et d'argent à sa recherche, et reviendra probablement bredouille.

Arthur comprenait cette envie de s'échapper, de fuir le passé. Lui aussi avait parfois ressenti ça depuis la mort de leur père.

— Ils feraient mieux d'investir leurs souverains dans d'autres aventures, conclut Octavie.

Maudie toussota.

— Excusez-moi, mais Eudora Vane n'est pas du genre à perdre son temps dans un projet qui ne lui serait pas profitable, financièrement ou sous un autre aspect. Généralement sous un autre aspect.

— Elle serait certainement tenue en haute estime si c'était elle qui le retrouvait, et même si c'était un autre navire volant de l'Armada, on la considérerait comme une héroïne parce que c'est elle qui dirige ce projet. C'est plutôt malin, en réalité.

— Oui… mais…

Octavie eut un sourire ironique.

— Mais ce n'est pas assez pour une Vane ?

— Pour elle, les louanges ne suffisent pas, dit Arthur. Peut-être que M. Wrigglesworth cherchait quelque chose de bien précis dans les îles Orientales, quelque chose de nouveau à exploiter, par exemple ? De nouvelles mines de poix ?

Peut-être qu'Octavie avait raison et qu'il avait simplement décidé de vivre ses derniers jours là-bas sans être dérangé. Et pourtant, Arthur n'arrivait pas à se débarrasser du sentiment que quelque chose ne collait pas.

— Prenez du cake aux fruits, dit Octavie en désignant le gâteau sur la table.

Arthur regarda de nouveau les symboles au-dessus du tatouage de sa famille : des triangles, mais tous légèrement différents, et… elle joignit doucement les mains et ils furent dissimulés à nouveau.

Maudie prit une part de gâteau, mais Arthur expliqua qu'il était allergique aux œufs. Octavie ouvrit une boîte décorative sur laquelle étaient peintes de grandes feuilles et lui offrit un sablé à la place.

— Que doit-on dire à Harriet ? demanda Maudie.

— Dites-lui de ne pas perdre son temps avec cette armada. Ils reviendront probablement dans six cycles de lune, tous plus pauvres qu'avant.

— Êtes-vous sûre qu'il n'a jamais mentionné quelque chose qu'il pourrait chercher là-bas, même il y a très longtemps ? Des pierres précieuses, peut-être ? De l'or ?

Octavie secoua la tête.

— Je crains que non.

Elle semblait un peu trop sûre d'elle, et Arthur ne pouvait s'empêcher de soupçonner qu'elle ne leur disait pas tout.

— Maintenant, parlez-moi de Polaris Sud, dit-elle, détournant habilement la conversation d'Ermitage Wrigglesworth.

Après les avoir longuement questionnés à propos de leur dernière expédition, elle les interrogea sur les améliorations qu'ils apportaient à l'*Aurora*. Arthur la suspectait d'éviter délibérément la raison pour laquelle ils étaient venus la voir. Il gardât le silence tandis que Maudie lui livrait tous les détails avec enthousiasme.

Ils finirent leur thé et Octavie les raccompagna à la porte.

— Dommage que vous n'ayez pas pu nous aider, dit Arthur en prenant soin de croiser son regard.

Son père lui avait toujours dit qu'en regardant quelqu'un droit dans les yeux, on voyait luire la vérité.

Elle détourna les yeux et ouvrit la porte, mais elle n'était ouverte que de quelques centimètres quand elle la repoussa et dit :

— J'ai quelques livres d'ingénierie qui pourraient t'être utiles, Maudie. Attendez ici un instant.

Elle disparut dans le couloir et revint avec un tas d'ouvrages qu'elle donna à la jeune fille.

— Merci !

Arthur fronça les sourcils. Il était sûr qu'elle leur cachait des informations, mais c'était comme si elle avait aussi à moitié envie de leur dire quelque chose.

Ils ouvrirent la porte et s'apprêtaient à sortir dans la rue Montague quand Maudie s'exclama :

— Oh, vous avez laissé quelque chose dedans !

Elle sortit une enveloppe de l'un des livres. Octavie tendit la main pour l'arrêter.

— Elle est là où elle doit être… Pardonnez-moi, mais je voulais apprendre à vous connaître un peu, avant… (Elle se tut plusieurs secondes, puis sourit.) Peu importe. Profitez bien de votre voyage à l'est, et j'espère que vous aurez de la chance et que vous trouverez Ermitage – même si j'en doute.

Arthur et Maudie échangèrent un bref coup d'œil perplexe tandis qu'Octavie les poussait dehors.

— Ça a été un véritable plaisir de faire votre connaissance, transmettez toute mon affection à Harrie.

La porte se referma derrière eux.

— C'était étrange, commenta Maudie en haussant les épaules.

— Très.

4.

LA BAGUE

De retour au 4, rue de l'Archange, ils attendirent Harriet dans la salle à manger.

Maudie tapotait l'enveloppe sur la table.

— On devrait attendre son retour avant de l'ouvrir.

Arthur appuya des doigts sur l'enveloppe.

— Il y a quelque chose de dur.

Felicity entra alors avec un plateau de gâteaux des marécages.

— Qu'est-ce que vous avez là, les petits jumeaux ?

— C'est Octavie Coriander, la grand-tante de Harriet, qui nous l'a donnée.

— Eh bien, qu'attendez-vous ? Ouvrez-la pour voir ce qu'il y a à l'intérieur !

— Felicity ! lança Maudie en riant.

La cuisinière agita la main.

— Oh, Harriet n'y verrait pas d'inconvénient.

Arthur tapota l'enveloppe.

— Elle n'a pas précisé qu'on devait la donner à Harriet, et c'est à toi qu'elle a remis les livres, Maud.

Parthena sauta sur la table et poussa l'enveloppe de sa patte munie de serres.

— Tu vois, même Parthena est d'accord, ajouta-t-il.

En un clin d'œil, Maudie l'ouvrit et en versa le contenu sur la table. Il s'agissait d'une chevalière en or. Arthur l'examina.

— On dirait une sorte d'oiseau gravé dessus, dit-il en la tournant dans tous les sens. Et il y en a un autre dessous.

Un petit bruit sourd se fit entendre lorsque la porte d'entrée se referma, et, quelques instants plus tard, Harriet entrait, l'air soucieux, un tas de papiers dans les bras.

— Que s'est-il passé à la réunion ? s'enquit aussitôt Arthur.

Welby se joignit à eux et s'assit à côté de Harriet.

— Chaque famille de l'Armada s'est vu assigner des îles à fouiller. Il semble qu'Eudora s'attendait à ce que la plupart d'entre nous se joignent à la mission. Comment ça s'est passé chez Octavie ?

— Elle ne sait pas ce qui a pu être volé, et elle a dit qu'il ne fallait pas se faire trop d'illusions. D'après elle, Wrigglesworth est sans doute parti vivre ses derniers jours tranquille. Elle est presque certaine qu'il n'a sûrement pas envie qu'on le retrouve.

— Curieux, dit Harriet.

— Elle a donné à Maudie des livres d'ingénierie, et l'un d'eux contenait une enveloppe avec ça à l'intérieur.

Arthur lui tendit la chevalière, qu'elle examina.

— On se disait que tu saurais peut-être de quoi il s'agit.

— Je n'en ai aucune idée.

— Ça ne te dit rien du tout ? insista le garçon, déçu.

— Malheureusement, non. Et Octavie n'a pas émis d'hypothèses sur les livres volés dans sa maison ? J'ai cru qu'elle aurait au moins une idée de leur contenu.

— Elle a dit que ça faisait des années qu'elle ne lui avait pas parlé.

Harriet soupira.

— Bon, on n'a pas le temps de réfléchir à ça. L'Armada de Lontown hissera les voiles vendredi et on doit encore finir l'*Aurora*, ce qui veut dire qu'on va être contraints de réaliser une semaine de travail en deux jours. J'ai envoyé un message au reste de l'équipage pour leur demander d'arriver de bonne heure demain matin. Les Acquafreeda prendront la mer dès ce soir, puisqu'ils seront plus lents que la flotte principale.

— Dans ce cas, je ferais mieux d'aller préparer les provisions, dit Felicity.

— Ça ne te dérange pas si je garde Arthur un moment ? demanda Harriet. Welby peut t'aider à sa place, si ça te va.

Celui-ci hocha la tête.

— Bien sûr, répondit la cuisinière en tapotant le bras d'Arthur avant de quitter la pièce. Queenie, tu pourrais porter un mot aux Provisions Balfour ?

Queenie se leva d'un bond en miaulant et sortit à son tour.

— Je dois terminer l'auvent protecteur, annonça Maudie avant de filer.

Arthur était curieux de savoir pourquoi il n'était pas chargé d'aider Felicity. Harriet le regarda et sourit.

— J'ai pensé à tes forces et à tes compétences, Arthur. Ce sera ta deuxième longue expédition, et je veux récompenser tout ce que tu as accompli à Polaris Sud, ainsi que le travail que tu as effectué sur les cartes pour aider Welby.

Le garçon tiqua un peu. En réalité, il n'avait pas fait grand-chose, et maintenant, il se sentait un peu coupable.

— J'aimerais te nommer assistant navigateur pour l'expédition aux Stella Oceanus.

— Oh ! s'exclama Arthur.

Une sorte de ballon chaud s'épanouit en lui. Il ne s'était pas attendu à ça, car Welby était le commandant en second et l'assistant navigateur de Harriet. Peut-être celui-ci allait-il se concentrer sur ses autres tâches ? Après tout, il n'était plus tout jeune…

— J'aimerais que tu aides encore Felicity de temps en temps, mais j'estime qu'avoir plus de responsabilités te ferait énormément de bien. Ce rôle te plairait-il ?

Il hocha la tête avec enthousiasme.

— Oui, merci !

Cela signifiait aussi qu'il travaillerait plus étroitement avec Harriet.

— Formidable. Tu seras donc sous la responsabilité de Welby.

— Welby ? demanda-t-il, désarçonné.

Il fit de son mieux pour ne pas laisser paraître sa déception, en vain.

— Est-ce que cela te pose un problème ?

Il secoua la tête et imagina combien de fois par jour les sourcils réprobateurs du vieil homme se hausseraient à son intention.

— Non, bien sûr que non.

— Bien, sourit-elle. Je sais que tu es prêt.

Elle sortit la carte qu'on lui avait donnée à la réunion et la déplia sur la table.

— On va commencer par comparer cette carte à celles que tu as rassemblées jusqu'à maintenant, et à planifier notre navigation. On devrait chercher des opportunités supplémentaires de trouver Wrigglesworth en chemin.

Arthur réfléchit un instant.

— Et on devrait sans doute voir s'il y a quelque chose de particulier dans les îles qu'Eudora Vane s'est assignées. Après tout, il y a de fortes chances pour qu'elle se soit réservé les îles liées à ce qu'elle a trouvé dans les journaux volés d'Ermitage Wrigglesworth, non ?

— En effet, bien vu, acquiesça Harriet, concentrée, en tapotant rapidement son stylo tout en observant la carte. Bon, lis-moi la liste et je vais les cocher.

Il prit le document que Harriet avait ramené de la réunion.

— Les Portendorfer sont les premiers. Ils vont fouiller Ishia et Florinni.

Tandis que Harriet scrutait la carte, les pensées d'Arthur retournèrent à Octavie.

— Ta grand-tante avait des marques intéressantes sur l'avant-bras.

Harriet releva les yeux.

— Ses hirondelles ?

— Non, les étranges triangles au-dessus. Font-ils partie de la tradition Coriander ?

— Elle les a depuis que je la connais. Un club auquel elle appartenait à l'Universitas, je crois.

Elle se concentra de nouveau sur la carte et écrivit « Portendorfer » à côté des îles concernées.

— Un club ? insista Arthur.

— Hum ? Oui, ils étaient jeunes, et… Qui vient après les Portendorfer ?

— Ils étaient jeunes et… ? tenta-t-il encore.

— Juste un club idiot. Je ne me souviens plus comment elle a dit qu'il s'appelait.

— Et la bague ? Pour toi, elle a un rapport avec ce club ?

— Octavie ne s'est peut-être pas rendu compte qu'elle était dans l'enveloppe.

— Si, elle voulait qu'on l'ait.

— Elle vieillit, Arthur. Elle s'en est sans doute servi de marque-page et l'a oubliée. Qui y a-t-il ensuite sur la liste ?

Arthur n'était pas vraiment convaincu qu'Octavie perdait la mémoire. Il consulta la liste.

— Les Nithercott. Ils ont Pontia et Heilettica… oh, et Pelastria.

Tandis que Harriet les cherchait sur la carte, il prit sa loupe pour examiner la bague de plus près. L'oiseau ne ressemblait à aucun de ceux qu'il avait vus, et pourtant il lui était familier. Il avait un long cou fier, un panache de plumes sur la tête et une immense queue échancrée, des ailes arquées.

— C'est quel type d'oiseau, d'après toi, sur la bague ?

— Je n'en sais rien, répondit Harriet sans relever les yeux. Octavie a beaucoup exploré les alentours de la citadelle de Nadvaaryn. Peut-être qu'il vient de là-bas.

Encore une fois, il ne se rappelait pas avoir vu de créatures comme celle-ci dans cette région.

— Arthur, est-ce que tu vas m'aider, ou faut-il que je t'envoie donner un coup de main à Felicity ?

— Non, désolé, dit-il en retournant à la liste. Les Bestwick-Ford ont Florentina et Targi. Attends, ils font partie de ceux qui ont tenté d'atteindre Polaris Sud, non ?

Il se souvenait qu'ils avaient dû faire demi-tour, car leur navire volant n'avait pas pu affronter les violentes tempêtes de neige du Sud gelé.

— Oui. Ensuite ?

— Les Catmole…

Il continua de lire la liste tandis que Harriet faisait des annotations sur la carte, mais, au bout d'un moment, ses pensées revinrent à la bague.

— Il y a un moment pour rêver et un moment pour se concentrer, dit-elle en tapotant la carte avec son crayon. Quelle est la famille suivante ?

— Euh… les Temple ont Vivaro et Dulcie, répondit-il – mais il pensait encore à la bague.

5.

LA MÉTHODE WELBY

Le lendemain, le reste de l'équipage arriva : Gilly, Meytheow, Barnes, Forbes, Cranken, Forsythe, Keene, Wordle, Hurley et le Dr Quirke.

Le 4, rue de l'Archange résonnait du bruit des scies, des marteaux, de perceuses et de rires, tout ce petit monde bénéficiant des réserves généreuses de thé et d'en-cas de Felicity. Et avec tant de tâches à accomplir, ils avaient à peine le temps de souffler.

En un clin d'œil, ce fut vendredi, et le canon retentit à la Société Géographique pour annoncer le début du défi. Le rugissement de dix navires volants démarrant à l'unisson emplit l'air autour du chantier aéronaval et l'Armada de Lontown s'éleva dans le ciel. Le navire volant des Jones avec ses deux ballons de montgolfière, les Blarthington, les Hilbury, les Nithercott, les Bestwick-Ford, les Catmole, les Portendorfer, les Temple, les Fontaine – dans leur navire baptisé avec imagination le *Fontaine* – et enfin celui des Vane, le *Victorieux*.

Mais le gros de la foule se rassembla devant le 4, rue de l'Archange.

Nul ne voulait manquer la transformation de la maison en navire volant, surtout ceux qui avaient raté le premier lancement surprise pour Polaris Sud.

Le sol se mit à gronder. Des exclamations de surprise retentirent. Puis la maison commença son extraordinaire métamorphose : la façade se plia vers l'intérieur, de grands pistons et de hautes roues dentées se mirent à tourner et à craquer jusqu'à ce que les bords de la maison et la porte disparaissent à l'intérieur. Des volets s'ouvrirent à côté des fenêtres et de petites hélices poussèrent sur la bâtisse, se déplièrent et se mirent à tournoyer.

Être à l'intérieur constituait une expérience différente de la première fois pour Arthur et Maudie. L'équipage se précipita au grenier et, dans un raclement de métal et le bruit d'un énorme mécanisme grinçant, le toit commença à se soulever vers l'arrière. Un large rayon de lumière éclaira le plancher, qui deviendrait bientôt le pont, et, tandis que la toiture se pliait comme un immense accordéon derrière eux, ils furent baignés dans la chaleur du soleil. Des balustrades remplacèrent les murs et un panneau glissa en arrière au centre du pont. Le grand ballon en toile commença à émerger.

Harriet relâcha un levier et l'énorme gouvernail apparut. Elle décocha un sourire à Arthur et Maudie et, une étincelle dans les yeux, elle le saisit des deux mains. Ses cheveux courts remuaient dans la brise ; elle portait des lunettes d'aviateur, une écharpe et une chemise blanches, son pantalon caractéristique, évasé aux genoux et rentré dans des bottes en cuir, et une large ceinture à laquelle pendaient sa boussole, son uniscope et de nombreux autres outils. Welby se tenait près d'elle, pointant le doigt et donnant des ordres aux membres d'équipage réunis sur le pont. Felicity se précipita sur un bord du pont, les joues rouges, son immense cuillère à la main, pour faire coucou aux badauds en contrebas.

La foule poussa un cri étouffé quand la maison décolla.

Finalement, une section de bois craqua et tourna sur elle-même. Arthur et Maudie se hâtèrent d'aller regarder par-dessus bord. Une plaque en cuivre rutilante venait d'apparaître. On y voyait l'inscription *AURORA* et, juste à côté, un nouvel ajout : le symbole Coriander en bronze.

— Tout le monde à son poste ! cria Harriet en adressant un clin d'œil à Arthur et Maudie.

Le grand ballon en toile s'ouvrit au-dessus d'eux.

Le *Victorieux,* le navire volant d'Eudora Vane et le plus gros vaisseau de l'Armada, s'élevait puissamment par dessus les docks, à une courte distance de là, ses ailes majestueuses largement déployées.

— Arthur, ta manivelle ! cria Welby.

Le garçon se rendit compte que tout le monde était déjà près de la sienne : il courut à bâbord et se mit à l'actionner.

Harriet Coriander tenait la barre, les cheveux et l'écharpe volant follement dans le vent.

— Il nous faut de la portance, vite !

— Un peu de nerf ! beugla Welby.

Ils tournèrent tous furieusement leur manivelle, jusqu'à ce qu'il y ait un grand *clic* et un frémissement.

— Bon travail, lança Harriet.

Parthena s'envola au-dessus d'eux, les guidant vers l'avant. L'*Aurora* prit de l'altitude, les acclamations de la foule se perdirent dans le vent et, soudain, ils volaient, les ailes déployées, le ballon tendu. Felicity courut préparer le thé de la victoire pendant que Welby distribuait les fiches de tâches.

Les dômes, les flèches et les toits ordonnés de Lontown disparurent rapidement, et ils passèrent au-dessus des bâtiments de guingois des Bas-Fonds, où une brume grise permanente semblait s'être installée. Puis les maisons cédèrent la place aux champs et aux chemins de terre ; tout devint plus vert. Ils mangèrent des gâteaux des marécages et parlèrent et rirent alors qu'ils filaient au-dessus de la campagne et des villages, retirant leurs pulls au soleil de midi. Pendant tout ce temps, Harriet gardait les yeux rivés sur l'horizon et les mains sur la barre. Comme il ne s'agissait pas d'une course, les navires volants de l'Armada restaient à portée de vue les uns des autres.

Après plusieurs carillons, le sol se couvrit de collines sinistres.

— Regarde, ce sont les mines de poix, dit Arthur à l'intention de Maudie, qui bricolait ce qui ressemblait à un palan sur le pont. Certains navires volants se sont déjà posés pour faire le plein.

Elle le rejoignit.

— Je suis contente qu'on ne soit pas obligés de s'arrêter là. Je me sens sale rien qu'à les regarder.

— Dire qu'on aurait pu finir là pour des travaux forcés.

— Est-ce que tu as déjà eu un moteur à poix, Harrie ? demanda Maudie à l'exploratrice.

Celle-ci hocha la tête.

— Il n'y avait pas beaucoup de choix, mais j'ai toujours détesté ça, et c'est pour ça que j'ai commencé à développer le moteur à eau à un très jeune âge.

Alors que le coucher de soleil fleurissait à l'ouest, telle de l'encre colorée se propageant dans l'eau, Arthur et Maudie se tinrent avec Felicity et Gilly à l'arrière du navire pour contempler les collines, qui montaient et retombaient comme des vagues tranquilles, quadrillées de champs cultivés et de zones boisées et sauvages aux arbres grands et hirsutes. C'était agréable de se retrouver de nouveau sous le vaste ciel, sur l'*Aurora* qui volait presque sans un bruit dans le soir.

— Ça me réchauffe l'âme d'être ici, en hauteur, soupira Felicity.

— J'ai hâte qu'on s'enfonce dans les îles, dit Gilly, le botaniste aux cheveux frisés. J'en ai visité plusieurs dizaines, et, ce qui me stupéfie toujours, c'est leur incroyable diversité. Il n'y en a pas deux qui se ressemblent.

— Tu penses que c'est pour ça qu'Ermitage aimait y aller ? demanda Arthur.

— C'est le paradis des explorateurs.

— Et la dernière qu'on nous a assignée ? Nova ?

Gilly sourit.

— Je n'y suis jamais allé, c'est la plus éloignée, mais j'ai entendu dire qu'elle était magnifique.

Arthur trouvait un peu bizarre qu'Eudora les ait envoyés là-bas. Sans doute voulait-elle rendre les choses aussi difficiles que possible pour Harriet et son équipage en les envoyant dans les plus lointaines contrées habitées du Grand Large.

Le lendemain, ils s'arrêtèrent en lisière d'une forêt de grands chênes, proche des falaises côtières. Au loin, ils virent quelques navires atterrir à proximité d'une autre zone vallonnée avec des petites mines de poix où ils pourraient faire le plein avant le long voyage au-dessus de la mer.

L'équipage alla chercher du bois et Harriet prit Arthur et Maudie à part.

— Tenez.

Elle leur tendit de fines cordes avec chacune une petite barre de métal sortant d'un étui attaché. Le symbole Coriander y était gravé.

— C'est un allume-feu, dit-elle.

Ils l'avaient déjà vue en utiliser un pour faire prendre un feu rapidement.

— Mes parents m'offraient quelque chose d'utile à chaque expédition, poursuivit-elle, aussi je me suis dit que je pourrais perpétuer la tradition. Je l'ai adapté, pour qu'il soit possible de faire naître l'étincelle avec une main. Tenez-le simplement comme ça, et appuyez sur la barre avec votre index, expliqua-t-elle en faisant la démonstration. Ou vous pouvez l'appuyer sur une surface dure et faire naître les étincelles, comme ça.

— Merci ! s'exclamèrent-ils en chœur.

Arthur mit l'allume-feu dans sa poche, et Maudie ajouta aussitôt le sien à sa ceinture à outils.

L'équipage fit un feu de camp, que les jumeaux démarrèrent grâce à leur allume-feu, et chacun mangea de la tourte aux légumes suivie de petits pains aux fruits rouges. Après le repas, Maudie s'excusa, annonçant qu'elle devait travailler à un projet sous une tente sur le pont et que personne n'était autorisé à voir ce dont il s'agissait. Arthur se leva pour la suivre, impatient de savoir ce qu'elle manigançait.

— Toi non plus, Arty.

— Quoi ? Mais tu as dit que tu me le montrerais quand on serait en expédition et…

— Et je ne suis pas encore prête, alors tu devras te montrer patient.

Arthur n'était pas doué pour la patience. Il souffla, contrarié.

Le lendemain matin, tout le monde était sur le pont de bonne heure, frais et dispos, prêt à mettre les voiles. Ce jour-là, ils quittaient leur continent natal pour survoler la mer en direction de la première des îles : l'île Éphémère.

Il leur faudrait trois jours rien que pour arriver à cette première île, et encore, si le vent jouait en leur faveur. Meytheow, avec ses cheveux dorés remuant dans le vent et sa méthode peu scientifique consistant à se lécher le doigt et à le pointer vers le ciel, leur assura que ce serait le cas.

Maudie disparut dans son mystérieux espace de travail en toile juste après le petit déjeuner.

— Je suppose que ce n'est pas sur un nouveau bras en fer que tu travailles là-bas derrière, lança Arthur.

Le bras qu'elle lui avait fabriqué avait été plutôt malmené lors de leur dernière expédition, et elle lui avait promis qu'elle lui en ferait un nouveau, bien qu'en vérité il soit ravi de s'en passer. Même s'il lui était utile quand ils escaladaient des toits de Lontown, et lui évitait parfois les regards des gens dans la rue, il lui irritait l'épaule et tirait sur sa nuque. Il ne lui manquait donc pas ; c'était plutôt qu'il aimait voir Maudie en créer de meilleures versions.

— Je m'y remettrai bientôt, c'est promis, répondit-elle.

L'après-midi, Arthur devait suivre sa première leçon de navigation avec Welby. En préparation, il se rendit dans la bibliothèque après le petit déjeuner, muni de son crayon et son journal d'explorateur.

Il déplia sur la table la carte qu'Eudora avait donnée à Harriet. Elle recensait des centaines d'îles. Il fouilla les rayonnages à la recherche de livres au sujet des Stella Oceanus, qui recèleraient peut-être un indice sur ce qu'Ermitage avait bien pu chercher. Au bout d'un moment, il en trouva un qui s'intitulait : *Partir vers l'Est : une myriade d'îles à découvrir*, écrit par Wrigglesworth lui-même. Il contenait de nombreuses cartes.

— Génial ! s'exclama-t-il avant de se remettre à chercher des livres similaires.

Il dénicha ensuite un ouvrage de Zora Acquafreeda. Sa famille avait exploré les Stella Oceanus avec minutie à bord de ses navires maritimes. Lorsqu'il compara les deux livres, il se rendit compte que les cartes des Acquafreeda étaient plus difficiles à comprendre et incohérentes dans leur représentation des îles, ce qui n'avait rien d'étonnant, puisqu'ils les avaient vues depuis la mer et non depuis le ciel. Elles comportaient néanmoins des dessins détaillés et des mesures des chenaux, des voies maritimes et des fleuves qui, estima-t-il, pourraient s'avérer utiles.

Arthur prit soudain conscience que Welby était entré discrètement dans la pièce et regardait par-dessus son épaule. Il posa un livre aussi épais qu'une brique et une petite boîte en métal sur la table, à côté de la carte du garçon.

— Tu dois travailler tes compétences en arpentage. Trouver Wrigglesworth est peut-être le but de ce voyage, mais une expédition ne se limite jamais à la raison principale qui a présidé à sa tenue.

Arthur le regarda comme s'il parlait chinois. Welby haussa les sourcils.

— Arthur, si tu veux un jour être capitaine de ton propre navire, tu devras posséder tout un éventail de compétences.

Être capitaine de son propre navire ? Il n'avait jamais imaginé une chose pareille, mais, comme Welby prononçait ces mots, un fourmillement indéniable courut le long de sa colonne vertébrale.

— Si tu n'es concentré que sur la mission devant toi, tu l'accompliras peut-être, mais sans améliorer tes connaissances ni ton expertise. Pour ça, il faut du travail et de l'investissement supplémentaires.

— J'ai beaucoup lu, répondit Arthur dans l'espoir de l'impressionner. Regarde, *Partir vers l'Est*, écrit par Wrigglesworth. J'essaie de trouver un schéma dans ses itinéraires.

Welby haussa les sourcils. Était-il impressionné ? C'était difficile à dire.

— Tu gardes toujours les yeux rivés sur ton but, Arthur, et prends ça comme un compliment.

La douce chaleur que le garçon commençait à éprouver s'éteignit vite quand Welby ajouta :

— Cependant, tu dois aussi prendre le temps d'étudier en profondeur toute la gamme de calculs, même si tu n'utiliseras jamais tout ton arsenal dans une seule expédition. Par exemple, avec ce livre-là, dit-il en tapotant l'énorme pavé qu'il avait posé sur la table. *Tout sur la navigation* est le livre le plus complet du Grand Large.

Quand Arthur le feuilleta, il vit tant de nombres et de symboles qu'il en eut le tournis. Il le referma. Le vieil homme fit une moue désapprobatrice.

— Je suis désolé. J'essaierai, Welby, c'est juste que les nombres et les calculs, c'est plutôt le truc de Maudie.

— Quand Harriet était une jeune fille, elle détestait tous les calculs, elle aussi. Elle voulait juste de l'action, partir et explorer le Grand Large dans son propre navire volant. Mais elle a vite compris que pour réaliser ses rêves, il fallait parfois apprendre des choses qui pouvaient paraître difficiles et ingrates au départ, mais qui finissaient par jouer un rôle. Ce qu'elle fait quand elle dirige l'*Aurora* te paraît peut-être instinctif, mais derrière, il y a des années d'études consciencieuses et, oui, de calculs compliqués. Les apprentissages les plus fructueux demandent souvent des efforts.

Welby ouvrit le couvercle de la boîte en métal.

— C'est pour tes études. Une partie de l'équipement que nous utilisons en navigation.

Elle était remplie d'outils étranges. Il en avait vu de similaires dans le bureau de son père, dans la demeure Brightstorm, mais les outils, c'était plutôt le domaine d'expertise de sa sœur, et il ne pouvait pas dire qu'ils le fascinaient autant que les livres de Wrigglesworth.

— Merci, dit-il.

— Finis le chapitre un ce matin. Je t'interrogerai sur son contenu demain après-midi.

— Un contrôle ? demanda Arthur, horrifié.

Welby hocha la tête et quitta la pièce. Parthena s'approcha d'Arthur en sautillant et colla sa tête contre sa jambe pour le consoler.

— Je parie que tu n'es pas obligée de faire des tas de calculs pour pouvoir voler, toi.

Il soupira et ouvrit *Tout sur la navigation* au chapitre un. Il expliquait comment assembler un instrument appelé le Vernier de Campbell, mais les diagrammes étaient compliqués et, après une demi-heure de bricolage, il avait créé quelque chose... qui ne ressemblait en rien à l'image.

Après une heure d'essais, il soupira et regarda Parthena.

— Tu crois que Felicity voudrait bien me reprendre en cuisine ?

6.
L'ÎLE ÉPHÉMÈRE

Plus tard, espérant un peu de sympathie, Arthur parla à Maudie du contrôle de Welby et de ses moues réprobatrices. Elle éclata de rire.

— Oh, Arthur ! On croirait qu'il t'a demandé de manger des vers de terre !

Elle ouvrit le gros livre et le parcourut en silence pendant une minute, puis elle sortit la tentative de son frère de la boîte et la démonta rapidement.

— Regarde, ce chapitre t'explique seulement comment assembler ces pièces. Fais tourner ça là-dedans, aligne cette partie avec celle-là, boulonne ça… et voilà !

Elle le lui rendit.

— Est-ce que tu pourras faire tous les devoirs que me donne Welby ?

— J'ai bien assez à faire de mon côté, merci, répondit-elle en jetant un coup d'œil à la mystérieuse tente. Je dois terminer mon projet, et j'ai au moins dix livres d'ingénierie recommandés par Harriet en cours.

Ne pas savoir ce qu'il y avait sous la tente commençait à devenir de la torture.

— Je suis ton frère, ton jumeau. Tu ne peux pas au moins…

— Non. Maintenant, aide-moi à resserrer ce nœud, parce que le vent se lève.

Ils avaient toujours attaché le ruban des cheveux de Maudie ensemble, leur père leur ayant expliqué que ce serait bon pour la coordination d'Arthur quand il était jeune, et maintenant, c'était devenu un rite qu'ils faisaient sans réfléchir.

L'excitation initiale de l'aventure se dissipait alors que la terre disparaissait derrière eux et que la mer devenait plate et interminable. Le ciel prenait le gris uniforme des nuages qui ne laissaient ni passer le soleil ni tomber de la pluie, comme si le jour s'ennuyait lui-même.

Vu que Maudie avait complètement assemblé l'instrument, Arthur décida de ne pas y toucher, et peut-être ne corrigerait-il pas Welby si celui-ci pensait que c'était son œuvre… Comme ça, il pourrait passer du temps à lire *Partir à l'Est.* Il rassembla également tous les autres livres de Wrigglesworth. De toute évidence, le vieil homme avait exploré l'Est plus que n'importe quel autre lieu, ses voyages devenant de plus en plus fréquents jusqu'à sa disparition. Il avait aussi une passion pour l'Histoire.

Sans même qu'Arthur s'en rende compte, la matinée passa, et, quand il regarda l'horloge, il se rendit compte que Welby serait bientôt là pour sa leçon de navigation. Il rangea donc les livres et s'assit consciencieusement avec *Tout sur la navigation.*

Le lendemain apporta un changement de météo bienvenu, et Arthur monta ses livres sur le pont. Il n'avait pas vu Maudie ce matin-là, mais il entendait des bruits métalliques, et il en déduisit donc qu'elle travaillait sur son projet. Ils devaient arriver en début d'après-midi sur l'île Éphémère où, si tout se passait bien, tous les navires volants de l'Armada atterriraient également.

Depuis son poste à la barre, Harriet jeta un coup d'œil à Arthur, assis par terre, entouré de livres.

— Tu aimerais me remplacer un moment ?

Il prit un air interrogateur.

— Moi ? À la barre ?

— Oui, confirma-t-elle, comme s'il n'y avait rien d'étrange à sa proposition, alors que tout le monde savait que seuls elle et Welby tenaient la barre en temps normal.

— Mais… Welby…

— Il aide le Dr Quirke à préparer le programme de vaccination et le nouveau kit pour climat tropical, donc il en a encore pour un moment.

Arthur s'approcha du gouvernail, sur lequel Queenie était assise. Elle le jaugea d'un air dubitatif et poussa un sifflement de désapprobation étouffé.

— Oh, ne sois pas bête, ma chère, lui dit Harriet.

Parthena, qui avait volé joyeusement à côté de l'*Aurora* toute la matinée, descendit un peu pour voir ce qui se passait.

Harriet lâcha la barre et fit signe à Arthur de la prendre.

— Mais… qu'est-ce que je dois faire ?

Il remarqua soudain que la barre comportait de nombreux leviers et interrupteurs. Elle était bien plus complexe qu'il ne l'avait cru.

— Tiens-la et vois ce que ça fait. On vole à notre vitesse de croisière pour le moment ; le temps est au beau… prends-la, tout simplement.

Queenie sauta par terre et s'enroula autour des chevilles de Harriet. Arthur s'avança, tendit la main et saisit le haut du côté gauche. Il ressentit aussitôt les vibrations subtiles de l'*Aurora* se propageant dans le bout de ses doigts, dans sa main, son bras, son corps, jusqu'à sa poitrine, au point qu'il eût l'impression d'être une partie du navire, de ne faire qu'un avec lui. C'était inattendu, incroyable.

Harriet observait attentivement son visage.

Il regarda devant lui. Il était dans l'axe de la proue, et le Grand Large s'étendait devant lui. Il pouvait aller n'importe où. C'était si vaste, si stupéfiant, tellement rempli de possibilités. Son père devait avoir ressenti la même chose, et il se sentit soudain lié à lui, comme s'ils étaient de nouveau ensemble.

Parthena se posa sur le gouvernail et poussa un cri joyeux. Arthur vit que Harriet arborait un grand sourire.

— Et si, un de ces jours, je t'apprenais à te servir de ces interrupteurs et leviers ?

Il hocha la tête.

— Bien sûr, il y a des manuels dans la bibliothèque, mais ce bateau présente de nombreuses particularités, et j'aimerais beaucoup te les enseigner moi-même.

Il ne put qu'opiner du chef et sourire, car le bonheur menaçait de l'étouffer si jamais il tentait de parler.

— Ah, regarde, dit-elle en sortant son uniscope de sa ceinture. Le navire maritime des Acquafreeda. On les a rattrapés.

Soudain, le pont se souleva sous les pieds d'Arthur.

— Hé, poussez-vous, j'ai besoin de sortir ! cria une voix étouffée.

Surpris, il se décala sur le côté. Une trappe s'ouvrit, et Maudie en sortit.

— J'ai fini le bouclier météorologique du capitaine, Harrie !

— Le quoi ? demanda Arthur. Et qu'est-ce que tu fabriques là-dessous, nom d'un rouage rouillé ?

— C'est un bouclier météorologique pour le capitaine, ou celui qui barre le navire, dit-elle, se rendant soudain compte que ce devait être lui qui avait tenu la barre. Tu abaisses ce levier, là, et les panneaux se lèvent autour de toi. Ils sont positionnés de manière à s'imbriquer automatiquement. Celui de devant possède une partie supplémentaire qui devient le toit. Si tu es en pleine tempête et qu'il est trop risqué d'atterrir, tu peux toujours barrer, car les panneaux ont des fenêtres.

— Impressionnant !

— Ce n'est pas moi qui l'ai conçu, c'est Harriet. Mais elle me laisse travailler dessus. D'après elle, plus je montrerai d'expérience dans mon journal d'ingénierie, mieux ce sera pour entrer à l'Universitas.

— Et les panneaux restent cachés sous le pont ?

— Oui, il y a un compartiment juste en dessous qui les abrite. S'ils ont besoin de maintenance, tu mets les doigts dans ces petits trous de chaque côté du pont et tu tires sur le côté. Le compartiment est relié aux salles des moteurs et au mécanisme des ailes dans ce qui faisait partie du grenier.

— Beau travail ! Même si je ne sais pas si on s'en servira beaucoup. Ermitage a écrit que les cieux de l'est étaient aussi clairs que des diamants.

— Harrie est convaincue qu'on pourrait tout à fait approcher la Société Géographique avec cette invention, pas vrai, Harrie, et l'installer sur les autres navires.

— Entre ça et ton nouveau projet, tu vas être la candidate la plus impressionnante qu'ils auront vue depuis longtemps, dit Harriet en rattachant son uniscope à sa ceinture.

— Ah, le projet secret.

— Arty, tu n'as vraiment aucune patience.

— Je te raconte tout, moi ! Je t'ai montré le travail que je fais avec Welby.

— Seulement parce que tu voulais… de l'aide, murmura-t-elle. De toute manière, c'est pour ton bien que je veux te faire la surprise. Ce sera plus excitant comme ça. En parlant de Welby, le voilà.

C'était l'heure de la leçon d'Arthur dans la bibliothèque. Poussant un gros soupir, le garçon le suivit sans protester sous le pont, regrettant de ne pouvoir rester à la barre.

La température avait augmenté tandis qu'ils se dirigeaient vers le sud-est, et le temps était doux et agréable. Plus tard, après un déjeuner tardif sur le pont ensoleillé, Harriet annonça que l'île Éphémère était en vue. Des acclamations retentirent et les jumeaux se précipitèrent à l'avant du navire pour l'observer dans l'uniscope de Maudie.

Le *Victorieux* serait probablement le premier navire volant à atteindre l'île. L'Armada devait atterrir sur l'île Éphémère et se réunir pour un dernier briefing avant que chaque vaisseau parte de son côté.

Quand Arthur put regarder dans l'uniscope, ce qu'il vit le surprit. Il avait lu dans l'un des premiers livres d'Ermitage qu'il s'agissait d'une île verte, luxuriante, or, il n'y avait presque plus de végétation. Au lieu de ça, il ne voyait qu'un vaste regroupement d'espèces de cabanes.

Gilly, le botaniste, se tenait à côté de lui, dessinant les nuages dans un minuscule carnet.

— Très léger, de sorte que je peux toujours l'avoir à portée de main et dessiner les nouvelles créatures que je découvre, expliqua-t-il en souriant, avant de ranger le crayon et le carnet dans son gilet en lin. Mais je n'en aurai pas besoin sur Éphémère.

— Pourquoi ? demanda Arthur.

— L'île est riche en poix et a été exploitée jusqu'à l'os. Si elle a été choisie comme point de rencontre, c'est parce que tous les navires volant à la poix ont besoin de refaire le plein. (Il frémit.) C'est un endroit affreux, en réalité. Quasiment aucune faune. À part le *Scaribeaus mettallium.*

— Le quoi ?

— Un insecte coriace. Il a profité de la destruction graduelle de cette île. Il se nourrit de métal et d'arbres mourants.

— J'ai hâte de voir à quoi il ressemble, dit Arthur avec une pointe de sarcasme.

— Tu en as déjà vu un.

— Je ne crois pas, répondit le garçon, perplexe.

— Lors de la dernière expédition, et à Lontown aussi. Un lucide, même.

En un éclair, Arthur comprit.

— Miptera vient d'ici ?

Gilly hocha la tête. C'était donc là qu'Eudora avait trouvé son lucide.

Ils atterrirent sur les docks. L'île était gris pierre et hérissée de bâtiments délabrés qui semblaient avoir été construits pour une courte durée, mais avaient fini par devenir permanents. La ville grouillait de petits navires volants de commerce et de membres d'équipage bruyants et couverts de suie qui employaient le genre de langage que Felicity laissait souvent échapper.

Tout le monde avait été invité sur le *Victorieux* pour des rafraîchissements. L'idée de retourner sur ce navire emplissait les jumeaux de crainte.

— Je n'y vais pas, annonça Maudie.

— Moi non plus, ajouta Arthur.

Harriet hocha la tête.

— Je vous comprends parfaitement, mais je me dois d'y aller, et Welby peut se joindre à moi. Cependant, j'aimerais beaucoup vous emmener pour lui montrer que… eh bien, en toute franchise, que vous ne vous laisserez pas intimider par elle.

Arthur et Maudie échangèrent un regard signifiant clairement qu'il était hors de question qu'Eudora pense qu'ils se laissaient intimider par elle. Et puis une autre pensée frappa le garçon : ce pourrait être leur seule chance de découvrir ce que contenaient les journaux que Smethwyck avait volés, étant donné qu'ils les avaient probablement emportés.

— On ira, dirent-ils ensemble.

— Moi aussi, intervint Felicity. Pour vous soutenir moralement, et pour tester leur offre culinaire.

Après les vérifications de routine, la délégation de l'*Aurora* traversa les docks, marchant sur des planches imprégnées de la suie noire de la poix. Elle emprunta des rues pavées déformées, et passa devant des grappes de cahutes patinées par le sel et d'habitations en briques qui s'effritaient et dont la peinture des volets en bois s'écaillait.

L'Armada avait suscité beaucoup d'intérêt de la part des gens du coin, et les rues grouillaient de personnes vendant des plateaux de fruits de mer, des machines et des coquillages peints.

Arthur aperçut un insecte argenté qui rongeait le bord d'une cabane, et son cœur s'arrêta de battre une seconde, croyant que c'était Miptera. Puis il se rendit compte qu'il y en avait des dizaines sur la construction. Un homme sortit de la cabane et se mit à les frapper avec un balai jusqu'à ce qu'ils s'envolent tous.

Le groupe arriva rapidement sur la jetée qui menait à l'énorme masse du *Victorieux.* Le pont était déjà rempli de nombreuses autres familles d'explorateurs qui riaient et bavardaient tandis que des membres d'équipage d'Eudora leur proposaient des canapés d'apparence coûteuse sur des plateaux.

Harriet s'avança avec assurance à travers la foule et se mit à discuter avec Evelyn Acquafreeda, qui était arrivée à temps, tandis que Welby emmenait Maudie pour la présenter à Samuel Fontaine, un homme important à connaître puisqu'il faisait partie du comité d'ingénierie de l'Universitas de Lontown. Felicity se mit quant à elle à parler à un membre d'équipage de la nourriture qu'il servait.

Arthur se retrouva seul sur le pont. L'après-midi était chaud, et il desserra le nœud de la cravate que Welby avait insisté pour qu'il porte. Tous les convives faisaient semblant de se sentir bien dans leurs tenues habillées malgré la chaleur qui ne cessait de croître, sauf Harriet et Maudie, qui portaient des chemises amples en coton. Ne sachant que faire, Arthur s'approcha d'une table recouverte de nourriture exotique.

— Est-ce qu'il y a de l'œuf dedans ? demanda-t-il à un membre de l'équipage Vane planté derrière la table.

L'homme se contenta de hausser les épaules. Arthur jugea qu'il serait plus prudent de manger un petit fruit rose.

— Classique. Même ses canapés sont roses, marmonna-t-il avant de le fourrer dans sa bouche.

Il faillit le recracher tant il fut surpris par le goût sucré et écœurant du fruit, qui n'était pas un fruit du tout, mais plutôt une sorte de préparation sucrée et granuleuse.

Non loin de lui, Smethwyck donnait des instructions à un membre d'équipage. Il jeta un coup d'œil à Arthur et eut un sourire narquois en voyant sa mine dégoûtée. Felicity rejoignit le garçon devant la table.

— Je vois que tu as découvert le massepain ! Je n'aime pas beaucoup ça non plus ; c'est bien trop sucré, mais très populaire chez certaines familles des Beaux Quartiers.

Elle sortit sa cuillère porte-bonheur de son tablier et s'éventa avec. La chaleur commençait aussi à indisposer Smethwyck, qui retira sa veste aux plis impeccables et la posa sur son bras. Arthur remarqua alors un petit journal dans la poche du vêtement. Il plissa les yeux et, bien qu'il n'en fût pas sûr, il crut apercevoir les initiales *EW*. Était-ce l'un des journaux volés dans la maison d'Ermitage Wrigglesworth ? Évidemment que Smethwyck le gardait sur lui : il ne voulait pas prendre le risque que quelqu'un fouine sur le *Victorieux* !

Felicity était occupée à inspecter et à goûter la nourriture sur la table. Arthur se rapprocha d'elle et murmura :

— Tu penses que tu pourrais faire diversion à proximité de Smethwyck ?

Elle l'examina d'un air curieux.

— Je ne sais pas ce que tu mijotes, jeune Brightstorm, mais je crois que ça me plaît.

La cuisinière eut un large sourire, puis prit un plateau de massepain et se dirigea vers le groupe dont faisait partie Smethwyck.

Arthur se rapprocha un peu d'eux.

— Ils sont vraiment exquis, vous devriez tous les goûter. Oh, mon Dieu ! La journée est vraiment étouffante, non ? Je me sens… submergée… en fait, je crois que je pourrais bien…

Et sur ce, elle tomba en direction de Smethwyck, envoyant valdinguer sur le pont le plateau de massepain et sa cuillère porte-bonheur.

Les gens à proximité se précipitèrent vers elle, et, bien que Smethwyck ne fasse que peu d'efforts pour aider Felicity, l'incident suffit à capter son attention, de sorte qu'Arthur put lui subtiliser le journal sans se faire remarquer.

Il plongea sous la table et se mit à le feuilleter rapidement. Il contenait des cartes et des îles crayonnées, certaines détaillées, d'autres avec des points d'interrogation. Il y avait un petit morceau de papier plié à l'intérieur, vierge à l'exception du symbole Vane, un insecte agrippant une bague tenue par un serpent ailé, mais il se fichait bien de ce bout de papier. Cependant, il marquait une page sur laquelle étaient dessinés exactement les mêmes symboles triangulaires qu'il avait vus sur le bras d'Octavie ! À côté du dernier symbole était écrit un mot qui ne lui disait rien : *Érythéa*. Il le répéta dans sa tête ; il était sûr de ne l'avoir jamais vu nulle part. Que signifiait-il ? La page suivante arborait un dessin d'une île avec la légende *Nova*, mais, comme Felicity poussa un grognement exagéré, il sut qu'il tirait un peu trop sur la corde et il ressortit discrètement de sous la table.

— Oh, mon cher, ce doit être la chaleur qui m'a submergée. Monsieur Smethwyck, vous voulez bien être un trésor et aller me chercher ma cuillère porte-bonheur ?

Alors que Smethwyck émettait un bruit réprobateur et se penchait pour ramasser la cuillère, Arthur remit le journal en place sans se faire voir.

— Je vais la prendre, dit-il en tendant la main en direction de la grande cuillère en argent.

Smethwyck la fourra brusquement dans sa main.

— Il faut toujours que vous vous fassiez remarquer, n'est-ce pas ?

Arthur le fusilla du regard. Felicity s'épousseta et fit un clin d'œil au garçon.

Les autres membres de l'assemblée n'avaient pas semblé remarquer l'incident, tout captivés qu'ils étaient par leurs conversations. Un large groupe était assemblé autour du gouvernail où Eudora Vane distribuait des affiches montrant le visage d'Ermitage Wrigglesworth, pour aider les recherches. Un peu plus loin, Maudie était absorbée par sa conversation avec Welby et Evelyn

Acquafreeda et agitait furieusement les mains pour décrire quelque chose.

— Qu'est-ce que vous fabriquez, tous les deux? demanda Harriet en s'approchant de Felicity et Arthur, les yeux plissés.

Le jeune Brightstorm l'entraîna d'un côté du navire avec Felicity et fit semblant de lui montrer quelque chose par-dessus bord.

— J'ai vu l'un des journaux volés d'Ermitage dans la poche de Smethwyck, alors je l'ai pris… temporairement, et j'y ai jeté un coup d'œil.

— Donc, c'est ça que tu faisais! chuchota Felicity. J'ai juste écouté le picotement dans mes orteils.

Harriet leva les yeux au ciel.

— Arthur, il ne faut pas confondre risqué et ridicule. Ça, ça frise le ridicule. Smethwyck aurait facilement pu te prendre sur le fait.

— Mais ça n'est pas arrivé. Et j'ai trouvé quelque chose d'intéressant.

Elles se penchèrent vers lui.

— J'ai vu les triangles, les mêmes que ceux qu'Octavie a sur le bras, le club secret dont tu m'as parlé. Et à côté de l'un des triangles, il était écrit *Érythéa*.

Harriet fronça les sourcils.

— Je n'ai jamais entendu ce mot.

Maudie les rejoignit en sautillant.

— Evelyn Acquafreeda est fascinante ! Vous savez qu'elle construit un sous-marin pour explorer les profondeurs de l'océan, là où personne n'est jamais allé ? Et elle était très intéressée par mon… (Elle se tut brusquement en voyant leurs visages sérieux.) Peu importe. Qu'est-ce que vous faites, et pourquoi y a-t-il des canapés partout sur le pont ?

— Je te raconterai plus tard, répondit rapidement Arthur tandis que Smethwyck passait à côté d'eux en leur lançant un regard mauvais.

7.
LES RÔDEURS

Le lendemain matin, l'équipage de l'*Aurora* mit les voiles de bonne heure ; d'après Harriet, il était sage d'avancer le plus possible avant la chaleur de mi-carillon. Elle avait raison, car la température augmenta brusquement dès neuf carillons, un peu comme si on avait tourné un grand thermostat dans le ciel. Les nuages avaient disparu et la lumière du soleil dansait sur les vagues dans un rayonnement diffus. Les rayons se reflétaient sur le grand ballon de l'*Aurora* et brûlaient le pont. Le Dr Quirke distribua des lunettes aux verres fumés bordées de protection en cuir, une sorte d'adaptation des lunettes d'aviateur de Harriet. Elle avait travaillé à leur conception depuis leur expédition au Sud, pour les protéger de l'éblouissement. Maudie les trouva ingénieuses et les baptisa « œillères de soleil ».

Leur première île attribuée, Montavo, se trouvait encore à huit jours de trajet au moins, mais pour y parvenir, ils devaient longer une grande île sur laquelle Harriet voulait faire étape.

— Ishia ? Mais ce ne sont pas les Portendorfer qui sont censés la fouiller ? demanda Arthur, cherchant d'autres îles avec l'uniscope.

— Oui, mais j'aimerais jeter un coup d'œil aux prairies, et nous devons de toute manière nous ravitailler en nourriture. Gilly, peux-tu parler à Arthur de tes recherches précédentes à Ishia ? Je ne suis pas experte, il te l'expliquera mieux.

Harriet fit signe au botaniste, occupé à dessiner Parthena qui posait les ailes déployées comme en plein vol.

— Ne bouge pas, Parthena, je reviens, dit-il en les rejoignant.

L'oiseau saisit l'occasion : il battit des ailes et s'envola.

Arthur sourit. Parthena était très serviable, mais sa patience avait des limites, et Gilly la dessinait depuis presque un carillon.

— Ah, une île pour le moins curieuse. Les variations du climat sont très amples en raison de l'altitude et des vents, et la faune et la flore sont donc très diversifiées.

Le botaniste vivement quand il parlait, et faisait de grands gestes avec les mains chaque fois qu'il avait l'occasion de discourir sur la nature.

— La côte est abritée par une forêt dense et humide. On trouve les hauts plateaux au centre, où un fleuve prend sa source et coule jusqu'à la côte est, si bien que la majeure partie de la population vit là-bas. Le sud de l'île est recouvert de prairies arides. Il est tout à fait extraordinaire qu'une région de cette taille abrite une vie si diversifiée. Il y a de nombreuses années, j'y ai mené des recherches sur certaines créatures. Harriet et moi espérons pouvoir en repérer dans les prairies.

Au bout d'un carillon, la grande île d'Ishia apparut. Ils longèrent la côte ouest vallonnée, puis survolèrent en fin d'après-midi une vaste plaine ocre.

Lorsque le moteur gronda pour amorcer l'atterrissage, Maudie sortit de son atelier caché.

— Qu'est-ce qu'on fait ici ?

Arthur haussa les épaules.

— Des provisions de nourriture. Et Harriet et Gilly font des cachotteries. Une histoire de recherches menées par Gilly il y a des années.

— Atterris le plus silencieusement possible, Welby, demanda l'exploratrice.

Ils se posèrent sur les herbes hautes blanchies par le soleil.

— Je ne comprends pas, dit Arthur en regardant les prairies qui semblaient s'étendre à l'infini.

Mais au moment où il terminait sa phrase, il aperçut quelque chose qui bougeait au loin, ou plutôt des choses, en grand nombre. Maudie les observait déjà dans son binoscope, et Harriet dans son uniscope.

— Incroyable ! murmura la jeune fille.

— Laisse-moi voir, insista son frère.

Elle lui tendit le binoscope. Il lui fallut quelques secondes pour faire le point, puis il en vit un. Il était énorme, même à cette distance, et ressemblait aux cerfs qu'on apercevait souvent dans les pâturages autour de Lontown, mais au moins deux fois plus grand, avec des rayures couleur sable, des bois plats et, au bout du museau, une corne pointée vers le haut.

— *Grandidium spectaculus* ! annonça Gilly. Ou, comme j'aime les appeler, les rôdeurs.

Harriet sourit.

— Ça vous dirait de les regarder de plus près ?

Ils coururent vers le bord, d'où on descendait déjà la passerelle sur l'herbe.

— Gilly jure qu'il est monté sur l'un d'eux, dit Harriet.

Celui-ci hocha vivement la tête.

— Ce sont des créatures pacifiques, très accessibles.

— A-t-on vraiment le temps ? demanda Welby en regardant Harriet, l'air sourcilleux. On s'écarte du programme.

— Oh, Welby, tu veux les voir autant que nous. Qu'est-ce qu'une expédition sans un minimum d'aventure ?

Il fronça encore plus les sourcils, mais Arthur crut le voir décocher un clin d'œil furtif à Harriet.

L'équipage se mit en route dans les herbes hautes. Le garçon sentait le fourmillement de l'impatience dans sa poitrine.

— Les prairies recouvrent de grandes étendues dans le Grand Large, dit Harriet tandis qu'ils avançaient.

— Je n'ai jamais vu d'herbe aussi sèche, fit remarquer Arthur.

— Les racines vont très loin en profondeur, expliqua Welby. Il y a tellement de choses sous la surface.

Les herbes étaient de plus en plus hautes, ce qui rendait leur vision difficile.

Harriet ouvrait la voie.

— Je sais que tu affirmes que ces créatures sont dociles, Gilly, mais on devrait éviter de leur faire peur. On ferait mieux de s'approcher avec prudence.

Maudie toussota.

— Je m'attendais à ce que les herbes soient plus hautes que nous, aussi j'ai pris quelques outils de première nécessité avant de partir.

Elle sortit un miroir de sa poche et décrocha une petite tige métallique de sa ceinture. En quelques clics, elle avait allongé la tige et fixé le miroir à son extrémité.

— Ainsi, si on trouve le bon angle… voilà…, lança-t-elle en le tenant au-dessus d'elle.

— On voit ce qu'il y a devant nous ! compléta Arthur.

— Très bien pensé, Maudie ! déclara Welby.

Harriet eut un grand sourire et Welby tapota avec fierté l'épaule de la jeune Brightstorm alors qu'ils progressaient dans l'herbe.

— Je crois qu'il préférerait que ce soit elle, son assistante navigatrice, souffla Arthur à Felicity tandis qu'ils marchaient derrière les autres.

— Allons, ne dis pas de bêtises. Ça ne te ressemble pas d'être jaloux de ta sœur.

— Je ne suis pas jaloux! protesta-t-il. C'est juste parce qu'il est allé à l'Universitas de Lontown.

Felicity s'arrêta et le regarda.

— Arthur, tu sais comme moi que c'est la trajectoire qu'on prend dans la vie et ce qu'on accomplit qui fait de nous ce que nous sommes, pas forcément un morceau de papier. On prend tous des voies différentes.

Il haussa les épaules.

— Dans ce cas, pourquoi en valorise-t-on certaines plus que d'autres?

— Ne te préoccupe pas de ce que pensent les autres.

Elle fit une moue désapprobatrice, sortit un gâteau des marécages de sa poche et le lui tendit.

— Tiens, j'ai gardé celui-là pour toi. Sans œufs.

Devant, les autres s'arrêtèrent brusquement. Les herbes s'étaient légèrement clairsemées et le sol formait une cuvette. Quand Arthur les rattrapa, il vit un immense troupeau qui paissait devant eux. De près, les créatures étaient immenses. Majestueuses.

L'une d'entre elles leva paresseusement la tête, puis se remit à mâcher.

— Ils ne voient pas les humains comme un danger. Cette région n'est pas habitée, donc ils ont toute la zone pour eux, expliqua Gilly.

L'un des animaux leva les yeux et se dirigea lentement vers eux, d'un pas lourd. Il émit un son, entre le meuglement d'une vache et le ronronnement d'un chat satisfait. Arthur et Maudie échangèrent un regard et eurent un large sourire en entendant l'étrange grondement heureux.

Le rôdeur s'agenouilla devant eux et inclina la tête, clignant de ses longs cils épais sur ses yeux marron.

— As-tu pris les pastilles à la menthe ? demanda Gilly en regardant Felicity, qui sortit alors de la poche de son tablier un sachet en papier rempli de petites pastilles blanches.

— Papa en fabriquait ! s'exclama Maudie à l'intention d'Arthur.

— Nous nous sommes rendu compte que les rôdeurs en raffolaient. Nous pensons que cela les aide à digérer.

Le rôdeur sortit une longue langue noire et Gilly y déposa un disque blanc.

— On s'est dit qu'une pastille contre une balade serait un échange équitable pour eux.

Arthur observait la taille de leurs bois.

— Tu es vraiment sûr qu'ils sont pacifiques ?

— Absolument. Les bois ne sont utilisés que lorsqu'un troupeau rival cherche à s'emparer d'un territoire, mais la plaine est si grande qu'ils restent principalement dans leur propre parcelle. Il y a des points d'eau plus près des montagnes, mais ils voyagent loin pour l'herbe.

Gilly tendit la main et tapota le museau de la créature. Puis il posa délicatement un pied sur son arrière-train et se hissa sur son dos. D'autres rôdeurs se dirigeaient vers eux.

— Ils possèdent un odorat très développé. Ils adorent l'odeur de la menthe poivrée !

Ils se passèrent les pastilles. Harriet en donna une à un rôdeur, le tapota délicatement et se hissa dessus avant d'encourager Arthur et Maudie à l'imiter. Elle n'eut pas à le leur demander deux fois. Maudie aida Arthur à monter puis grimpa derrière lui. Quand l'animal se leva, ils vacillèrent en avant et poussèrent un cri d'effroi, sûrs qu'ils allaient tomber, mais aussitôt les pattes antérieures dépliées, ils retrouvèrent l'équilibre et s'élevèrent au-dessus des herbes.

Arthur tira sur sa chemise pour ouvrir un autre bouton. La chaleur était étouffante et la sueur coulait dans son dos, mais cela n'atténuait pas le sentiment enivrant de liberté qu'il éprouvait sur cette merveilleuse créature.

Elle progressait lentement, à une allure tranquille, régulière. Tout autour d'eux, les membres d'équipage avançaient à dos de rôdeur. Le vent portait l'odeur de la menthe poivrée mélangée à celle de l'herbe sèche.

Leur monture leur fit décrire un cercle, puis revint à l'extrémité nord de la cuvette, où il s'arrêta pour renifler fortement. Il émit un son étrange, très différent du meuglement satisfait qui l'avait précédé : c'était un bêlement de détresse.

— Qu'est-ce qu'il a ? demanda Arthur.

— Je ne sais pas, répondit Harriet, mais on dirait qu'il est très concentré sur la zone devant nous.

Soudain, le rôdeur recula et fit demi-tour. Arthur aperçut alors la fumée qui s'élevait au-dessus de l'herbe. Un sentiment de terreur lui serra la poitrine.

— Un feu ! hurla-t-il, mais ses mots se perdirent dans le grondement des sabots lorsque le troupeau entier prit conscience du danger et commença à foncer dans le sens opposé.

L'allure fluide et tranquille des animaux se transforma alors en galop effréné qui les secoua jusqu'aux os. Au bout de quelques secondes seulement, Arthur et Maudie tombèrent du dos du rôdeur et atterrirent dans un bruit sourd sur le sol desséché. Ils roulèrent sur le côté, se couvrant instinctivement la tête pour se protéger des sabots géants autour d'eux. Harriet fut projetée à terre juste devant eux.

— Retournez à l'*Aurora* ! hurla-t-elle aux membres de l'équipage, qui étaient tous tombés. Contournez le feu par le nord-est. S'il atteint le navire volant avant nous, nous sommes perdus ! Encordez-vous en deux groupes !

Ils se relevèrent tous à grand-peine tandis que Harriet et Maudie retiraient des cordes de leur ceinture à outils.

— Dépêchez-vous, accrochez-vous les uns aux autres.

Un épais panache de fumée tourbillonnait dans leur direction.

Harriet laissa sa corde à l'autre groupe et courut vers Arthur et Maudie.

— Le vent est changeant. Nous devons faire vite. Je vais m'attacher à l'arrière. Welby, place-toi à l'avant.

Ils suivirent le vieil homme dans les herbes hautes. Le crépitement du feu n'était pas loin, et l'air enfumé les faisait suffoquer. Arthur courut jusqu'à ce qu'il ait l'impression que dans ses jambes coulait de la lave en fusion. Il regarda par-dessus son épaule. La corde attachée à lui s'était soudainement relâchée. La panique lui serra la gorge. Où était Maudie ? Il cria son nom dans la fumée.

Welby lui saisit le bras.

— Continue de courir ! Harriet ne l'abandonnera pas !

— Et si elles sont séparées ?

— Harriet ne le permettra pas.

Le vieil homme attrapa le bras d'Arthur et le tira avec une force surprenante. Il n'eut d'autre choix que de le suivre. Ils sortirent de l'herbe, courant jusqu'à l'*Aurora* tandis que le deuxième groupe émergeait non loin de là et se précipitait sur la passerelle. La sueur coulait des deux côtés du visage d'Arthur tandis qu'il regardait désespérément le feu qui gagnait du terrain. Soudain, Maudie et Harriet émergèrent à l'air libre. Welby donna le signal pour démarrer le moteur et tout le monde se hâta d'aller prendre sa place pour le décollage. En quelques secondes, Harriet et Maudie furent sur le pont.

Tandis qu'ils s'élevaient, leur capitaine se mit à pointer le sol du doigt et à parler rapidement avec Welby, puis elle fit signe à Maudie et à Forbes.

— Nous allons revenir en arrière et larguer une partie de notre eau sur le feu pour tenter de le contenir.

— Quelle quantité ? demanda Forbes d'une voix paniquée.

— Gardez simplement le réservoir de secours. Il nous suffira pour atteindre les montagnes où nous nous ravitaillerons.

Forbes acquiesça.

— Arthur, je veux que tu me diriges depuis la proue. Il faut que nous soyons exactement au-dessus du feu, et je ne pourrai pas voir aussi clairement depuis la barre. Welby, tu t'assureras de la synchronisation en relayant le message à la salle des moteurs au bon moment.

Le vieil homme prit position et Arthur se précipita vers la proue. Il vit que le feu se propageait rapidement. Harriet inclina l'*Aurora* pour lui faire décrire un demi-tour serré, puis vola dans le sens opposé, à faible altitude.

— Plus à bâbord! ordonna Arthur. Voilà… Doucement… Pas trop loin! Au-dessus du feu dans dix, neuf, huit…, annonça-t-il, le cœur tambourinant dans sa poitrine.

— Signal pour lâcher à trois, indiqua Harriet à Welby.

— Sept, six, cinq, quatre…

— Lâchez l'eau! beugla Welby.

Il y eut un bruit métallique sous eux, puis la cascade d'eau, suivie par des sifflements et un panache de fumée. Harriet prit de l'altitude et Arthur fonça vers l'arrière de l'*Aurora* pour regarder par-dessus bord.

— Tu as réussi ! cria-t-il.

Ils décrivirent un cercle pour évaluer l'impact. Welby prit la barre pour que Harriet puisse rejoindre Arthur. Elle lui tapota l'épaule.

— *Nous* avons réussi !

Maudie sortit en courant de sous le pont.

— Qu'est-ce que ça a donné ?

— Par chance, le feu n'a pas eu le temps de trop se propager. Il semblerait qu'il soit maîtrisé.

Le troupeau de rôdeurs s'était mis en sécurité au sud.

— Est-ce que ça ira ? Tu crois que ça se reproduira ? demanda Arthur à Harriet.

— Ce sont des choses qui arrivent, en particulier lors des tempêtes électriques. Les racines ne sont pas endommagées. Les pluies reviendront, et l'herbe abîmée repoussera. Je pense qu'on n'a simplement pas eu de chance.

— Je savais que j'aurais dû prendre ma cuillère avec moi, dit Felicity.

— Forbes s'inquiète un peu de n'avoir que le réservoir de secours pour le moteur. Elle veut que nous rejoignions un lac au plus vite, dit Maudie.

Harriet hocha la tête.

— Je vais regarder la carte et j'en parlerai à Gilly. Arthur, aide Welby à la barre.

Le garçon regarda Maudie qui tournait son binoscope pour faire le point sur le troupeau.

— J'ai cru que je t'avais perdue tout à l'heure.

— Je te jure, tu cours plus vite que ton ombre ! La corde m'a glissé des mains. Je n'ai pas vraiment eu le choix…

Il déglutit péniblement. Elle le regarda et posa une main sur son bras.

— On est en sécurité, dit-elle.

La tension dans sa poitrine s'estompa. Il se tourna vers Welby.

— Qu'est-ce qui a déclenché le feu, à ton avis ? demanda-t-il.

— Parfois, ils se produisent naturellement, à cause de la chaleur du soleil ou de la foudre, répondit Welby en indiquant du doigt l'air inondé de soleil qui les entourait. Je crois qu'on peut affirmer qu'aujourd'hui le ciel a triomphé de la terre.

8.
LA CAUSE DES QUATRE

L'équipage de l'*Aurora* repéra un lac sur la côte opposée d'Ishia, se réapprovisionna en eau, puis se remit en route en direction du sud-est. Arthur s'assit sur le pont et ouvrit son journal à une liste qu'il avait commencée : la bague d'Octavie, les Bestwick-Ford, les symboles que formaient les triangles, le mot *Érythéa*. Harriet et Maudie n'étaient pas convaincues de l'intérêt des symboles. Elles avançaient qu'Eudora les prenait peut-être à tort pour une indication de l'existence de mines de poix lucratives, plus loin dans les Stella Oceanus, étant donné que les triangles ressemblaient à des montagnes.

Il tourna la page et décida de rédiger un compte rendu de l'incendie à Ishia dans son journal. Après avoir écrit pendant un moment, il revint à sa liste, qu'il ne pouvait écarter de ses pensées. Il était à deux doigts d'en exclure les Bestwick-Ford. Il ne se souvenait plus pourquoi il les y avait mis. Puis Harriet l'appela.

— Pourquoi ne viendrais-tu pas reprendre la barre? Le vent se lève à nouveau et ce serait bien pour toi de ressentir la différence dans le contrôle. Il reste encore plus d'une semaine de trajet avant la première île que nous devons inspecter officiellement, Montavo, ça nous laisse beaucoup de temps pour nous entraîner.

Il se plaça à côté d'elle et saisit la barre.

— Tu as fait un excellent travail en me dirigeant jusqu'au feu dans la prairie.

Quelque chose dans ces mots fit naître une pensée. *Feu.*

— Le nom du navire volant des Bestwick-Ford, c'est l'*Oiseau de feu*, n'est-ce pas?

— C'est ça. Nommé d'après l'oiseau mythique de l'est.

Il la dévisagea, une idée surgissant brusquement dans son esprit.

— Harrie! Penses-tu qu'il pourrait s'agir de l'oiseau sur la bague d'Octavie? Tu crois que c'était ce que cherchait Ermitage Wrigglesworth?

Elle réfléchit quelques instants.

— J'imagine que ce pourrait être ce qu'il y a sur la bague, mais l'oiseau de feu est un mythe, Arthur.

— Mais les loups télépathes existent. Pourquoi pas un oiseau de feu ?

Elle sourit, mais secoua la tête.

— Je vais te dire pourquoi. C'est lié à l'origine du nom du navire volant des Bestwick-Ford. Le mythe de l'oiseau de feu a été principalement créé par Eleana Bestwick-Ford, il y a deux générations. Eleana a parcouru de fond en comble les Stella Oceanus à la même période qu'Ermitage Wrigglesworth et Octavie, quand ils sont partis en tant que chefs de famille de la nouvelle génération. On peut dire qu'ils devaient faire leurs preuves et qu'il existait une sorte de rivalité amicale entre eux. Eleana avait entendu parler d'un oiseau de feu censé exister sur la dernière île, Nova, et elle les a tous convaincus de faire la course jusque là-bas. Quand ils sont arrivés, ils n'ont trouvé aucune créature de la sorte, et Eleana, toujours dans une compétition acharnée à ce qu'on raconte, est partie plus loin à l'est, même s'il n'y a plus d'îles, seulement la mer à perte de vue, et qu'elle risquait de tomber en panne de poix. Bien entendu, quand elle fut allée assez loin pour se rendre compte qu'il n'y avait rien de plus que de l'eau, elle est revenue. Mais elle s'est perdue dans la brume et s'est abîmée. Une grande partie des membres de son équipage ont perdu la vie, et le crash a été si violent que les quelques personnes qui ont échoué sur les rives de Nova souffraient de nombreuses blessures, y compris de lésions cérébrales. Eleana ne se rappelait plus qui étaient Ermitage et Octavie, ou qui elle était, qui était sa famille, ni même ce qu'elle faisait là. À l'exception d'une seule chose : elle répétait sans cesse « l'oiseau de feu ».

Arthur était pendu à ses lèvres.

— Elle l'a peut-être vu ?

Harriet secoua la tête et prit l'uniscope à sa ceinture. Elle observa l'horizon.

— Elle a peut-être fait faire la bague après tous ces événements ? insista Arthur.

La capitaine le regarda.

— Sa mémoire a fini par revenir, mais l'oiseau de feu est devenu le sujet de toutes les conversations de Lontown pendant une brève période, et diverses histoires ont été inventées. Il s'est avéré qu'il s'agissait juste d'un petit oiseau rouge originaire de la dernière île, Nova. C'était le nom que lui donnaient les habitants de cette île. C'est plutôt drôle, au final ! On en verra sans doute quand on atterrira sur Nova.

Arthur sentit son ventre se serrer sous le coup de la déception. Si cette histoire était vraie, il devrait l'exclure de sa liste de possibilités.

Un souffle d'air chaud ébouriffa les mèches rebelles de Harriet. Elle l'observa pendant quelques secondes.

— Écoute, si ça t'intéresse vraiment, Welby conserve des archives de *La Gazette de Lontown* et tu pourras peut-être y trouver quelque chose à ce propos. Je suis sûre qu'il te laissera les consulter, *si* tu étudies sérieusement, ajouta-t-elle avant de marquer une pause. Il dit que tu as du mal à te concentrer.

— Ce n'est pas vrai ! protesta Arthur, faisant de son mieux pour ne pas remuer les pieds d'un air gêné, car il savait que c'était vrai : son cerveau bourdonnait de toutes ces questions qui restaient sans réponse.

Durant ses cours de l'après-midi, il s'efforça donc de se concentrer.

— Il y a du mieux, je dois avouer, dit Welby en haussant ses sourcils blancs. Mais tu devras faire preuve de constance si tu veux réussir.

— Je serai constant.

— Pourquoi se satisfaire de passer de justesse quand on peut exceller, Arthur ?

Le garçon se dit que Welby n'avait dû rencontrer aucune difficulté pour faire quoi que ce soit depuis sa naissance privilégiée dans les Beaux Quartiers.

— Je crois que ça suffit pour aujourd'hui.

Arthur toussota.

— Harriet a dit que vous aviez de vieilles éditions de *La Gazette de Lontown* que je pourrais consulter. Je me disais qu'il pourrait y avoir des choses que nous ne savons pas sur Ermitage Wrigglesworth dedans.

Welby réfléchit un instant.

— Je suis sûr que non, mais je suppose que ça ne peut pas faire de mal, vu que tu as travaillé dur aujourd'hui. Suis-moi.

Ils rejoignirent la chambre du vieil homme par le couloir. Elle était bien rangée et modestement décorée avec un petit bureau en chêne et plusieurs photographies encadrées sur les murs au papier vert foncé.

— C'est Harriet enfant ? demanda Arthur.

— Oui, son premier jour d'école, répondit Welby avec un sourire nostalgique. Sa mère et son père étaient très occupés en ce temps-là, aussi me suis-je beaucoup occupé d'elle.

Il ouvrit la porte d'un placard, révélant un tas de cartons.

— Voici les journaux que j'ai conservés. Je les ai tous gardés pour une raison, peut-être un article intéressant sur la navigation, ou sur les Coriander, ou un événement de découverte significatif. Laisse-les dans l'ordre où tu les trouveras, je te prie.

Welby partit et Arthur posa le premier lot de journaux sur la table.

Au bout de quelques carillons, il avait fini le premier carton. Certains journaux étaient extrêmement vieux, datant d'environ soixante-dix ans, et, quand le garçon les manipulait, il craignait qu'ils ne tombent en poussière. Il en était à peu près à la moitié de la deuxième boîte quand une photo sur l'une des couvertures l'arrêta dans son élan. Le titre annonçait : *La ville célèbre ses meilleurs lauréats.* Dans le groupe, une femme ressemblait énormément à Harriet, sauf que la date était très lointaine. Il lut la légende de la photo. « De gauche à droite : Eleana Bestwick-Ford, Octavie Coriander, Ermitage Wrigglesworth. » Arthur sentit son cœur bondir dans sa poitrine. Il prit la loupe sur le bureau de Welby et l'examina de plus près. Ils portaient tous les triangles tatoués sur leur poignet ! Il lut l'article :

«… Les trois amis sont inséparables depuis leurs débuts à l'Universitas et ont obtenu leur diplôme avec les mêmes notes, les plus élevées. Ils doivent leur réussite à un rigoureux schéma d'étude collaboratif.

Le résultat fut une surprise pour ceux qui avaient tout misé sur l'élève modèle Thaddeus Vane comme potentiel meilleur diplômé. Griselline Vane, exploratrice estimée et mère de Thaddeus, qui est quatrième meilleur étudiant de l'année, a déclaré: "Évidemment, une personne qui a réussi par son propre mérite plutôt que par la dilution dans le travail d'équipe est à mes yeux le vainqueur de l'année." »

Arthur secoua la tête et marmonna:

— Du Vane tout craché.

«Interrogés sur leurs ambitions après l'Universitas, Bestwick-Ford, Coriander et Wrigglesworth déclarent: "Nous prévoyons d'aller le plus loin possible à l'est, aux confins du Grand Large." Des sources affirment que les trois diplômés ont même formé un club secret lors de leur première année, appelé la Cause des quatre. Un nom étrange, pourrait-on croire, pour un club de trois personnes, mais le chiffre fait référence au tatouage singulier qu'ils arborent tous, et qui représente quatre triangles légèrement différents. Face à nos questions insistantes, les trois jeunes gens refusent d'en dire plus, ajoutant seulement que Lontown devrait suivre leur progression dans l'est avec grand intérêt. »

— La Cause des quatre ?

Arthur observa à nouveau la photographie avec la loupe et reproduisit de son mieux les symboles dans son journal.

Ils correspondaient à ceux qu'il avait vus dans le journal volé de Wrigglesworth : un triangle pointant vers le haut, un autre pointant vers le bas, un pointant vers le haut avec une ligne horizontale le traversant, et pour finir, un triangle pointant vers le bas avec une ligne horizontale traversant sa base.

Il se précipita vers le pont pour trouver Maudie et lui faire part de ses découvertes. Il l'entendait bricoler derrière la tente, où elle avait passé toute la journée.

— Maud, tu ne devineras jamais ce que j'ai trouvé, déclara-t-il, cruellement tenté de simplement ouvrir la toile.

— Arty, je suis occupée. Ça ne peut pas attendre ? Et n'imagine même pas jeter un coup d'œil à l'intérieur.

— Non, ça ne peut pas attendre.

— Eh bien, il le faudra. Je veux essayer ça quand on atterrira à Mysa dans une semaine, et il me reste tellement à faire, je suis en plein milieu d'une…

Les coups reprirent.

Arthur soupira.

9.
LES MANGROVES

Tandis que les jours s'enchaînaient, le climat devenait de plus en plus humide et les îles en direction du sud-est prenaient une couleur verte outrageusement luxuriante. Il y en avait maintenant des centaines, comme des empreintes de pas de géant montrant la voie. Sur la route de Mysa, ils s'arrêtèrent sur certaines des îles plus petites pour se réapprovisionner en nourriture en demandant systématiquement si quiconque avait vu Ermitage Wrigglesworth. Au début, ils traversèrent des villes et des villages très accueillants, et Harriet et Welby étaient très doués pour parler la langue commune des Stella Oceanus, mais plus ils avancèrent, plus les insulaires se méfiaient des étrangers et moins ils leur accordaient de confiance. À plusieurs occasions, Arthur eut même l'impression diffuse qu'on les surveillait, bien que

Maudie lui dise que c'était sans doute parce que les locaux n'avaient rencontré que peu de gens de Vornatania et qu'ils se montraient simplement prudents.

Sur l'île de Montavo, Welby trouva une piste : une femme qui prétendait que Wrigglesworth avait voyagé jusqu'à l'île de la Mangrove, une petite île qui portait officiellement sur la carte le nom de Salicia. La femme disait avoir échangé des provisions avec Wrigglesworth seulement dix lunes plus tôt. Elle lui avait fourni quelques outils pour construire une hutte.

Arthur regarda par-dessus bord alors qu'ils approchaient Salicia qui, à première vue, semblait dense et inhabitée. La chaleur pesait sur ses épaules et un vent humide soufflait sur lui, chaud et salé, ébouriffant ses cheveux châtains. Maudie s'approcha de lui et les décoiffa encore un peu plus.

— Tes cheveux n'en font qu'à leur tête. Tu deviens comme Welby : plus détendu à mesure qu'on s'éloigne de Lontown, dit-elle en souriant.

— Nous allons faire le tour de l'île pour chercher des signes de cette hutte, annonça Harriet.

L'île était petite, une terre de palétuviers, de feuillages épais, avec quelques mares et des zones à l'aspect sablonneux. Ils scrutaient tous très attentivement le sol.

— La voilà ! cria Harriet.

Ils aperçurent une petite structure en bois, non loin de la côte.

— Il n'y a aucun endroit assez grand pour poser l'*Aurora*. Arthur, fais un croquis rapide des canaux pour qu'on puisse emprunter l'itinéraire le plus simple. Nous nous poserons dès que nous pourrons, dans cette anse, mais je ne veux pas rester longtemps. Nos réserves d'eau potable sont faibles. D'après Gilly, il n'y a que de l'eau salée dans ces marais, et je préférerais ne pas utiliser les filtres à sel pour de l'eau potable si je peux éviter. J'irai à la hutte avec Gilly, Felicity, Arthur et Maudie. Welby, j'aimerais que tu restes ici avec les autres.

— Ça te dérange si je reste pour apporter les dernières touches à mon… (Maudie s'interrompit.) Je veux l'essayer dans la matinée.

Harriet hocha la tête.

— Bien sûr.

Avec un cri interrogateur, Parthena demanda si elle pouvait les accompagner.

Arthur lui caressa la tête.

— Tu vas attendre à l'ombre cette fois-ci. Les mangroves n'ont pas l'air d'être le lieu idéal pour un oiseau de ta taille, et nous n'en aurons pas pour longtemps.

Vêtus de pantalons et chemises beiges légers, les explorateurs se mirent en route en direction de la hutte. Ils avançaient dans les prairies marines en direction des mangroves et Arthur avait de l'eau jusqu'aux cuisses.

— J'espère qu'il y aura de nouveaux ingrédients tropicaux à découvrir, dit Felicity. On trouve parfois les meilleures herbes aromatiques et épices dans les endroits les plus inattendus.

— Pas étonnant que personne ne vive ici, commenta Arthur en se débattant pour libérer sa jambe prise dans des herbes marines. C'est intenable.

Gilly se racla la gorge.

— Cet environnement n'est peut-être pas fait pour les humains, mais il déborde de vie, Arthur : poissons, crustacés, oiseaux migrateurs comme les pélicans, et même des aigles. Et puis, il y a les nombreux insectes et, bien sûr, un crocodile de temps à autre.

— Des crocodiles ? s'exclama le garçon, horrifié, sentant les poils de ses bras se dresser.

Il n'y avait pas ce genre d'animaux à Lontown, mais il avait vu des images dans les livres d'explorateurs. Ils avaient l'air absolument terrifiants.

— Ils doivent se nourrir comme n'importe quelle autre créature, et une bonne petite frayeur ne nous fera pas de mal. Cela nous maintient sur le qui-vive et nous rappelle que nous ne sommes pas en haut de la chaîne alimentaire, expliqua Gilly.

— Disons que je préfère les créatures qui ne me voient pas comme de la nourriture.

— Sais-tu que leur morsure exerce une puissance de deux tonnes ? Incroyable, n'est-ce pas ? Ce serait comme si un navire volant se posait sur ta poitrine.

Arthur regarda Gilly et déglutit.

— Si on rencontre un crocodile, il est probable qu'il ait plus peur de nous que l'inverse, intervint Harriet, qui ouvrait la marche. Restez groupés, gardez les yeux grands ouverts, et tout ira bien.

— Une fois, j'ai attrapé un poisson-chat dans l'Insulae, dit Felicity. Il a failli m'amputer les doigts ! Par chance, j'avais ma cuillère à portée de main, dit-elle en donnant un coup de sa cuillère porte-bonheur sur l'eau en guise de démonstration. On en trouvera peut-être un ici, ajouta-t-elle avec espoir.

— As-tu ton croquis des voies fluviales ? demanda Harriet.

Arthur lui tendit le bout de papier.

— Beau travail. Nous suivrons le canal jusqu'au coude ici, puis nous prendrons l'embranchement à droite et nous couperons par les mangroves, puis par ce court canal, et la hutte devrait être devant nous.

Ils continuèrent leur chemin en pataugeant bruyamment jusqu'à atteindre les branches emmêlées des palétuviers. La chaleur tropicale était intense, et ils étaient contents d'entrer sous le couvert des arbres. Ceux-ci possédaient de grands systèmes de racines très denses qui s'élevaient au-dessus de l'eau, comme s'ils reposaient sur des pilotis.

— Faites attention, on peut facilement se prendre la cheville dans les tortillons des racines immergées. Restez hors de l'eau si vous pouvez et assurez-vous d'avoir une bonne prise en avançant.

— Ça va aller, Arthur ? Tu ne portes plus ton bras en fer ? demanda Gilly.

— Il a été assez abîmé lors de la dernière expédition, et, pour être honnête, je suis mieux sans.

— Tu as bien raison, dit le botaniste en souriant.

Ils commencèrent à grimper dans l'enchevêtrement de racines. Une odeur putride assaillit Arthur.

— Beurk, ça sent l'œuf pourri !

— C'est la végétation en décomposition dans l'eau salée, expliqua Gilly. Détail amusant : savez-vous qu'un seul grand verre de cette eau contient environ dix mille parasites ?

À ces mots, Felicity prit une couleur verdâtre. Elle échangea un regard avec Arthur.

— Ces détails sont moins amusants que tu ne le penses, Gilchrest Nicolby.

— Gardez la tête froide et tenez le coup, dit Harriet. Cette épreuve est aussi mentale que physique.

Ils progressaient lentement, et les muscles des bras et des cuisses d'Arthur le brûlaient. Heureusement, le canal suivant n'était plus très loin.

L'exploratrice chassait les mouches des marécages de la main tandis que l'eau devenait plus boueuse.

— Je ne peux pas les écraser, j'ai besoin de mon bras, se plaignit Arthur.

— Ne t'inquiète pas, nous sommes presque sortis.

Harriet prit une poignée de boue et l'étala sur le visage d'Arthur, puis fit de même sur le sien.

— Ça les éloignera un moment.

Ils marchaient bruyamment dans l'eau qui leur arrivait aux genoux, jetant des regards autour d'eux pour repérer les crocodiles. Après plusieurs embranchements et coudes, la hutte apparut.

— Imaginez, s'il est dedans ! s'exclama Arthur, prenant soudain conscience qu'il était tout à fait probable que leur mission s'arrête là.

— Il y a quelqu'un ? lança Harriet tandis qu'ils s'approchaient de la structure.

Ils attendirent quelques instants. Le garçon espérait à moitié une réaction, mais personne ne répondit.

— Pas une seule personne dans le Grand Large ne pourrait supporter la puanteur de cette île trop longtemps, dit Felicity en donnant un petit coup de coude à Arthur.

Ils accélérèrent en direction de la hutte et y entrèrent. Elle était banale, avec quelques boîtes de conserve sur les étagères, quelques livres, un hamac basique, une table branlante avec un tiroir et une chaise.

— Eh bien, on dirait qu'il était là à un moment donné, dit Harriet. Cherchez dans les livres et le tiroir tout ce qui pourrait être intéressant ou qui comporte une date. Rappelez-vous : il a tendance à cacher des informations, comme l'a découvert Arthur lors de notre dernière expédition.

Le garçon Brightstorm avait en effet trouvé des inscriptions secrètes dans l'un des livres de Wrigglesworth, en les révélant à l'aide de jus de citron. Il alla tout droit au bureau et ouvrit le tiroir. Il était vide.

Il prit l'un des deux livres sur le bureau et le feuilleta attentivement pendant que Gilly examinait l'autre. Il contenait des croquis des mangroves, un dessin détaillé du cours du canal, quelques esquisses rudimentaires d'autres îles. La plus grande partie du livre était composée de pages blanches encore à remplir.

Arthur soupira, déçu. Harriet avait raison. Ermitage dissimulait des informations. S'il était venu chercher quelque chose ici, si cela avait un rapport avec l'oiseau de feu ou la Cause des quatre, il n'aurait pas laissé ses découvertes en évidence.

Il remarqua alors un *E* gravé sur le bureau. Il poussa le livre posé dessus, dévoilant le mot *Érythéa.*

— Harriet, encore ce mot.

Elle regarda.

— C'est peut-être juste un mot dans l'une des langues des îles, peut-être une salutation ? On dit que plus de cent langues sont parlées dans les Stella Oceanus.

Mais il passa les doigts dessus, persuadé que cela signifiait quelque chose d'important.

— Quelqu'un d'autre a trouvé quelque chose ? demanda-t-elle.

Personne.

Arthur regarda le bureau. Il rouvrit le tiroir et tâtonna à l'intérieur. Soudain, il se rendit compte que la profondeur du bureau dépassait de quelques centimètres celle de l'intérieur du tiroir. Il toucha le côté de celui-ci et, effectivement, il y avait un loquet. Il le souleva et tira à nouveau la poignée. Un compartiment secret apparut en dessous.

— Regardez ! Un autre livre !

Il le sortit tandis que les autres se rassemblaient autour de lui.

Le carnet contenait d'étranges croquis de créatures. Elles étaient hideuses : noires, avec de longues queues, des ailes rappelant celles des chauves-souris et des sortes de tentacules sur la tête.

— Mais, au nom du Grand Large, qu'est-ce que c'est ? demanda Harriet.

Sous les dessins, il n'y avait qu'un seul mot : *Sombrants.*

— Ces oiseaux bizarres ne ressemblent à rien de ce que j'ai vu au cours de mes voyages, intervint Gilly.

— Tu ne crois pas qu'il y en a sur cette île, n'est-ce pas ? s'inquiéta Arthur en jetant un regard méfiant par-dessus son épaule.

Felicity remua les pieds, mal à l'aise.

— Grands dieux ! Ils me donnent instantanément des picotements dans les orteils, ça c'est sûr. Je doute que Wrigglesworth soit venu ici pour les étudier ! ajouta-t-elle en riant.

— Sombrants, murmura presque silencieusement Arthur.

— On dirait un peu une espèce rare de chauve-souris, dit Gilly en examinant le dessin, attentif. Nombre de ces îles possèdent des systèmes de caves, et il est probable que ces créatures ne sont pas plus grosses que la main, et donc pas du tout effrayantes, en réalité.

— Peut-être Wrigglesworth a-t-il simplement une imagination débordante, ou bien n'est-il pas très doué pour dessiner des chauves-souris, dit Harriet en haussant les épaules. Cet autre carnet contient plusieurs calculs de schémas météorologiques et de consommation de poix pour naviguer jusqu'à Nova. Je parie que c'est là que nous le trouverons, donc c'est peut-être une chance qu'Eudora veuille nous bannir là-bas.

— Il est sans doute en train de se balancer dans un hamac en sirotant une bière locale, sans plus aucune notion du carillon ! lança Felicity en riant.

— Partons. Il se fait tard. Prenez tous les carnets, et nous les examinerons plus en détail sur l'*Aurora.*

Ils repartirent vers le canal. Des feuillages verts et denses tombaient de chaque côté et le vrombissement d'insectes invisibles vibrait dans l'air tout autour d'eux. Quelque part non loin, un oiseau poussa un cri strident et ils se figèrent tous pendant quelques secondes en repensant aux étranges créatures dessinées dans le carnet.

— Ce n'est qu'un aigle, déclara Gilly.

Arthur leur fit prendre un tournant, suivant sa carte. Il semblait y avoir plus de boue qu'à l'aller. Les canaux changeaient peut-être avec les marées. Il faillit perdre une de ses bottes à plusieurs reprises.

— Extirpez vos pieds en les tournant plutôt qu'en tirant tout droit, cria Harriet depuis l'arrière. Ça empêchera la boue de vous aspirer.

Au bout d'un moment, le garçon regarda sa boussole et s'arrêta soudainement. Il s'aperçut avec un horrible pincement au ventre qu'il tenait la carte à l'envers !

— Harriet, je suis vraiment désolé, mais je tenais la carte dans le mauvais sens. On doit revenir sur nos pas.

— Ce n'est pas grave, Arthur, on n'est pas allés très loin, le rassura-t-elle.

— Tout se ressemble beaucoup, c'est facile de se tromper. On sera sur la bonne route en un rien de temps, déclara Felicity. Par ici, c'est moins boueux.

Un éclair vert attira l'attention d'Arthur.

— Attention! hurla-t-il tandis qu'un serpent se dressait.

Avant que quiconque puisse réagir, le serpent fonça comme une flèche sur le bras tendu de Felicity. Elle lâcha sa cuillère porte-bonheur et poussa un cri, le visage déformé par la douleur.

Tandis qu'ils restaient tous figés un instant, incrédules, le serpent partit en ondulant aussi vite qu'il avait attaqué. Sa victime, elle, tomba à genoux.

— Qu'est-ce que c'était? demanda Harriet en se précipitant vers elle.

Felicity était maintenant allongée au milieu des racines et gémissait de douleur.

— Je... Je... Je ne sais pas. C'était vert.

— Je l'ai aperçu furtivement, un crotale, je crois, dit Gilly avec une expression paniquée. Nous avons peu de temps, son bras enfle déjà.

— Peut-on retirer le venin en l'aspirant? demanda Arthur d'une voix aiguë.

Harriet secoua la tête.

— Le venin s'infiltre extrêmement vite dans le flux veineux. Essayer de l'aspirer serait inutile. Arthur, va vite chercher le Dr Quirke, ordonna-t-elle d'une voix ferme. Dis-lui qu'il nous faut l'anti-venin pour crotale. Je vais maintenir la blessure sous le niveau du cœur et calmer Felicity.

— De l'igname sauvage pourrait ralentir le poison, dit Gilly. Je vais essayer d'en trouver.

Mais Arthur fonçait déjà aussi vite que possible en direction du navire volant.

Dans un état d'extrême vigilance et à toute vitesse, il descendit le canal et traversa les palétuviers entremêlés, se déplaçant à l'instinct, puisant au plus profond de lui-même une force dont il ne soupçonnait pas l'existence.

— Docteur Quirke! hurla-t-il dès qu'il aperçut l'*Aurora.*

Welby jeta un œil par-dessus bord.

— Va chercher le Dr Quirke… Felicity… serpent… crotale… anti-venin, cracha-t-il entre deux respirations saccadées, le visage ruisselant de sueur.

Le Dr Quirke descendit bientôt la passerelle en courant avec sa petite sacoche de médecin.

— Dans quelle direction ?

Arthur n'avait quasi plus de souffle pour y retourner, mais il n'avait pas le choix. Il le fallait, pour Felicity. Il pointa le doigt.

— Par là !

Puis Welby fut à ses côtés, passant son bras sous le sien et l'aidant à avancer.

Quand ils rejoignirent Felicity, elle était totalement inconsciente et luttait pour respirer en de brèves inspirations sifflantes. Le Dr Quirke lui injecta rapidement une substance qu'elle avait sortie de son sac.

Arthur tomba à genoux. Il aurait tant voulu remonter le temps.

— C'est ma faute ! Si je n'avais pas pris la carte dans le mauvais sens…

— Ce n'est pas ta faute, Arthur. Il y a des serpents dans la jungle, c'est une réalité. Ce n'est la faute de personne, dit Gilly avec douceur, mais le garçon aperçut les sourcils froncés de Welby qui le jugeait.

Le vieil homme secoua la tête.

— La concentration, Arthur. C'est ce que j'essaie de t'apprendre.

Son mépris aggrava encore la culpabilité atroce qu'éprouvait le garçon Brightstorm.

— C'est une erreur que tout le monde aurait pu faire, Welby, intervint Harriet. Aucun de nous ne s'en est aperçu non plus, on était trop concentrés sur les journaux qu'on a trouvés.

Welby alla chercher d'autres membres d'équipage et ils fabriquèrent un brancard de fortune pour ramener Felicity sur l'*Aurora.* Cela prit du temps, car ils devaient trouver un chemin dans l'enchevêtrement de canaux, mais ils finirent par y arriver.

En haut de la passerelle, le Dr Quirke prit Arthur à part.

— Elle va se remettre. En réalité, ta rapidité pour venir me chercher lui a certainement sauvé la vie.

Malgré ces mots réconfortants, le garçon se sentait toujours horriblement mal.

10.

KAYAK VOLANT

Cette nuit-là, Arthur rêva qu'il avançait dans la mangrove, mais entouré par un brouillard maritime chaud et épais qui se refermait sur lui. Il était perdu, et Felicity était allongée, seule, et sa vie dépendait de lui…

— Réveille-toi.

Il était dans son lit. Maudie le dévisageait.

— Tu marmonnais dans ton sommeil.

— Oh, ah bon ? répondit-il d'un air absent, de la sueur perlant sur son front.

— Tu disais un mot étrange, un truc du genre Erit. Eritaya. Tu n'arrêtais pas de le répéter.

— Est-ce que Felicity va bien ?

Maudie hocha la tête.

— Je suis passée la voir avant d'aller me coucher. Le Dr Quirke est toujours avec elle, mais elle assure que

Felicity retrouvera son état normal dans quelques jours. Harriet a dit que si elle se sentait suffisamment bien, on mettrait les voiles au lever du jour pour rejoindre Mysa. Non seulement il faut qu'on fouille l'île à la recherche de Wrigglesworth, mais apparemment, elle possède aussi un grand lac d'eau douce au milieu, où on pourra remplir nos réservoirs d'eau. Rendors-toi.

Le lendemain, Arthur se réveilla en panique et se rendit directement dans la chambre de Felicity. Il frappa doucement à la porte.

— Entrez, dit la cuisinière d'une voix inhabituellement douce et enrouée.

Elle était encore pâle, les cheveux détachés et ébouriffés, et un gros bleu sur son bras marquait l'endroit où le serpent l'avait mordue.

— Je suis vraiment désolé, dit-il.

Elle fit la moue.

— Et pourquoi donc, par le Grand Large ? Ces choses-là arrivent quand on est une exploratrice. Tout ce que je regrette, c'est qu'on n'ait pas attrapé et cuisiné ce vaurien !

— Où est ta cuillère porte-bonheur ?

— Je l'ai laissé tomber dans la mangrove, et, dans la précipitation, j'imagine qu'ils ont oublié de la ramener.

— Oh non !

Arthur se sentait terriblement mal. C'était comme si une partie d'elle était restée là-bas. Elle haussa les épaules.

— De toute évidence, elle ne fonctionnait plus.

— Mais c'est ta cuillère porte-bonheur ! Je vais aller la chercher ce matin.

— Et risquer de te faire mordre par la même occasion ? Et s'il y avait un nid et que c'était seulement un parent qui voulait protéger son bébé ? Non, monsieur ! En fin de compte, ce n'est qu'une cuillère. En revanche, ce que tu peux faire pour moi, c'est aider Meytheow à préparer le petit déjeuner avant qu'elle ne fasse brûler les muffins… et m'apporter une grande tasse de thé.

À huit carillons, ils étaient prêts à repartir.

— Équipage, à votre poste ! lança Harriet.

— Où est Parthena ? demanda Arthur, prenant conscience qu'il ne l'avait pas vue de la matinée.

Il se tourna vers Queenie ; elle et l'oiseau étaient en train de devenir inséparables et préféraient dormir sur le pont. Mais la chatte se contenta de pousser un miaulement entendu.

— Harrie, on ne peut pas partir, Parthena a disparu ! s'écria Arthur, mais juste à ce moment, il aperçut un éclair argenté dans le ciel et la cuillère porte-bonheur de Felicity tomba sur le pont.

L'oiseau tournoya au-dessus de l'*Aurora*, puis se posa à côté d'Arthur, qui sourit.

— Que tu es maligne. Merci.

Parthena inclina la tête en guise de réponse.

— Bien ! Mettons les voiles, équipage ! Il est temps de retrouver Ermitage Wrigglesworth !

Ils atteignirent Mysa le deuxième jour en début d'après-midi, après avoir volé toute la nuit. Juste à temps, car leurs réserves d'eau étaient presque épuisées. Felicity s'était levée et se sentait « aussi solide qu'une marmite », bien qu'Arthur l'ait surprise à s'appuyer contre le bastingage à plusieurs reprises.

Vue de haut, Mysa ressemblait à un grand œil avec son lac bleu scintillant au centre. Ils atterrirent sur la rive nord du lac, plus large. Lorsqu'ils eurent bien amarré le navire, Harriet déplia la passerelle et tous, sans exception, se contentèrent de retirer leurs bottes avant de sauter tout habillés dans l'eau pour échapper enfin à la chaleur tropicale, devenue étouffante.

L'eau était agréable et rafraîchissante, et Arthur fit la planche, battant des jambes comme une grenouille, contemplant le ciel bleu poudré.

Après avoir dérivé avec bonheur pendant plusieurs minutes, il vit que Maudie parlait à voix basse avec Harriet sur la berge. Il les rejoignit à la nage.

— Qu'est-ce que vous complotez, toutes les deux ?

— Patience, Arthur Brightstorm. Tu vas bientôt le découvrir.

Harriet demanda à l'équipage de s'asseoir au bord du lac et d'attendre tandis qu'elle et Maudie disparaissaient dans le navire.

Ils entendirent un cliquetis de chaînes et un palan s'éleva sur le pont. S'y balançait un objet ovale de la taille d'une charrette de Lontown. Arthur plissa les yeux. Était-ce une sorte de navire maritime, comme celui des Acquafreeda ? L'objet descendit lentement vers l'eau. Arthur plaqua la main sur sa bouche, stupéfait.

C'était un navire volant miniature !

Désormais, tout l'équipage s'était levé.

Il était magnifique, avec une coque fuselée d'à peu près la taille d'un canoë, ce qui ressemblait à deux ailes dépliables, un ballon en toile, une sorte de moteur compact à l'arrière et une dérive. Il se posa dans l'eau avec un petit *splash.*

Maudie apparut derrière Arthur.

— Qu'est-ce que tu en dis ? demanda-t-elle, son visage luisant à cause du soleil qui tapait, mais rayonnant également de fierté.

— Maudie ! Je n'en reviens pas que tu aies réussi à garder ça secret ! dit Arthur.

Le reste de l'équipage se mit à bavarder tout en admirant l'invention.

— Je voulais que ce soit une vraie surprise, et je craignais un peu de ne pas réussir à le faire fonctionner. J'ai eu l'intuition, quand nous étions à Polaris Sud, que les navires volants pourraient avoir besoin d'un petit soutien en plus, quelque chose pour les aider à se sortir de situations délicates ou pouvant être utile pour de courtes missions. Enfin, je dois encore le perfectionner. Pour l'instant, il ne peut pas aller très haut ni très vite, et…

— Haut ? Tu veux dire qu'il vole ?

— Eh bien, un peu… Il faut que je trouve un moyen de lui donner plus de portance. Il y a encore des choses à régler…

— Peu importe ! C'est génial.

Il remarqua l'inscription peinte sur le côté, *Violetta II*, et il dut ravaler les immenses émotions qui l'assaillaient : un cocktail enivrant de fierté, de chagrin et d'excitation.

— Tu veux savoir comment j'ai appelé cette invention ?

Il hocha la tête avec enthousiasme.

— Un kayak volant.

— Nom d'un rouage rouillé, c'est super !

Maudie rangea un chiffon dans sa ceinture. Son sourire illuminait tout son visage.

— Harrie pense que je peux peaufiner le moteur, déposer le brevet et le lancer à Lontown. Cela pourrait rendre les voyages aériens à petite échelle plus accessibles, ce genre de chose. Et le moteur fonctionne à l'eau, c'est un modèle réduit, très basique, du moteur de l'*Aurora*, mais le principe est le même. Il doit juste se mettre plus fréquemment au contact de l'eau pour se recharger, et ça donne plus d'énergie à l'hélice pour remonter, mais je pourrai travailler là-dessus avec le temps. Il a même des filtres à sel, comme l'*Aurora*, si bien qu'on peut aussi l'utiliser au-dessus de la mer.

— Combien de personnes peuvent monter dedans ?

— Il est prévu pour une ou deux, trois en se serrant.

— Alors… qu'est-ce qu'on attend ?

Ils grimpèrent à bord. Maudie se plaça à l'avant, devant le petit gouvernail accompagné d'un panneau de boutons et de leviers, et Arthur s'assit derrière elle.

— La zone couverte de toile à l'arrière sert pour le stockage, mais on pourrait sans doute y mettre une troisième personne.

Sous les acclamations déchaînées de l'équipage, Maudie démarra le moteur. Il produisait un bruit presque inaudible, comme un battement de cœur, similaire à celui de l'*Aurora*, mais plus doux. Le ballon se gonfla, Maudie tira sur un levier pour étendre les ailes et ils s'élevèrent, juste à la hauteur d'une personne debout, mais Arthur poussa un cri de joie et Maudie rit, et ils étaient partis. Le kayak volant prit de la vitesse, s'éleva pendant un moment, puis retomba à l'eau avant de remonter, un peu comme un galet faisant des ricochets au ralenti.

— C'est génial, Maudie, génial !

Ce fut tout ce qu'il trouva à dire pendant leur circuit sur le lac, avant de revenir à l'*Aurora* où ils furent accueillis par d'autres applaudissements et des « Je peux essayer ? » et « À mon tour ! ».

Ils continuèrent à piloter le kayak volant jusqu'au crépuscule, jusqu'à ce qu'il fasse trop sombre et qu'ils doivent tous rentrer se coucher sur le navire volant.

Les jours suivants, ils finirent d'explorer Mysa, puis ils prirent l'itinéraire direct jusqu'à Nova, s'arrêtant sur certaines îles plus petites et peu peuplées en chemin. Ils n'y apprirent rien sur l'endroit où se trouvait actuellement Wrigglesworth, mais certaines personnes le reconnurent sur la photo, et on leur affirma qu'il s'était dirigé vers Nova pas plus de six lunes auparavant.

Le temps devint encore plus chaud, ce qu'Arthur n'aurait pas cru possible. Heureusement, la canicule était interrompue par des averses très courtes et soudaines d'une pluie tiède et rafraîchissante, qui faisaient danser de joie tout l'équipage sur le pont, la bouche ouverte vers le ciel.

Welby étant occupé à déterminer leur itinéraire jusqu'à Nova, les leçons de navigation étaient en pause pour le moment. Arthur passait plus de temps à la barre, Harriet restant toujours à proximité pour le surveiller et le guider. Même pendant les averses, il adorait ça.

Durant l'un de ces jours pluvieux, Maudie bricolait l'auvent météorologique.

— Tu es sûr que tu ne veux pas monter l'auvent ? demanda-t-elle à Arthur.

— Il pleut à peine, Maudie.

Il ne voulait pas sentir de barrière entre le ciel et lui. Il éprouvait une sensation d'unité quand il était à la barre, comme s'il avait le contrôle et faisait en même temps partie de quelque chose qui le dépassait.

Elle soupira et se remit à ajuster une chaîne.

Arthur se tourna vers Harriet, qui était assise sur le pont à côté de lui et écrivait dans son journal, protégé de la pluie par un petit abri à livre mis au point par Maudie.

— Combien de temps avant qu'on atteigne Nova ?

— Si le vent reste favorable, on y sera demain. Même si on peut difficilement évaluer la précision de nos calculs dans des territoires aussi peu explorés.

— C'est étrange, tu ne trouves pas ?

Harriet eut un air interrogateur.

— Qu'Eudora nous ait attribué l'île la plus lointaine, expliqua-t-il. Je sais que c'était sans doute pour se débarrasser de nous, mais tout semble suggérer que c'est bien l'endroit où nous avons le plus de chances de trouver Ermitage Wrigglesworth.

Harriet hocha la tête.

— Cette pensée m'a traversé l'esprit plusieurs fois depuis le début de ce voyage.

— C'est peut-être simplement pour des questions de poix, suggéra Maudie. L'approvisionnement est beaucoup plus incertain par ici, et elle sait qu'on a un moteur à eau.

— C'est ce que je me suis dit aussi, admit Harriet. Pourtant, cela continue de me tracasser un peu.

Welby s'approcha et tendit des graphiques à l'exploratrice, puis il partit avec Maudie pour des vérifications de routine du ballon. Arthur avait passé du temps dans la bibliothèque à avancer dans les chapitres et continuer ses recherches sur la Cause des quatre. Mais il n'avait rien trouvé. Il regarda en rêvant à l'ouest, là où les nuages s'évaporaient, et où le rose pêche se fondait dans le violet et le bleu azur, tandis que le soleil tirait sa révérence. Il imagina les quatre triangles flottant dans les airs devant lui.

— Hé, le rêveur, tu dévies de ta trajectoire, dit Harriet en levant doucement la main pour ajuster la barre de quelques degrés, avant de continuer à écrire.

— Ah, pardon.

Soudain, Arthur se rendit compte qu'entre l'accident dans la mangrove et l'excitation du kayak volant, il avait oublié de demander à Harriet si elle savait quelque chose sur la Cause des quatre, dont il avait entendu parler dans le vieux numéro de *La Gazette de Lontown*. Elle avait bien dit que les triangles étaient le symbole d'une sorte de club, après tout.

— Harriet, as-tu déjà entendu parler de la Cause des quatre ?

Elle releva les yeux des notes qu'elle griffonnait dans son journal.

— C'est quelque chose que j'ai lu dans l'un des vieux exemplaires de *La Gazette de Lontown* de Welby. Il y avait un article sur Octavie, Ermitage et Eleana qui avaient obtenu les meilleures notes de l'année, et il relatait qu'ils faisaient tous partie d'un club qui s'appelait la Cause des quatre. Mais je n'en trouve mention nulle part dans la bibliothèque.

Harriet posa son crayon.

— Oui, je me souviens que tu m'as interrogée à ce sujet. Pourquoi une telle curiosité ?

— Les symboles sur le bras d'Octavie se trouvaient aussi dans le journal que Smethwyck a dérobé à Wrigglesworth, tu te souviens ? Le mot *Érythéa* était écrit à côté. Ce mot était aussi gravé sur le bureau de l'île de la Mangrove.

— Et tu penses que ça a un rapport avec la disparition de Wrigglesworth ?

Il haussa les épaules.

— J'ai juste un pressentiment.

— La Cause des quatre… De ce que j'en sais, c'était juste un club idiot, un jeu entre jeunes explorateurs. C'est Octavie elle-même qui me l'a dit. Un soir, ils ont eu une idée qui est devenue un pari. Ils ont conclu, en se basant sur des mythes anciens, qu'un quatrième continent pouvait très bien exister, et chacun a parié contre les autres qu'il serait le premier à le trouver.

— Un quatrième continent ? répéta Arthur, incrédule. Comment un continent entier pourrait-il exister sans que personne ne soit au courant ?

— Exactement. Attends, je vais prendre la barre pendant que tu vas dans mon bureau. Quelque part dans la bibliothèque, il y a un livre intitulé *Briser les mythes.* Va le chercher.

Arthur se précipita en bas et passa en revue la bibliothèque du bureau de Harriet pour en sortir un livre mince à la couverture en cuir marron, coincé entre deux volumes beaucoup plus épais. La couverture indiquait : *Briser les mythes du Grand Large*. Il remonta sur le pont en toute hâte.

Harriet le feuilleta.

— Ah, voilà.

Elle pointait du doigt une page comportant les quatre symboles.

— Ce sont leurs tatouages ! s'exclama Arthur avec enthousiasme.

Il lut les descriptions.

— « Le triangle qui pointe vers le haut traversé par une ligne horizontale représente l'air, qu'une partie de l'élite de Lontown appelle communément le Premier Continent, mais dont le véritable nom est Vornatania. Le triangle qui pointe vers le bas et dont la base est traversé par une ligne horizontale représente la terre, Nadvaaryn. Celui qui pointe vers le bas est l'eau, le Continent de Glace, et enfin, celui qui pointe vers le haut représente le feu, et a été créé comme symbole du dernier continent perdu. »

— Ils ont choisi le feu pour le quatrième symbole, parce qu'ils croyaient que le continent se situait près de l'équateur.

— Mais Octavie devait y croire, si elle faisait partie du club ?

— Elle y a cru pendant de nombreuses années, et ils se sont efforcés de le trouver, mais comme tu le verras si tu lis le livre, il y a des preuves géographiques et des témoignages catégoriques qu'il ne peut pas exister.

Les autres membres du club étaient furieux qu'elle ait publié la vérité. Ils disaient que cela les faisait passer pour des ratés.

— C'est Octavie qui a écrit ce livre ?

Harriet hocha la tête et l'ouvrit à la page de titre, où le nom d'Octavie était écrit en petites lettres dorées.

— Alors, c'est pour ça qu'elle et Wrigglesworth se sont brouillés ? Elle m'a dit que cela faisait des années qu'ils ne s'étaient pas parlé.

Harriet haussa les épaules.

— Je suppose qu'ils n'ont jamais réussi à se réconcilier.

— Peut-être que Wrigglesworth n'a pas pu abandonner cette idée.

— Tu sais quoi, je suis convaincue qu'on le trouvera sur cette dernière île, Arthur. Je le sens.

— Je peux prendre le livre ?

— Bien sûr. Maintenant, va te reposer. On devrait arriver à Nova au matin.

11. L'ÎLE AU BOUT DU GRAND LARGE

Le vent se tourna contre eux, et il leur fallut plus longtemps que prévu pour rejoindre Nova. Mais quand l'*Aurora* se posa sur le sable fin, couleur de lune, ils étaient tous d'accord pour dire que l'île était de loin la plus belle qu'ils avaient visitée. C'était la fin d'après-midi, et le ciel était d'un bleu azur sans nuages, et, entre les palmiers et les vagues tranquilles d'une mer claire comme du cristal, ils avaient l'impression d'être entrés dans un tableau. Ils avaient aperçu quelques maisons dans la zone centrale vallonnée, mais il était plus facile d'atterrir sur la plage et de randonner ensuite dans les terres. Comme le soleil était déjà bas dans le ciel et qu'ils avaient tous faim, Harriet déclara qu'ils attendraient le matin pour aller à la rencontre des locaux.

Maudie et Arthur descendirent le kayak volant pour explorer un peu la baie, et Felicity insista pour se serrer avec eux à l'intérieur afin de pouvoir pêcher. Ils réussirent à attraper un gros vivaneau à queue jaune, que la cuisinière fit cuire sur la plage.

Les discussions allaient bon train sur cette île, la dernière, et l'équipage semblait presque convaincu qu'on trouverait sûrement Ermitage Wrigglesworth en train de se prélasser sur une plage, et qu'il pourrait être rapporté à Lontown que tout allait bien.

À part Arthur. Cette nuit-là, il resta allongé sans dormir, à réfléchir aux quatre symboles, à la Cause, et à ce mot, *Érythéa*. Il l'avait vu dans le journal sur le *Victorieux*, gravé sur la table dans la hutte de la mangrove, et écrit distinctement à côté du symbole du mythique quatrième continent. Une question lui brûlait le cerveau : *Et si ce quatrième continent était réel, et qu'il s'appelait Érythéa ?*

Il alluma une bougie et ouvrit le livre d'Octavie sur les mythes. Un chapitre s'intitulait « La Cause des quatre ». Il recensait toutes les familles qui, après plusieurs tentatives, avaient échoué à aller plus loin que la dernière des îles Orientales. Toutes étaient revenues en disant qu'elles n'avaient rien vu d'autre que la mer jusqu'à se retrouver à court de carburant. De nombreuses personnes étaient mortes. Certains parlaient d'un banc de brouillard impénétrable, mais ils étaient si nombreux à avoir essayé et à être rentrés bredouilles que les preuves étaient effectivement convaincantes. Il n'y avait rien là-bas. Arthur regarda la bague avec l'oiseau de feu. Elle était liée, il en était sûr. Il la tournait et retournait entre ses doigts tout en s'interrogeant quand il remarqua quelque chose d'étrange sur l'oiseau du dessous. Il plissa les yeux et l'approcha de la lumière. Il était différent, même s'il avait dans un premier temps supposé que c'était le même. En l'examinant de plus près, il se rendit compte qu'il avait des ailes, mais que ce n'était pas un oiseau. Il sauta de son lit et se rendit dans la bibliothèque, où ils avaient rangé le journal de la hutte de la mangrove. Il l'ouvrit à la page contenant les dessins de la créature sinistre aux allures de chauve-souris et le mot « sombrants ». Leur ressemblance était frappante.

Tout cela dissimulait quelque chose, il en était certain, et demain, lorsqu'ils iraient au village, il trouverait des réponses à ses nombreuses questions.

Maudie passa la tête dans la pièce, le visage bronzé et les cheveux dénoués et ondulés.

— Qu'est-ce que tu fabriques ?

Il s'apprêtait à tout lui raconter, mais il se surprit à répondre :

— Je cherche juste des informations sur Nova.

Il n'aurait pas su expliquer sa réticence. D'habitude, il partageait tout avec sa sœur, mais elle avait reçu tellement de félicitations et d'attention pour le kayak volant qu'il avait envie de garder ça pour lui.

Pour l'instant.

L'équipage se rassembla sur le pont de bonne heure le lendemain matin, prêt à se diriger vers le village, mais fut accueilli par deux événements tout aussi surprenants qu'inattendus. Tout d'abord, Harriet avait aperçu le *Victorieux* au loin, à plusieurs heures de distance.

— Je me demande comment ils se débrouillent avec leurs réserves de carburant. Ils ont dû réussir à s'approvisionner sur Sol, au sud-ouest d'ici.

Welby hocha la tête. Selon la rumeur, cette île possédait une source de poix.

La deuxième vision étonnante fut un villageois souriant venant à leur rencontre sur la plage. Il portait un pantacourt vert et une chemise ample vert olive. Il avait des cheveux bruns et ondulés, une démarche détendue, tranquille, et la peau très bronzée. Il s'approcha les mains tendues, et dit en lontonien, en avalant des syllabes :

— Bienvenue à Nova ou, comme certains d'entre nous l'appellent, l'île au Bout du Grand Large. Je m'appelle Gallus. Êtes-vous venus chercher Ermitage ?

— Il est ici ? demanda Harriet, surprise.

Gallus hocha la tête.

— Je vais vous conduire à lui.

Ils se regardèrent tous. Il était donc vraiment là.

— Je n'en reviens pas ! dit Maudie en suivant Harriet sur la passerelle. Il est là, après tout ce bazar et une armada entière lancée à sa recherche jusqu'au bout du monde !

Arthur avait hâte de le rencontrer. Quelle que soit la raison pour laquelle il se cachait ici et ne voulait pas revenir à Lontown, il avait beaucoup de questions à lui poser sur la Cause et la bague à l'oiseau de feu.

Ils empruntèrent un long sentier battu au milieu de palmiers qui les conduisit vers une pente raide menant à un petit village. Ici, les maisons étaient différentes de celles qu'Arthur avait vues pendant leur voyage ; elles avaient un aspect plus coquet, de jolies fenêtres arquées et des marches avec des rampes ornementées qui figuraient du lierre.

— Peut-on vous offrir des rafraîchissements ? demanda Gallus.

— Merci, mais si vous pouviez d'abord nous mener jusqu'à Wrigglesworth, nous vous en serions très reconnaissants.

Ils avaient tous soif après cette marche, mais, Arthur le savait, Harriet était consciente que le *Victorieux* serait bientôt là, et elle voulait être la première à l'interroger.

Gallus hocha la tête et ils dépassèrent la hutte, continuant de gravir la colline.

— Peut-être qu'il prend un bain de soleil là-haut, dit Maudie, et Arthur aurait ri si, à cet instant, il n'avait pas vu quelque chose qui lui fit l'effet d'un seau d'eau glacée sur la tête.

Au sommet de la colline se trouvait une tombe.

Le silence se fit parmi l'équipage. La tombe était surmontée d'un panneau en bois sur lequel on pouvait lire :

ERMITAGE WRIGGLESWORTH,
EXPLORATEUR DE VORNATANIA QUI
PERDIT LA VIE DANS LES MERS ORIENTALES

C'était comme si quelqu'un avait percé le ciel et dégonflé l'atmosphère.

L'espace d'un instant, Arthur se retrouva dans les forêts gelées du Continent de Glace, et les souvenirs de son père revinrent l'assaillir. Il prit la main de Maudie et la serra, parce qu'il savait qu'elle ressentait la même chose.

Felicity fut la première à parler.

— Bon, eh bien voilà, dit-elle en remettant sa cuillère porte-bonheur dans son tablier.

— Eh bien voilà, en effet, acquiesça le Dr Quirke.

Ils s'assirent lourdement sur la colline, Harriet à côté de Gallus.

— Que s'est-il passé ? lui demanda-t-elle.

— Nous avons retrouvé l'épave de son navire volant en mer. Comme beaucoup par le passé, il croyait pouvoir aller plus loin à l'est. Mais il n'y a rien là-bas. Juste de l'eau et la mort. Beaucoup ont cherché, tous ont échoué. Je suis désolé si ce n'est pas la réponse que vous espériez. Nous en voyons beaucoup venir et essayer, et tous échouent. Nous les prévenons que c'est inutile et vain, qu'ils doivent se contenter de ce qu'ils ont et maîtrisent, mais… Comme vous le savez, les gens de Lontown se satisfont rarement d'un non.

Arthur trouva cette remarque un peu cassante, mais très vraie.

— Nous avons écrit ce panneau dans votre langue, car cela nous paraissait approprié.

— Et maintenant ? demanda Felicity.

Harriet se leva et s'essuya les mains sur son pantalon.

— Ça ne sert à rien de s'attarder et de faire perdre du temps et de l'énergie à nos collègues explorateurs. Welby, quand nous serons de retour à l'*Aurora*, tu pourras envoyer un message par pigeon voyageur aux autres navires volants pour leur dire qu'ils peuvent rentrer à Lontown ?

Welby hocha la tête.

— Nous resterons ici encore aujourd'hui et nous partirons demain, si cela vous semble acceptable, Gallus.

Arthur détecta une hésitation chez celui-ci avant qu'il acquiesce d'une inclinaison de la tête. Mais, ce faisant, il dévoila un éclat doré autour de son cou : une bague passée sur une chaîne. Une bague qui, dans ce bref moment, aux yeux d'Arthur, ressemblait énormément à celle d'Octavie ! Elle disparut de nouveau sous sa chemise.

— Nous avons pour coutume de fêter la vie de ceux qu'on a perdus, dit Gallus en se levant. Vous joindrez-vous à nous ce soir pour cette célébration ?

— Nous en serions honorés, répondit Harriet.

— Notre village est à vous. Vous êtes les bienvenus si vous souhaitez le visiter aujourd'hui, bien sûr.

— Merci, mais nous allons probablement rentrer au navire pour faire l'inventaire de nos réserves. Peut-être pourrons-nous faire un peu de commerce avec vous avant de repartir ?

— Nous n'avons pas de poix ici, malheureusement.

— Oh, mais notre navire n'utilise pas de poix.

Gallus parut stupéfait.

— Je dois vous dire aussi, reprit Harriet, l'un de nos… navires camarades est en route.

Il hocha la tête.

Ils reprirent le sentier en direction du village. Remarquant qu'un homme les dévisageait à travers l'un des rideaux coquets qui habillaient les fenêtres, Arthur s'arrêta et lui rendit son regard. L'homme disparut.

— Arthur, arrête d'être aussi indiscret, siffla Maudie.

— C'est lui qui me fixait.

— Mais il s'agit de leur île. C'est nous les étrangers, donc ils ont le droit.

Il plissa les yeux.

— Qu'est-ce qui ne va pas ? s'enquit-elle.

— Une autre personne nous regarde, là-bas, derrière l'arbre.

Elle se retourna, mais l'individu en question avait disparu.

— C'est ton imagination qui te joue des tours. Allons boire quelque chose et rentrons au navire volant.

Ils acceptèrent un verre d'eau rafraîchissant, avec du citron vert et un peu d'ananas, avant de reprendre le chemin. Arthur traînait des pieds en queue de peloton et, quand ils furent un peu plus bas, il plongea dans la forêt, entraînant Maudie avec lui.

— Qu'est-ce que tu fais ? demanda-t-elle dans un murmure pressant.

Il mit un doigt devant ses lèvres.

— Je vais y retourner pour jeter un coup d'œil. Tu viens avec moi ?

Elle leva les yeux au ciel.

— Non, je vais profiter du fait que ce mystère est résolu en faisant un tour de kayak volant avant que cette horrible bonne femme n'arrive.

— Comme tu voudras, dit-il en haussant les épaules.

Maudie se hâta de rejoindre les autres et Arthur fonça à travers les palmiers en direction de l'arrière des maisons. Restant plié en deux, il s'approcha discrètement d'une fenêtre et, après avoir tendu l'oreille un moment pour s'assurer qu'il n'y avait personne, il jeta un coup d'œil à l'intérieur. Il y avait un étrange animal dans une cage en bois. On aurait dit un petit ours, mais il s'accrochait aux barreaux avec ce qui ressemblait à des orteils palmés. Arthur se baissa quand la porte s'ouvrit, puis regarda à nouveau. Un homme sortit l'ours de la cage et lui dit quelque chose dans une langue étrangère. On aurait dit qu'il s'excusait. Il caressa gentiment l'animal sur la tête. Quelque chose remua sur le cou de l'ours, quelque chose qui ressemblait à s'y méprendre à des ouïes de poisson. L'homme continuait de parler à la créature, et Arthur reconnut un mot qui lui fit écarquiller les yeux comme des soucoupes : *Érythéa*.

L'homme avait dit *Érythéa* !

Une pensée frappa alors Arthur comme un glaçon courant le long de sa colonne vertébrale. Et si Wrigglesworth n'était pas mort ? Et s'il y avait vraiment un quatrième continent et qu'il y était parvenu ? Et si les habitants de l'île cachaient délibérément quelque chose ?

Il retourna à l'*Aurora* en courant à travers les palmiers pour tout raconter à Maudie et Harriet, mais, quand il arriva au navire, il vit que le *Victorieux* avait déjà atterri un peu plus loin sur la plage et que Harriet et Welby se dirigeaient vers lui.

Maudie se tenait sur la plage telle une statue, en train de les regarder.

— Eudora voudra sans doute s'attribuer le mérite de la découverte de la fin de Wrigglesworth, dit-elle.

Il l'entraîna sur le côté, à l'écart de quelques villageois qui se trouvaient là.

— Il y a quelque chose de louche chez certains des habitants de cette île, murmura-t-il.

— D'accooord… c'est-à-dire ?

— La bague sur la chaîne autour du cou de Gallus, c'est la même que celle d'Octavie.

Elle fronça les sourcils d'un air incrédule.

— Enfin, je crois. Je ne l'ai pas vue distinctement.

Maudie haussa les épaules.

— C'est hautement improbable. Tu es fatigué, c'est tout. Le voyage a été long.

— D'accord, dans ce cas que dis-tu de cette créature que je viens de voir dans l'une des maisons ? L'un des hommes la gardait dans une cage. Il ne l'a laissé sortir qu'une fois qu'on a été partis ! Je n'avais jamais rien vu de tel, pas même dans *La Faune naturelle du Grand Large* – et je l'ai lue plusieurs fois du début à la fin.

— Nous sommes aux confins du Grand Large oriental. C’est normal qu’il y ait des créatures qu’on ne connaît pas. On ne peut pas tout savoir.

La frustration lui nouait la gorge.

— C’était un mammifère terrestre.

— Un mammifère ?

— Un mammifère terrestre avec des pattes palmées et ce qui ressemblait à des ouïes.

Elle poussa un soupir.

— Des ouïes ? Arthur, il faut que tu t’allonges. C’est la chaleur. Le Dr Quirke dit qu’elle peut nous jouer des tours. Je vais me préparer pour la fête. Je te conseille de faire une sieste.

Elle tourna les talons et retourna au navire volant.

Au lieu de faire la sieste, Arthur se rendit dans la bibliothèque pour consulter *La Faune naturelle du Grand Large*. Il n’y avait rien qui ressemblât de près ou de loin à la créature qu’il avait vue.

Au bout d’un moment, Maudie entra dans la pièce, les cheveux impeccablement attachés et portant une chemise blanche propre.

— Harriet est déjà partie, l’équipage s’est rassemblé sur la plage et s’apprête à retourner au village. Tu viens ?

Il hocha la tête et ferma le livre. Il devrait juste trouver un moyen de prouver que quelque chose clochait dans le village.

Le reste de l'équipage Coriander disparaissait déjà par le sentier, et Maudie se précipita derrière eux.

— Allez !

Arthur se mit à trottiner derrière elle, le flot de ses pensées se déchaînant.

— Pourquoi un animal respirant à l'air libre aurait-il besoin de pattes palmées et d'ouïes ? Et ils parlent étonnamment bien le lontonien, ce qui est curieux pour une île aussi lointaine, tu ne crois pas ? Quelque chose ne tourne pas rond. Je n'arrive pas à mettre le doigt dessus, mais c'est un tas de petites éléments qui ne tiennent pas la route.

Elle s'arrêta et se tourna vers lui.

— Arty, on rentre demain à la maison. Ermitage Wrigglesworth est mort et notre mission est terminée. Il n'y a rien d'autre à découvrir, aucun mystère. Rien que la mer et le brouillard et la mort pour ceux qui essaient. Oui, j'ai lu le livre d'Octavie, par curiosité. Je l'ai trouvé sur ton lit. Mais c'est réglé : nous savons désormais que ces symboles n'ont aucun sens. (Elle soupira.) C'était trop de voir cette tombe, de se souvenir de ce qui est arrivé à papa. Maintenant, je veux juste rentrer à la maison. Pas toi ?

— Papa nous a toujours appris à nous fier à notre instinct.

— Notre instinct par rapport à quoi ? Il y a bel et bien une tombe, et des témoins de ce qui s'est passé.

Une bourrasque d'air chaud desserra le ruban de Maudie. La main d'Arthur eut un mouvement saccadé tandis qu'il se tournait pour l'aider à le renouer, mais il s'arrêta. Il devait absolument la convaincre.

— Tu n'as donc rien appris sur la vérité et les mensonges à Polaris Sud ? argumenta-t-il.

— Arthur, on va rentrer chez nous. On a fait ce qu'on était venus faire. On a trouvé Wrigglesworth. Je sais que ce n'est pas la fin que tu espérais, et je sais…

Elle s'interrompit et baissa les yeux sur le sable.

— Quoi ? demanda-t-il, indigné.

— Je sais que voir la tombe de Wrigglesworth a réveillé d'affreux souvenirs.

— Il ne s'agit pas de ça !

— Arthur. Je comprends ; l'équipage comprend. On est tous là pour toi.

Il souffla, sortit la bague de sa poche et la brandit.

— Pourquoi ne veux-tu pas m'écouter ? Ceci signifie quelque chose.

Elle la lui arracha des mains.

— Arty, ce n'est qu'une bague !

— Il y a quelque chose qui cloche ici, comme à Polaris Sud, quand on savait qu'un énorme mensonge entourait ce qui s'était passé.

Elle le foudroya du regard.

— N'essaie pas de te servir de cette situation pour faire avancer ton cas !

Elle fourra la bague dans une pochette accrochée à sa ceinture. Il leva les mains en l'air dans un geste de frustration. Il n'arrivait pas à comprendre pourquoi Maudie ne voyait rien. C'était tellement clair, tellement évident pour lui : tout correspondait, tout… les symboles, la carte, la bague. Certes, il s'agissait d'éléments épars qui pouvaient ne pas mener encore à des conclusions définitives, mais… Il sentait sa colère enfler comme la chaleur tropicale, le sang vrombissait dans sa tête.

— Tu veux juste te dépêcher de rentrer à Lontown pour exhiber ton kayak volant et entrer à l'Universitas ! cracha-t-il.

Elle posa fermement les mains sur ses hanches.

— Et toi, tu essaies juste d'expliquer ce qui a déjà été expliqué. Des choses arrivent, Arthur ; on ne peut pas changer le passé. LAISSE TOMBER ! hurla-t-elle, frustrée.

Puis elle se tut obstinément. Arthur aussi. Après un moment où ils se dévisagèrent, incrédules, les joues brûlantes de colère, Maudie suivit les autres en direction du village.

— Tu viens ou non ? lança-t-elle sans se retourner, son ruban défait traînant derrière elle.

— Non !

— Très bien !

— Très bien !

12.
SÉPARÉS

Arthur était assis sur le pont, adossé au gouvernail. Il caressait Parthena tout en écoutant les chants de l'équipage qui s'atténuaient au loin. Même Queenie était partie. À plusieurs reprises, il avait failli leur courir après, mais chaque fois son entêtement l'avait retenu. Après un long débat intérieur, il était sur le point de se lever quand il perçut alentour des voix qu'il ne put identifier.

— Dépêchez-vous ! Vérifiez dans les chambres que personne n'est resté pour monter la garde.

Son cœur se mit à battre la chamade. Des inconnus approchaient de l'*Aurora*. Il entendit des pas sur la passerelle. Paniqué, il jaugea la situation. Devait-il se confronter à eux ? Se cacher ? Il ne pouvait pas aller jusqu'à l'écoutille et, de toute manière, ils allaient fouiller les chambres. S'il sautait par-dessus bord, il se blesserait, et il se ferait probablement remarquer. Ses doigts affolés se posèrent sur le petit trou dans le pont et, instinctivement, il souleva le panneau du bouclier météorologique, sauta à l'intérieur et fit signe à Parthena de le suivre, refermant la trappe juste au moment où des pas résonnaient sur le pont.

— Personne sur le pont, lança quelqu'un.

— Fouillez chaque chambre.

Arthur reconnut la voix froide et traînante de Smethwyck.

D'autres pas se firent entendre, plus légers, plus tranquilles.

— Cachez-vous et préparez vos pistolets.

C'était Eudora.

Des pistolets ? Arthur n'en croyait pas ses oreilles. Pourquoi avaient-ils des armes ? Soudain, la voix mielleuse d'Eudora s'éleva de nouveau.

— N'oubliez pas de lester leurs corps avant de les jeter à la mer. Il faut éviter qu'ils ne soient retrouvés, cette fois-ci.

Un sentiment de terreur et une avalanche de questions éclatèrent en lui. Ils allaient tuer l'équipage de l'*Aurora* ! Harriet, Felicity, Welby, Gilly, tous les autres et… Maudie ! Il plaqua la main devant sa bouche pour retenir un cri d'angoisse. Depuis combien de temps étaient-ils partis ? Quand allaient-ils revenir ? Que pouvait-il faire ?

Du temps passa alors qu'il restait accroupi dans la petite cavité, paralysé par la peur. Peut-être pouvait-il envoyer Parthena pour les prévenir ? Mais, à cet instant, elle était aussi coincée que lui.

Son cœur battait à tout rompre. Pourquoi faisaient-ils ça ? Pourquoi tuer l'équipage de l'*Aurora* ? Il devait agir. Mais son esprit partait dans tous les sens, et il n'arrivait pas à réfléchir sereinement. Il se souvint que Maudie lui avait dit qu'il y avait un petit passage jusqu'à la salle des machines. Il tâtonna et trouva l'ouverture, juste assez grande pour y ramper. Mais il était impossible de sortir de la salle des machines sans retourner sur le pont. Il se creusa frénétiquement la tête : la solution devait se trouver dans la salle des machines elle-même. Il pouvait allumer les moteurs. Ce serait un signal d'avertissement : les autres sauraient qu'il y avait un problème, et ils pourraient ainsi fuir.

— Parthena, ne fais pas un bruit, murmura-t-il. Attends ici.

— Espérons qu'ils ne tarderont pas, dit quelqu'un au-dessus.

Il avança à genoux dans le passage, aussi silencieusement que possible. La salle des machines ne lui était pas très familière. Il observa les leviers, les rouages et les manivelles, essayant de suivre le trajet des tuyaux pour y comprendre quelque chose. Il vit alors une manivelle prolongée par un mécanisme qui semblait crucial, comme le début de quelque chose. Il tourna la poignée et elle vibra dans sa main. Des choses se mirent à claquer, tourner et grincer. De la vapeur siffla et le sol frémit sous ses pieds. Cela suffirait peut-être à avertir les autres… à moins qu'ils ne viennent en courant voir ce qui se passait? Les avait-il attirés dans le piège? Il se mit soudain à s'affoler, craignant d'avoir fait ce qu'il ne fallait pas.

Puis des voix s'élevèrent non loin, dans la salle des machines. Il s'accroupit derrière le moteur et se figea.

— À quoi tu as touché, Banks? demanda une femme.

— À rien! Ce doit être toi. Tu avais la main sur cette poignée!

— Eh bien, relève-la!

Un bruit sourd retentit.

— Rien n'a changé! Je ne connais pas ce moteur; je suis juste venue l'examiner.

Des cris retentirent sur le pont.

— Viens, on ferait mieux d'aller chercher de l'aide. Smethers saura quoi faire.

Arthur se demanda s'il ne pourrait pas s'enfuir du navire dans la confusion et aller retrouver les autres pour s'assurer qu'ils restent en sécurité. Mais les voix fusaient de partout ; c'était trop risqué, aussi retourna-t-il dans le conduit.

Des coups de feu retentirent sur le pont. Arthur se mordit la lèvre et respira lourdement par le nez en se hâtant de retourner à l'espace sous le gouvernail. Il s'arc-bouta et posa un œil contre le trou dans le pont ; il faisait à peine plus d'un centimètre, mais il entrapercevait un peu de ce qui se passait au-dessus de lui.

— Les moteurs sont allumés ; on ne peut plus revenir en arrière. Ils nous ont entendus !

— Quel est l'idiot qui a démarré les moteurs ?

— Ouvrez les ailes, on monte !

Le ventre d'Arthur se contracta lorsque l'*Aurora* s'éleva subitement. Ce n'était pas possible ! Il entendit encore des cris, des coups de feu, des hurlements.

— Arrêtez de tirer, repliez la passerelle et prenez une manivelle !

Arthur entendit le grondement des ailes qui se déployaient et il sentit une autre poussée vers le haut. Les cris s'évanouirent au loin.

Ils s'étaient bel et bien envolés.

Les yeux de Parthena luisaient dans l'obscurité, mais elle ne faisait pas un bruit ; elle se contentait de trembler. Arthur passa un bras autour d'elle et la mit sur ses genoux, essayant en vain de retenir de gros hoquets de peur.

Des bruits de pas résonnèrent au-dessus de lui alors que quelqu'un prenait la barre.

— Est-ce qu'on en a eu quelques-uns ?

— Difficile à dire, dans la pénombre.

C'était Eudora Vane et Smethwyck.

— Peu importe. Nous sommes dans les airs désormais, et ils n'ont aucun moyen de nous pourchasser.

— Le *Victorieux* ?

— Il n'a presque plus de poix dans les réserves, et il n'y en a pas sur l'île.

— Mais…

— On s'occupera d'eux à notre retour ; aucun autre explorateur n'a été envoyé à moins de cent cinquante kilomètres de cette île. Le Quatrième Continent viendra à nous plus tôt que prévu, mais peu importe.

Le Quatrième Continent ? Arthur avait les yeux écarquillés dans le noir. C'était donc vrai : la Cause des quatre avait eu raison !

— Combien de jours de voyage, selon l'estimation du journal ?

— De trois à cinq, ce qui sera facile maintenant qu'on a ce moteur à eau et qu'on n'a pas à se soucier de la poix. Il n'y aura que de l'océan droit devant, et ensuite on gérera le brouillard et ses créatures.

Au bout d'un moment, le bruit du moteur devint presque inaudible tandis qu'ils volaient haut dans le ciel, des points lumineux indiquant çà et là le ciel nocturne à travers le petit trou. Arthur serra contre lui Parthena, qui avait blotti sa tête dans son cou.

— Arthur est sur l'*Aurora* ! cria Maudie, d'une voix étranglée par la panique.

Comment était-ce possible ? Les larmes lui piquaient les yeux.

Harriet se mit aussitôt en action en donnant une série d'ordres.

— Forbes et Cranken, allez sur le *Victorieux* et vérifiez leur réserve de poix. Je les soupçonne d'être à sec, mais sinon, on les poursuivra aussi loin qu'on le pourra et tant que ce sera sûr.

— Peut-être qu'il est descendu à temps ; c'est un garçon intelligent, dit Felicity.

— Étendez la zone des recherches, ordonna Harriet au reste de l'équipage.

Welby revint en courant de la lisière de la forêt.

— Aucun signe de lui.

Harriet posa les mains sur sa tête.

— Continuez de chercher.

— Où vont-ils ? Pourquoi nous ont-ils tiré dessus ? demanda Felicity en agitant sa cuillère.

— Je ne sais pas, mais ce qui est sûr, c'est qu'ils ne sont pas partis en direction de Lontown, répondit Harriet.

— Alors… où vont-ils ?

Des pensées envahissaient Maudie. Et si Arthur avait eu raison ? Si tout cela dissimulait quelque chose ? Soudain, cette certitude l'accabla. Entre deux sanglots, elle leur fit part de tous les soupçons qu'Arthur lui avait confiés.

Harriet et Felicity échangèrent des regards sombres, puis l'exploratrice appela Gilly.

— Envoie un oiseau messager aux Acquafreeda. Je les ai convaincus de rester à proximité pendant le rassemblement sur l'île Éphémère, par précaution, si bien qu'ils ne devraient pas être loin. Nous aurons de meilleures chances de poursuivre l'*Aurora* dans un navire maritime. Felicity, trouve je ne sais où un peu de thé sucré pour Maudie ; elle arrive à peine à respirer. Docteur Quirke et Meytheow, je veux que vous vous rendiez à la tombe de Wrigglesworth. Je la soupçonne fortement d'être vide.

Maudie resta rivée sur place pendant que l'équipage s'éloignait au pas de course. Harriet se tourna vers Welby.

— L'*Aurora* est le seul navire volant de tout le Grand Large dont le moteur fonctionne à l'eau. Il peut aller plus loin que n'importe quel vaisseau consommant de la poix. Eudora doit l'avoir volé parce qu'elle a besoin d'avancer encore, et la seule explication possible, c'est qu'elle croit ou a des preuves qu'il y a réellement quelque chose à découvrir plus loin. Dire qu'Arthur avait vu tous les signes depuis le début… (Elle secoua la tête.) Welby, va chercher Gallus et insiste pour qu'il vienne ici immédiatement – tire-le par les oreilles s'il le faut.

Comme Harriet s'éloignait, Maudie l'entendit marmonner dans sa barbe :

— Comment ai-je pu laisser arriver ça ?

— Il ne reste presque plus de poix, lança Forbes depuis le pont du *Victorieux*.

Maudie regarda le ciel qui s'assombrissait. Tous les muscles de son corps se tendaient et une douleur féroce la rongeait à l'intérieur. Elle serra les poings et pria pour que les Acquafreeda ne soient pas trop loin.

13.

LES SOMBRANTS

Deux jours passèrent lentement pour Arthur sur l'*Aurora*. La nuit, une seule personne restait de service à la barre, et Arthur s'était rendu compte qu'il pouvait se faufiler jusqu'à la salle des machines, voler à manger et à boire dans les réserves et aller aux toilettes. La pauvre Parthena était de plus en plus agitée à force de ne pas pouvoir voler, et Arthur espérait qu'ils rejoindraient vite leur destination, qu'importent les conséquences. La troisième nuit, il réussit à aller jusqu'à la bibliothèque pour prendre un livre, mais la lumière était trop faible pour lire dans la cale et il ne pouvait pas prendre le risque d'allumer une bougie. Mais le simple fait de le tenir dans ses mains le réconfortait. C'était l'un des livres d'ingénierie de Maudie. Plusieurs fois, il avait failli se rendre, mais il éprouvait une telle terreur à l'idée de ce dont Eudora Vane et son équipage étaient capables qu'il s'était résigné à rester caché.

Le quatrième jour, alors qu'il oscillait entre moments de veille et sommeil agité, comme depuis leur départ, il lui sembla que la nuit tombait brusquement, bien qu'il fût certain qu'il ne faisait jour que depuis trois ou quatre carillons. Sans les voix étouffées au-dessus de lui, il aurait cru qu'il perdait la notion du temps. Mais il se passait quelque chose.

Les moteurs devinrent silencieux tandis que le navire prenait sa vitesse de croisière.

Un étrange bruit emplit l'atmosphère, une sorte de doux murmure.

— C'est quoi, ces trucs ?

— Je ne vois rien.

— Ils sont partout !

— Regardez ! Vous avez vu la taille de leurs griffes ?

Il entendit le hurlement du vent, comme si quelque chose le fendait à vive allure. Il pressa l'œil contre le trou, d'où il pouvait voir une étroite section de la scène au-dessus. Une forme noire les encerclait, trop rapide pour qu'on la distingue bien. L'équipage tournait frénétiquement la tête dans toutes les directions.

— Il y a quelque chose, là !

Puis il la vit encore… puis une autre… et une autre. Des espèces de créatures volantes tournoyaient autour d'eux, leurs ailes claquant dans l'air comme du cuir détrempé. On les discernait mal dans l'épaisse grisaille des nuages, mais elles se rapprochaient… Trois, non, cinq… non, il y en avait au moins dix.

— Rentrez tous ! cria quelqu'un.

Ils coururent tous vers l'écoutille.

— Pas toi, Smethwyck, espèce d'idiot. Il faut bien que quelqu'un reste à la barre !

Il reconnut la voix d'Eudora Vane. Et dire que le capitaine était censé faire passer son équipage avant sa propre personne…

Sous le pont, dans sa cachette, Arthur ne voyait que les déplacements des créatures. Il appuya l'oeil contre le trou, à la fois terrifié et désireux d'en savoir plus.

Un bruit sourd retentit lorsque quelque chose se posa sur le pont, aussi lourd qu'un sac de grain, suivi par le raclement de griffes sur le bois. Les étranges murmures étaient plus proches désormais. Le cœur d'Arthur battait à toute allure. Un bout d'aile tannée dépliée, puis un morceau de tête avec des tentacules et un œil charbonneux entrèrent dans son étroit champ de vision. C'était l'une des créatures du journal d'Ermitage Wrigglesworth.

Un sombrant.

Il aperçut Eudora, toujours sur le pont, figée entre la barre et l'écoutille. Le sombrant avait les yeux rivés sur elle. Il y eut un éclair argenté lorsque Miptera vola vers l'écoutille, mais l'exploratrice ne bougea pas.

Eudora voulait bouger, et pourtant, elle en était incapable. Elle était de retour à Lontown, dans le manoir Vane.

Pourquoi tenait-elle un petit navire volant ? Ah oui, c'était un jouet. Mère l'avait fabriqué pour elles, pour Violetta et elle. Le cœur d'Eudora brûlait de chagrin et de nostalgie – sa chère et douce Violetta, sa sœur. Elle entendit un rire près d'elle. Un rire contagieux, irrésistible ; un rire qu'elle connaissait par cœur, comme son propre bonheur disparu. Elle regarda à côté d'elle. La jeune Violetta était là, avec ses taches de rousseur, un ruban pendouillant sur son front alors qu'elle était assise, un pinceau à la main.

— Ce sera le premier navire volant rose de Lontown, Dora !

— Tu ne peux pas le peindre en rose, Vi !

Eudora ne put s'empêcher de glousser avec Violetta, qui étalait avec assurance de la peinture rose sur la coque.

— Non seulement je le peux, mais je le fais !

— Ça ne va pas plaire à Père.

— Ce n'est pas Père qui naviguera dedans. C'est le nôtre.

Elle leva le petit navire volant au-dessus de sa tête et se mit à courir dans l'herbe.

— Allons à Creal!

— Mais Creal a déjà été découverte!

— Ça m'est égal; il y a des grottes qui donnent la chair de poule, et des chauves-souris. Des chauves-souris roses, Dora!

Et elle la poursuivit, si heureuse, hilare…

Non, elle ne riait pas…

Elle hurlait…

Smethwyck poussa un cri, pétrifié, lorsque le sombrant tourna la tête vers lui.

Eudora sortit de sa stupeur et fonça sous le pont.

L'*Aurora* tanguait et se balançait dans les airs, menaçant de faire des tonneaux.

— Tiens la barre! beugla Eudora depuis son abri.

Arthur savait qu'elle avait raison. Si Smethwyck lâchait la barre maintenant, il perdrait tout contrôle et ils s'écraseraient, mais avaient-ils le choix? Il n'y avait qu'une certitude: si Smethwyck tombait, ils tombaient tous. L'homme de main s'était baissé et agrippait le gouvernail de ses doigts blanchis, tandis que les créatures s'approchaient en spirales.

Il y eut un bruit lourd quand le sombrant fit un pas en direction de l'homme terrifié.

Smethwyck avait besoin de protection.

Il avait besoin de la canopée météorologique.

Arthur regarda par le trou et pria pour qu'il voie la manette, mais, évidemment, il ne pouvait pas savoir à quoi elle servait. Il était devenu aussi immobile qu'une statue, comme hypnotisé par la créature. Arthur suivit la chaîne et se mit à tirer dessus manuellement. Il y eut un claquement et un vrombissement, puis la canopée commença à s'élever. Smethwyck sortit de sa transe et regarda autour de lui, stupéfait.

Le sifflement du vent et les cris perçants de la créature étaient assourdissants, et Arthur crut apercevoir des yeux reptiliens, épais, laiteux et impénétrables, juste avant que la canopée ne se referme autour de Smethwyck.

On entendit un cri et le raclement des griffes alors que la créature s'envolait.

Le navire fit des embardées à droite et à gauche pendant un moment, secouant Arthur et Parthena dans leur petite cachette. Il entendit Smethwyck pousser des grognements tout en s'efforçant de garder le contrôle, avant que le navire finisse par se stabiliser. Le garçon s'accrocha à Parthena, tremblant, jusqu'à ce que les cris des créatures s'évanouissent, et que les nuages se dissipent enfin.

La paix revint, et Arthur sombra dans un sommeil sans appel.

Plusieurs carillons plus tard, il fut réveillé par un cri au-dessus de lui.

— Terre en vue !

Un segment de ciel bleu cristallin projetait un rai de lumière sur les plumes de Parthena. Arthur avait été conscient de la descente et savait, par les bribes de conversations et les ordres entendus, qu'ils avaient atterri sur un terrain élevé et se préparaient pour une première expédition. La Cause des quatre avait vu juste ! Qu'aurait dit Octavie si elle avait pu le voir à cet instant précis ? Il y avait d'autres terres à l'est, peut-être même un nouveau continent entier à découvrir !

Arthur entendait les bruits de l'équipement en train d'être rassemblé pour partir explorer, et il était furieux à l'idée que l'équipage d'Eudora se serve du matériel de l'*Aurora.*

Il fallait qu'il ébauche un plan d'action. Eudora donnait des instructions méticuleuses et Arthur saisit que tout l'équipage allait sortir.

L'agitation durait depuis environ un carillon quand soudain plusieurs membres d'équipage poussèrent des cris d'alarme.

D'un seul coup, il entendit d'autres voix, différentes de celles de l'équipage, qui parlaient dans une autre langue. Il y eut des bruits de pas rapides en direction d'un côté du navire et Arthur vit à travers le trou que l'équipage se précipitait vers la passerelle. Il poussa un peu la trappe pour mieux voir.

Il aperçut brièvement quelqu'un en pantalon vert moulant. Une voix de femme dit quelque chose qu'il ne comprit pas.

— Qui êtes-vous ? demanda Eudora.

Il y eut une courte pause, puis la femme reprit la parole, cette fois en lontonien :

— Nous sommes chez nous. Qui êtes-vous, *vous* ?

Les membres d'équipage étaient collés les uns contre les autres, et Arthur ne voyait plus que les pieds de la femme et de ses compagnons.

S'ensuivirent alors d'autres paroles précipitées dans la langue étrangère.

— L'hirondelle sur votre bateau volant… Êtes-vous… Collander ?

— Collander ? demanda Eudora avec curiosité.

— Êtes-vous la famille Collander de Lontown ? Êtes-vous la capitaine de ce navire volant… Harriet ?

— Oui, oui, c'est moi, répondit Eudora.

Arthur en resta bouche bée. Il y eut une pause, puis des paroles étouffées.

— Avez-vous la bague, capitaine Collander ?

— Euh, oui, à Lontown. Appelez-moi Harriet, je vous en prie.

Menteuse, pensa Arthur alors que des centaines de questions se bousculaient dans sa tête. D'abord, il y avait des gens sur cette île non découverte. Ensuite, comment connaissaient-ils l'existence de Harriet, nom d'un rouage rouillé ? Se pouvait-il qu'ils parlent réellement de la bague d'Octavie, celle avec l'oiseau dessus ?

— Capitaine Collander, bienvenue chez vous.

— Oh !… Vraiment ?… Merci.

— Cependant, nous n'autorisons normalement pas les étrangers, comme votre équipage. Le détenteur de la bague ne vous l'a pas dit ?

— Je suis vraiment désolée, mais je ne serais pas arrivée jusqu'ici sans eux, et ils sont la discrétion même. Mais je dois dire que le détenteur de la bague m'a dit très peu de choses sur mon, euh… sur mon héritage, aussi peut-être pourriez-vous combler mes lacunes ?

— Veuillez nous suivre, capitaine Collander.

— Coriander, en réalité ; le nom a été un peu adapté.

Accroupi dans l'obscurité, Arthur leva les yeux au ciel face à un tel culot. Non seulement Eudora volait le nom de Harriet, mais elle les corrigeait sur la prononciation !

— Nous allons vous conduire directement au Professus Excelsis. Les aquaplanes ne sont pas loin. Vous n'aurez besoin de rien. Nous avons tout ce qu'il faut pour vous.

— Tout ? C'est merveilleux !

— Venez, vous devez avoir faim après votre voyage.

Le ventre d'Arthur menaçait de gargouiller.

— Oh oui, merci.

Les planches du pont craquèrent tandis que l'équipage commençait à quitter le navire.

Il compta jusqu'à trente après que les derniers furent descendus du navire volant ; il ne voulait pas sortir trop tôt ni trop tard, si bien que trente lui semblait un bon compromis. Il souleva doucement la trappe, jeta un coup d'œil au pont vide et sortit. Tout était lumineux et vert autour de lui. Cela faisait mal après être resté aussi longtemps dans le noir mais il ouvrit grand les yeux.

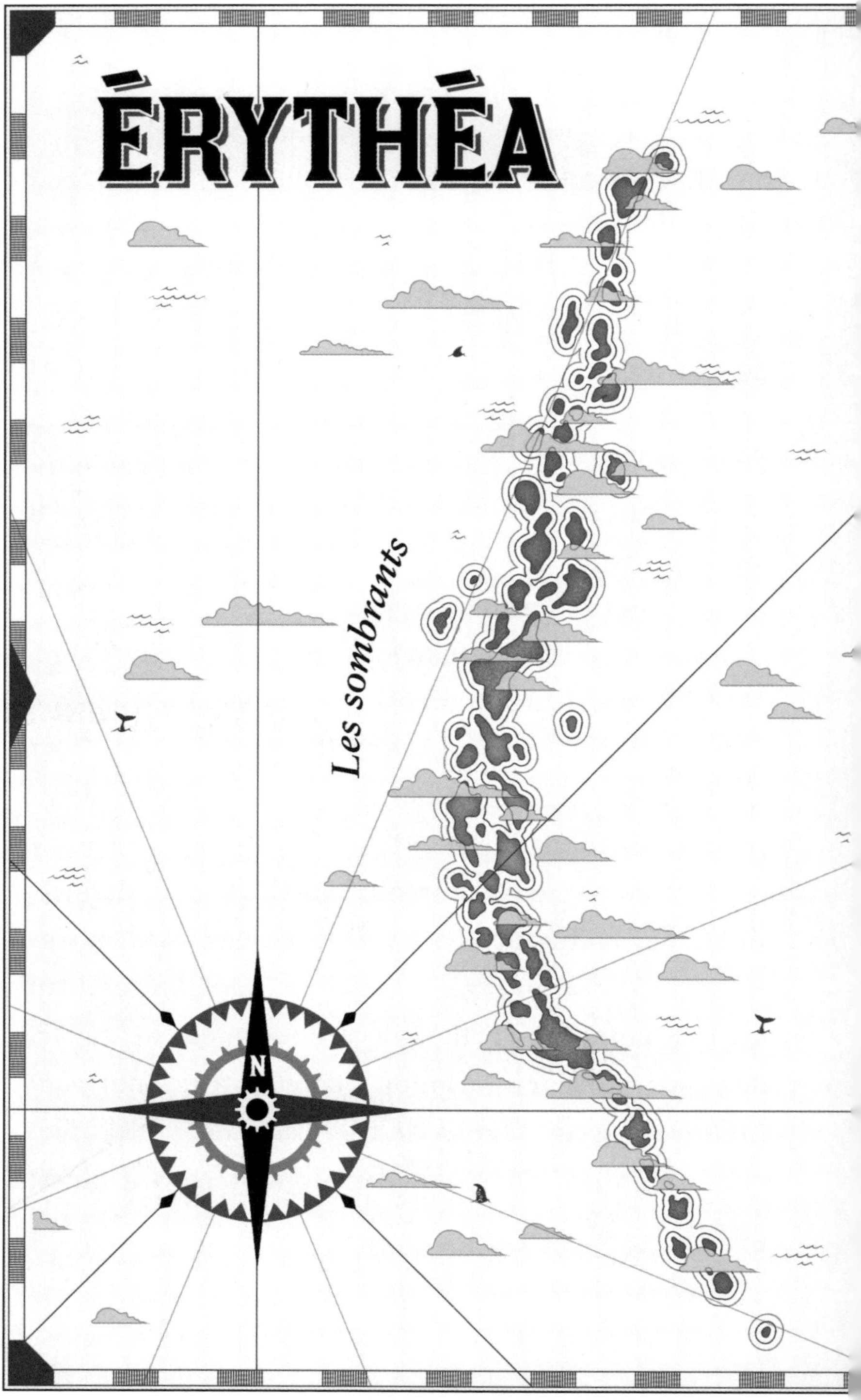
ÈRYTHÈA
Les sombrants
N

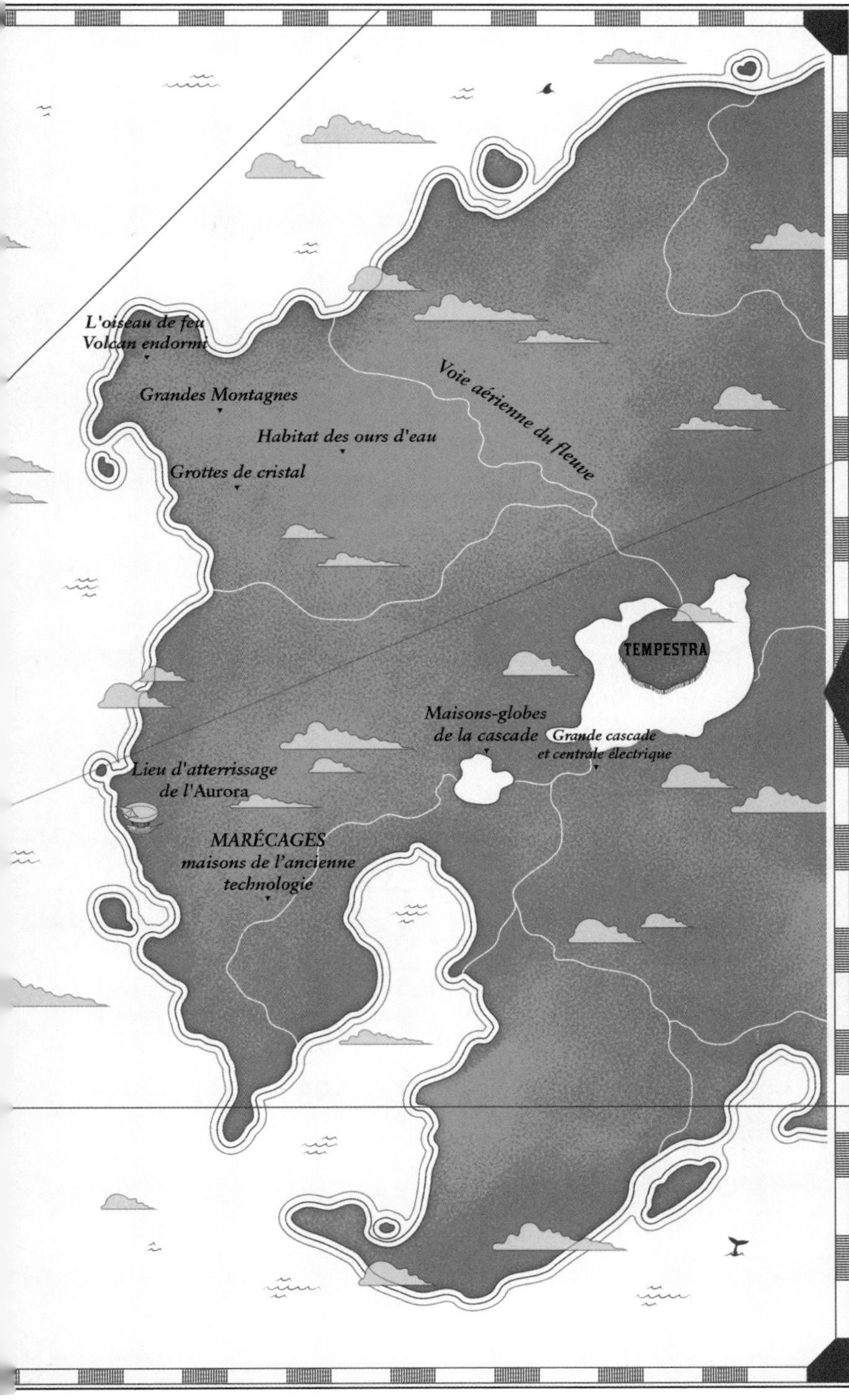
L'oiseau de feu
Volcan endormi
Grandes Montagnes
Habitat des ours d'eau
Grottes de cristal
Voie aérienne du fleuve
TEMPESTRA
Maisons-globes
de la cascade
Grande cascade
et centrale électrique
Lieu d'atterrissage
de l'Aurora
MARÉCAGES
maisons de l'ancienne
technologie

Il demanda en chuchotant à Parthena de ne pas s'envoler.

— Je suis désolé, ma belle, ils te verraient. C'est trop dangereux.

Il avait besoin d'un plan, et vite. Rester sur le bateau et s'emparer de l'*Aurora* pour retourner aux Stella Oceanus ? Mais il ne pouvait pas faire voler un navire tout seul, et il n'était pas question qu'il s'approche de nouveau de ces sombres créatures ! Il ne pouvait pas rester ici et attendre ; attendre quoi ? Les suivre était la seule option. Mais avait-il le temps de prendre à manger et à boire ? Il ne voulait pas les perdre et, à en juger par la densité de la forêt tropicale, ça ne serait pas difficile.

Parthena sortit en sautant de la cale, une gourde en peau dans la bouche. Arthur sourit.

— Oui, l'eau, c'est le plus important. Viens.

Elle se posa sur son épaule et ils descendirent hâtivement de la passerelle. Il regrettait de ne pas avoir eu le temps de rassembler des provisions, mais s'il les suivait, il n'y aurait pas de problème. Peut-être pourrait-il se présenter comme un membre d'équipage ? Eudora ne pourrait rien dire, parce qu'il connaissait son secret. Il secoua la tête, comme pour extraire un peu de sens de cette situation, mais il n'y comprenait toujours rien. Comment connaissaient-ils Harriet Coriander ? Harriet ne pouvait pas avoir déjà entendu parler de cet endroit, si ?

Le chemin que l'équipage avait emprunté était facile à suivre, la végétation ayant été piétinée. Arthur restait suffisamment loin pour ne pas être vu, mais suffisamment proche pour ne pas les perdre. Ils grimpèrent légèrement ; l'*Aurora* avait atterri dans une sorte de cratère au sommet d'une colline, avec le vaste océan derrière elle et une étendue de plantes vertes feuillues et luxuriantes au-devant. Comme Arthur en rejoignait la crête, il s'immobilisa soudain, paralysé par la beauté de la scène devant lui.

L'étendue de terre était vaste : une bande de forêt émeraude s'étirait aussi loin que portait le regard, avec des rivières et des lacs argentés au milieu d'arbres énormes, plus hauts qu'il n'en avait jamais vu, et à l'est, des montagnes colossales, elles aussi tapissées de vert. Il inspira l'air humide et sentit la chaleur fantastique du soleil sur ses joues. Les oiseaux gazouillaient et les insectes trillaient et vrombissaient. Les serres de Parthena se crispèrent un peu sur son épaule.

— Je sais. Tu pourras bientôt voler en toute sécurité, c'est promis.

Le sentier en pente semblait partir dans plusieurs directions. Il tendit l'oreille pour suivre les voix, mais soudain, il n'y avait plus rien. « N'hésite pas, prends une décision », se dit-il, et il emprunta le chemin vers l'ouest.

Il n'entendait toujours aucune voix, et finalement le chemin disparut.

Il était perdu.

Il aurait pu envoyer Parthena dans le ciel pour qu'elle scrute la forêt, mais, malgré son inquiétude grandissante, il ne voulait toujours pas prendre le risque qu'Eudora sache qu'il était là. Il traversa péniblement un champ de fougères ; certaines étaient plus grandes que lui et il avait du mal à voir où il allait.

Mais il savait une chose, qu'il se souvenait avoir entendue dans la bouche de son père : si tu ne sais pas du tout quoi faire, prends la décision la plus logique par rapport à la situation et suis-la avec une détermination totale. Il irait droit devant, et qu'importe s'il y avait une immense jungle entre lui et sa destination. Il allait simplement continuer à avancer. Ils ne pouvaient pas être bien loin.

— Les yeux rivés sur le but, dit-il, et il se remit en marche en souriant.

Mais au bout de trois pas, le sol sembla disparaître sous lui : il tomba maladroitement, les bras en l'air, et la terre l'avala.

14.

DÉESSE DES MERS II

Cette nuit-là encore, aucun des membres de l'équipage Coriander ne dormit.

Maudie se sentait au bord du déchirement, comme un élastique tendu, menaçant de se rompre à tout moment. Cela faisait quatre jours. Elle n'avait jamais été séparée d'Arthur aussi longtemps, et elle ne savait même pas s'il était encore en vie. Si l'équipage Vane leur avait tiré dessus, qu'avait-il bien pu faire à son frère ? Elle chassa l'horreur de cette pensée et se concentra sur le navire des Acquafreeda qui se dirigeait vers eux.

La tombe était effectivement vide, mais Gallus avait bien dit qu'ils avaient trouvé l'épave du navire d'Ermitage Wrigglesworth, pas son corps, et que la tombe n'était qu'une marque de respect. Il s'était avéré impossible de soutirer quoi que ce soit d'autre aux villageois. Maudie avait parlé à Harriet de la bague autour du cou de Gallus, mais il ne la portait plus, et niait en avoir jamais porté une.

Quand les Acquafreeda arrivèrent, la capitaine de l'*Aurora* s'entretint précipitamment avec Evelyn, vêtue d'une combinaison turquoise irisée, ses cheveux tressés comme une queue de poisson sur son épaule. Malgré sa petite taille, Maudie lui trouvait un air extrêmement compétent et déterminé.

Ensuite, Harriet rassembla l'équipage.

— Le navire des Acquafreeda remorque un bateau plus petit, et ils ont accepté de nous le prêter pour poursuivre l'*Aurora*. Il est plus rapide, donc il nous conviendra mieux. Mais je ne veux pas prendre le risque d'emmener tout le monde. Gilly, Meytheow, Barnes, Forbes, Cranken, Forsythe, Keene, Wordle, Hurley et Docteur Quirke, je veux que vous demeuriez sur Nova jusqu'à notre retour. Evelyn a accepté de rester dans les parages afin que, si le pire devait arriver et que nous ne revenions pas, vous puissiez retourner à Lontown avec eux.

Queenie poussa un miaulement malheureux. Harriet la prit dans ses bras et la caressa.

— Je suis désolée, ma chère, je dois te laisser ici. Tiens à l'œil ces insulaires et veille sur l'équipage pour moi. (Elle tendit la chatte à Gilly.) Pourrais-tu t'occuper de Queenie pour moi ? Elle t'aime bien, mais elle pourrait montrer un peu de résistance à rester sur le *Victorieux*.

Le botaniste acquiesça.

— Felicity, Welby et Maudie m'accompagneront sur le navire maritime. Maudie, je présume que tu veux venir ?

Celle-ci hocha la tête avec force.

— Bien. Dans ce cas, nous partons immédiatement. Nous avons déjà plusieurs jours de retard.

Harriet entraîna Maudie à part et la regarda droit dans les yeux avec un sérieux absolu.

— J'emmène les personnes en qui j'ai le plus confiance dans le Grand Large. Mais je veux que tu saches qu'il n'y a aucune honte à vouloir rester ici. Nous ne savons pas ce qui nous attend. Les habitants de cette île en savent plus que ce qu'ils veulent bien nous dire sur ce qu'il y a là-bas.

— Je viens.

Harriet hocha la tête.

— Doit-on prendre le kayak volant ? demanda Maudie.

Il était resté sur la plage depuis leur arrivée.

— Oui, bonne idée. Maintenant, allons-y.

Après avoir chargé des provisions et du matériel dans une barque, Harriet, Maudie, Felicity et Welby rejoignirent la *Déesse des Mers*, l'imposant vaisseau maritime des Acquafreeda – Harriet et Felicity dans la barque avec Evelyn Acquafreeda, Maudie et Welby dans le kayak volant. La *Déesse des Mers* avait une grande coque en bois, peinte dans un bleu nuit profond, trois robustes mâts et de nombreuses voiles de tailles et d'orientation différentes. Arrimé derrière elle, un plus petit bateau du même bleu arborait sur le côté l'inscription *Déesse des Mers II* en peinture dorée. Il avait deux voiles et une forme profilée, ce qui donna de l'espoir à Maudie quant à la vitesse à laquelle il pouvait naviguer.

Ils attachèrent le kayak volant à la *Déesse des Mers* et prirent l'échelle pour monter à bord.

— Nous allons hisser votre petit navire volant à bord du *Déesse des Mers II*, annonça Evelyn, et charger vos provisions, bien que nous y ayons laissé ce qu'on pouvait pour vous.

— Merci, Evelyn.

— Je suis contente de t'aider, Harriet. Tes parents ne m'ont jamais méprisée pour avoir perpétué la tradition de navigation à l'ancienne de ma famille, surtout quand d'autres ont tenté de révoquer le statut de ma famille à la Société Géographique.

Maudie n'avait pas besoin de demander qui étaient ces « autres ».

— La *Déesse des Mers II* a deux voiles ; tu disais connaître ce genre de navire ?

— Ça fait longtemps, mais ça ira.

— Il y a un moteur à poix, bien sûr, mais on ne s'en sert qu'en dernier recours, si le vent tombe. Bonne chance, ajouta-t-elle en posant la main sur l'épaule de Harriet, avant de sourire à Maudie. On m'a dit que tu étais douée dans les airs. Voyons voir comment tu te débrouilles sur les flots.

Harriet, Maudie, Welby et Felicity montèrent à bord de leur embarcation et partirent. Le reste de l'équipage leur fit coucou depuis la plage et le cœur de Maudie se serra à l'idée que leurs chemins se séparaient. Elle regarda les trois autres : Harriet à la barre, Welby se débattant avec les voiles, Felicity occupée à ranger les provisions, et elle sut qu'elle devait se raccrocher à eux car ils étaient tout ce qu'elle avait. Sa famille. Sauf qu'Arthur n'était pas là, et que leur séparation était un coup au cœur. Le seul moyen de tenir, c'était de faire ce qu'elle faisait le mieux, à savoir garder l'esprit pratique et se concentrer sur les problèmes qu'elle pouvait régler.

— Je vais inspecter le moteur, lança-t-elle à Harriet. Je vais m'assurer que toutes les valves sont propres et dégagées, au cas où on en aurait besoin.

— Excellente idée.

Quand elle remonta sur le pont, l'île de Nova n'était plus qu'un petit point à l'ouest, mais elle ne pouvait s'empêcher de penser qu'ils auraient été beaucoup plus rapides sur un navire volant. La mer était agitée et elle détestait déjà le roulis.

Felicity lui tendit une tasse de thé sucré et un gâteau des marécages.

— Je crois que je ne me sens pas bien, dit Maudie en regardant le gâteau et en se sentant devenir de la même couleur.

— Tu vas t'y habituer. Tiens, j'ai encore quelques bonbons à la menthe des rôdeurs. Ça peut t'aider.

— Welby est très silencieux, fit remarquer la jeune fille en regardant l'endroit où il était assis, tenant la corde d'une voile, le regard vague.

Felicity passa un bras autour des épaules de Maudie et la serra contre elle.

— Je crois qu'il est un peu perdu sans l'aide de ses cartes et de ses graphiques, pour être honnête, et… eh bien, je pense qu'il se sent coupable, tu sais… à propos d'Arthur. Il dit qu'il a été un peu dur avec lui pendant les leçons de navigation.

Maudie fixa les yeux sombres de Felicity.

— Aucun d'entre nous n'a voulu écouter Arthur. Il m'a dit qu'on devait se fier à notre instinct, mais je pensais qu'il faisait encore son *agir d'abord, réfléchir ensuite*, et que je devais être celle qui lui rappelle qu'il faut garder l'esprit pratique et… (Elle déglutit.) À ton avis, il va bien ?

Felicity regarda ses pieds et remua les orteils.

— J'en suis certaine, ma chérie.

15.

ARTHUR SEUL AU MONDE

Arthur tomba à travers les fougères, puis ce furent des plantes grimpantes, des cailloux, de la boue et des débris glissants. Des branches le frappaient et le griffaient. Ses vêtements étaient déchirés et sa peau égratignée. Il battait des bras, tentant de s'agripper pour ralentir sa chute, et il faillit y arriver, mais il y eut soudain de l'eau, et il glissa et dégringola.

Quand il ne put tomber plus bas, il s'arrêta enfin.

Il grogna et grimaça en sentant la douleur dans ses fesses, son épaule, sa cheville. Partout.

Pendant un instant, le silence se fit dans la jungle autour de lui, mais quelques secondes plus tard, un oiseau pépia, puis un autre, et l'environnement sonore revint à la normale. Il se sentait comme une petite tache invisible, perdue dans le ventre d'un grand monstre feuillu.

Il aurait pu rester étendu là et s'enfoncer dans la végétation boueuse, mais soudain, il prit conscience que…

— Parthena ! croassa-t-il.

Était-elle sur son épaule quand il était tombé ? Peut-être était-elle blessée elle aussi.

Il scruta l'obscurité verte et béante. Il avait du mal à croire qu'il s'était trouvé sous un soleil de plomb seulement quelques instants plus tôt. Il attrapa une plante pour se redresser et des épines se plantèrent dans sa paume.

— Aïe !

Il retira les épines du mieux possible avec ses dents, puis cria à nouveau :

— Parthena !

Mais il n'y avait aucun signe d'elle. Une cascade recouvrait un mur rocheux non loin, semblant disparaître dans le néant. Son pantalon était déchiré, et il examina sa cheville. Elle ne paraissait pas cassée, mais elle l'élançait terriblement. Il y avait quelque chose de noir sur son mollet. Il regarda de plus près. La chose semblait y adhérer. Prenant conscience qu'il s'agissait d'une créature vivante, il hurla, l'arracha et la jeta.

À ce moment, une sorte de toux rocailleuse s'éleva à proximité.

— Qui est là ? demanda-t-il.

Était-ce l'équipage Vane ?

Une étrange ombre courbée se déplaçait entre les arbres. Le cœur d'Arthur battait toujours la chamade à cause de la chute et se mit à tambouriner dans ses oreilles. La silhouette se rapprochait.

La créature était plus grande que lui, avec une fourrure verte et une grosse tête. « S'il te plaît, sois gentille, comme les loups télépathes, pas comme les sombrants », pria-t-il. Mais des frissons de peur couraient sur son dos et des perles de sueur gouttaient sur son visage. Le sol fit un bruit de succion lorsque l'animal se rapprocha, jusqu'à le dominer. Son cœur tapait comme un marteau-piqueur ; l'obscurité et la peur le faisaient suffoquer. Alors, la bête caressa ses grandes moustaches et dit :

— Mon pauvre ami, qu'est-ce que tu fais, nom d'un rouage rouillé ?

Arthur en resta bouche bée. Son soulagement fut instantané, comme si le nœud dans son ventre s'était défait par magie ; car ce n'était pas un animal, mais bien un homme ! Il parlait avec un accent de Lontown indéniable, sa grosse tête n'était en réalité qu'un chapeau disproportionné, et son manteau semblait être confectionné en mousse.

— Qui êtes-vous ?

— C'est toi qui es tombé sur le pas de ma porte, les convenances voudraient donc peut-être que tu me dises qui tu es en premier. Tu n'es pas d'Érythéa, n'est-ce pas ?

Arthur n'en revenait pas. Il avait dit ce mot, *Érythéa* ! Il secoua la tête.

— Je viens de Lontown. Je m'appelle Arthur Brightstorm.

Un large sourire apparut sur le visage de l'homme et il tapa dans ses mains, tout excité.

— Lontown ? Eh bien, eh bien, ce bon vieux Lontown, tu dis ? Il me semblait avoir entendu un navire volant, c'est pourquoi je suis sorti, mais j'étais presque convaincu que je l'avais imaginé. Arthur Brightstorm ? Ma parole, voilà qui est merveilleux. (Il parlait à toute vitesse, ses mots sortant de ses lèvres au galop.) Comment as-tu… ? Où… Qu'est-ce que… (Il se tut et secoua la tête.) On aura bien le temps pour les questions. Commençons par le commencement : laisse-moi t'aider à te lever.

Il tendit la main et Arthur vit immédiatement les quatre triangles tatoués sur son bras… une subite illumination le laissa interdit, juste au moment où l'homme disait :

— Je m'appelle Ermitage, Ermitage Wrigglesworth.

Encore une fois, Arthur en resta coi.

— Vous êtes vivant !

Ermitage Wrigglesworth baissa les yeux sur son propre corps.

— Ma foi, oui, tu es très observateur !

Il sourit effrontément et aida le garçon à se redresser.

Arthur n'en croyait pas ses yeux et ses oreilles. L'espace d'un instant, il se demanda s'il s'était cogné la tête trop fort en tombant et si c'était un rêve, mais la poigne de l'homme était bien réelle.

— Ma parole, tu as fait une sacrée chute. On peut dire que tu as de la chance d'être en vie, et encore plus de t'en tirer sans fracture. Ça m'a tout l'air d'une entorse, dit-il en désignant la cheville d'Arthur.

Il regarda autour de lui et arracha une branche à un arbre.

— Tiens, une béquille temporaire. Dépêche-toi maintenant, je suis sorti depuis un moment déjà, et il faut éviter d'être pris dans un déluge. Ces zones sont particulièrement exposées, et il y a eu un orage au large il n'y a pas très longtemps.

— Mais mon amie est toujours là-haut ! C'est un oiseau lucide, et je l'ai perdue.

Ermitage regarda en l'air.

— Il lui sera impossible de descendre ici en volant. Mais je suis sûr qu'elle ira bien : tout ce qui a des ailes ou des nageoires est en sécurité ici. Ce sont les jambes qui posent problème, si bien que tu as un net désavantage. Viens, vieille branche. Il nous va falloir suivre les ruisseaux ; ça nous prendrait une éternité à travers les arbres et on se perdrait. Mais tu dois faire attention à ne pas tomber, alors cale la branche sous ton aisselle et je prendrai ton autre bras, ah, je vois… peu importe, je suis sûr qu'on s'en sortira.

Ils se mirent à progresser à travers les fougères, puis dans le premier ruisseau.

— Halte-là, vieille branche ! cria soudain Ermitage. Des sangsues !

Il fixait le bras d'Arthur. Celui-ci baissa les yeux et vit une autre créature noire et luisante sur son poignet, à l'endroit le plus inaccessible pour lui.

— Ces trucs-là nous videraient de notre sang. Heureusement qu'elle est petite.

— Petite ? Elle fait cinq centimètres de large !

— Oh, un bébé. Certaines font la taille des bébés phoques des Falaises du Nord !

Arthur émit un rire tremblant, espérant que M. Wrigglesworth plaisantait.

— Si tu me permets.

L'explorateur arracha la sangsue et la jeta au loin.

Ils continuèrent à remonter lentement le ruisseau, Arthur regardant ses bras et ses jambes toutes les deux ou trois secondes, à la recherche des suceuses de sang noires et gluantes.

— Nous étions convaincus que vous étiez mort, dit-il.

— Vraiment ? Mais je ne suis parti que depuis quelques cycles de lune !

— Douze.

— Quoi ? Vraiment ? Le temps file à toute vitesse à Érythéa !

— Une armada entière vous recherche. Enfin, jusqu'à ce qu'on découvre que vous étiez mort. Après, ils ont tous fait demi-tour.

— Mort ? Quelle sottise. Mais tout le monde n'a pas fait demi-tour, hein ? dit-il en regardant Arthur des pieds à la tête. Une armada entière ? Qui aurait pu imaginer que quelqu'un s'intéresserait à un vieil explorateur comme moi, avec tout ce sang neuf qui arrive ? Eh bien. Moi qui croyais pouvoir disparaître discrètement et revenir dans la plus grande des surprises ! Es-tu venu avec ton père ? Ernest, c'est ça ?

Ces mots furent comme un coup de poing dans le ventre d'Arthur, mais il n'en montra rien.

— Non, je suis venu avec Harriet Coriander et son équipage.

— Une famille rudement respectable, ces Coriander. Octavie Coriander était une chère amie, même si nous nous sommes perdus de vue.

Ermitage fixa un point invisible au loin pendant un moment, les yeux vitreux.

— Est-ce que ton père te laisse partir de ton côté ? C'est le meilleur moyen d'apprendre les rouages du métier, tu sais.

Arthur sentait bien que les questions d'Ermitage Wrigglesworth n'attendaient pas forcément des réponses.

— Un type respectable, je l'ai toujours pensé, malgré le mépris que certains lui témoignaient. Entendons-nous bien, je suis pour que tout le monde tente sa chance. Après tout, on ne peut pas tous venir de vieilles familles du Premier Continent.

— De Vornatania, vous voulez dire.

— Oui, oui, le Premier, Vornatania, c'est la même chose.

— Pas vraiment.

— Comment va la cheville ?

— Elle me fait mal.

— Ah, regarde !

Il attrapa un arbuste et en arracha un morceau d'écorce.

— Mâche ça, ça va te faire du bien.

L'écorce avait un goût amer, et il avait l'impression d'essayer de mâcher une semelle.

Après avoir cheminé encore dans les ruisseaux tout en ayant des échanges un peu gauches sur la météo à Lontown, ils se retrouvèrent dans ce qui ressemblait à un marécage. Une brume humide flottait entre des arbres fins aux branches tombantes. Des grenouilles coassaient bruyamment, formant un fond sonore ininterrompu.

— On y est !

— Ah bon ? demanda Arthur, moins impressionné qu'il ne l'avait espéré.

De ce qu'il en avait vu avant sa chute, cette île était comme une boîte à bijoux, de sorte que cet endroit sombre, froid et humide lui apparaissait comme un drôle de choix de résidence. Il chassa les moustiques de son visage.

— Viens.

Une structure apparut un peu plus loin, une construction humaine. C'était une maison sur pilotis, une sorte de vieille cahute avec une cheminée de travers et des fenêtres arquées. Comme ils approchaient, il devint évident qu'il ne s'agissait pas vraiment de pilotis, mais d'espèces de manivelles.

— Impressionnant, n'est-ce pas ?

— C'est sûr que c'est curieux !

— La structure entière peut monter jusqu'à quinze mètres de haut. Tout se base sur des manivelles et des rouages, un système primitif, en réalité, de sorte que ces maisons sont désormais historiques sur ce continent, une relique des temps passés.

Arthur était sûr que Maudie aurait aussitôt couru examiner les mécanismes. Elle lui manquait tellement. Au moins, il n'était plus seul maintenant, mais il avait l'impression d'avoir été coupé en deux et d'avoir laissé une moitié de lui sur Nova.

— La plupart d'entre elles tombent en ruine, la majorité des gens préférant les maisons-bulles – très populaires dans le Sud, à ce qu'on dit. Les maisons-arbres standard sont pour les traditionalistes, il y a aussi les maisons-cascades modernes et, bien sûr, la plupart choisissent de vivre dans la ville de Tempestra.

— Je crois que c'est là que mon équipage se rendait, avant que je tombe.

Arthur envisagea de lui expliquer la situation concernant Eudora Vane, mais il ne lui faisait pas encore totalement confiance.

— On pourra peut-être t'y emmener, quand ta cheville sera reposée. Je vais abaisser la maison pour t'épargner l'escalier.

Ermitage se mit à tourner une grosse manivelle. Elle craqua et grogna et les chaînes firent un bruit de ferraille. Toute la maison s'inclina en avant et des morceaux de mousse tombèrent dans le marécage. Puis, comme il continuait de tourner la manivelle, le bâtiment se pencha en arrière et commença à descendre doucement.

— Cette technologie ancienne date de plusieurs centaines d'années. C'est fascinant, n'est-ce pas ? C'est la raison pour laquelle je suis resté ici – il y a tellement à observer !

La maison arriva juste au-dessus du niveau de l'eau et Ermitage fit entrer Arthur. Elle était pleine d'étagères de travers supportant des papiers, des livres, des pots et bocaux. Un simple tas de couvertures reposait au sol sur un matelas de fortune, avec quelques coussins, une table et une chaise rustiques, et une cuisinière. Sur la table trônait un énorme baromètre, mais bien différent de celui dont se servait Meytheow, sur lequel on pouvait lire : *très sec*, *beau*, *variable*, *pluie* et *orageux*. On voyait sur celui-ci : *beau*, *pluie*, *encore plus de pluie*, *pluie torrentielle*, *orage*, *DÉLUGE*. En ce moment, la flèche pointait sur *beau*.

Ermitage tapota l'appareil, et la flèche ne bougea pas.

— On va rester au ras du sol. Je vais allumer la bouilloire et m'occuper de tes blessures. Assieds-toi. Prends la chaise, et je mettrai ton pied en hauteur.

Arthur s'affala sur la chaise, soulagé de ne plus appuyer sur sa cheville.

— Ça doit être terrible, le déluge.

— Pendant le pire déluge que j'aie vu, l'eau est montée à neuf mètres, alors on a de la marge.

— Neuf mètres ! s'étrangla Arthur.

— Hmm, ils ont tendance à être moins soudains ici que dans la partie nord du continent.

Ermitage tira une souche d'arbre de sous la table et un coussin, puis suréleva la cheville d'Arthur.

— Les inondations les plus sévères arrivent juste sous les montagnes. Le système météorologique complexe de la région est causé, je présume, par une variation de facteurs se combinant tous pour créer, eh bien, le chaos.

— Le chaos ?

— Le chaos selon nos standards, mais ici, les gens y sont parfaitement habitués. C'est merveilleux comme l'écosystème et la population ont évolué, ici.

— Monsieur Wrigglesworth ? De ce que j'ai entendu des gens d'ici, ils savent tout sur nous, et pourtant, nous ne savons rien sur eux.

Ermitage plissa les yeux, son front devenant aussi ridé que de l'écorce d'arbre.

— Intrigant, n'est-ce pas ? J'ai consacré ma vie à trouver un moyen d'arriver jusqu'ici. Tout le monde disait que j'étais fou.

— La Cause des quatre, dit Arthur en désignant les quatre triangles sur le bras de l'explorateur.

— Dis donc, tu as fait tes devoirs ! lança-t-il en entortillant le bout de sa barbe grise autour de son doigt avant d'examiner le garçon pendant un moment.

— J'aime les livres.

Le vieil homme sourit.

— Moi aussi.

— J'ai lu votre exemplaire original annoté de *La Troisième Ère de l'Exploration*.

— Voyez-vous ça !

Ermitage gonfla fièrement la poitrine.

— C'était extrêmement… intéressant, par endroits.

— Seulement par endroits ? demanda-t-il, ses épaules s'affaissant légèrement.

Arthur se pencha en avant.

— Aux endroits cachés…

Une étincelle illumina les yeux d'Ermitage.

— Vieille branche, tu n'as quand même pas… ?

Le garçon hocha la tête.

— Des mots révélés par du citron, c'était malin. Tout comme le tiroir secret sur l'île de la Mangrove.

— Ça alors ! Tu es vraiment un garçon brillant ! Il va falloir que je m'améliore dorénavant !

Ermitage prit une carafe sur l'étagère et servit de l'eau dans une tasse en bois à Arthur, puis il s'approcha de la porte et l'ouvrit en grand sur la forêt tropicale.

On entendait constamment en fond sonore l'eau qui coulait et les grenouilles qui coassaient. De temps à autre, un oiseau ressortait avec ses trilles ou son sifflement particulier. Il régnait ici une odeur de serre envahie par la végétation : un mélange du parfum de la verdure, de l'humidité et de la terre, du bois et des plantes en décomposition. Ce n'était pas une odeur désagréable. Ça sentait la vie.

— Dis-moi, comment va la capitaine Coriander ? demanda Ermitage. J'ai suivi sa carrière avec beaucoup d'intérêt.

Arthur toussota. Ça ne pouvait plus durer.

— Monsieur Wrigglesworth, je dois vous avouer quelque chose. En réalité, je ne suis pas venu ici avec l'équipage Coriander.

Le vieil homme se tourna vers lui et plissa les yeux avec curiosité.

— Je suis venu avec les Vane, et pas par choix, ajouta-t-il rapidement.

— Qu'est-ce que cette femme fait ici, par le Grand Large ? Comment a-t-elle…

— Elle s'est introduite par effraction dans votre maison à Lontown et a volé vos journaux.

Ermitage posa avec fracas la bouilloire sur la cuisinière.

— Je savais que j'aurais dû les brûler avant de partir ! Cette femme n'a pas d'honneur. Thaddeus, son père, était pareil. Je ferais plus volontiers confiance à un moustique qui aurait promis de ne pas me piquer.

Il en chassa un de son bras. Arthur grimaça.

— Ce n'est pas tout. Elle se dirige vers la ville en se faisant passer pour Harriet.

— Elle se fait passer pour Harriet Coriander ? Pourquoi ferait-elle une chose pareille ?

— Je ne sais pas. Les gens qui se sont approchés de l'*Aurora* ont semblé reconnaître le symbole Coriander sur le bateau, les hirondelles.

— Vraiment ? demanda Ermitage en ramenant la tête en arrière, sourcils froncés.

Arthur hocha la tête.

— Eh bien, vieille branche, je pense que nous devrions aller en ville et découvrir ce qu'elle mijote. Enfin, dès que ta cheville ira un peu mieux ; c'est un assez long voyage.

L'explorateur s'approcha de l'étagère et sélectionna une bouteille de liquide brun. Il en versa dans deux coquilles de noix de coco et en tendit une à Arthur.

— Pendant que l'eau chauffe, nous boirons un peu de soupe de vitamines de la jungle. Elle est tout aussi bonne froide. J'ai expérimenté de nombreuses vitamines et minéraux trouvés dans la région.

Arthur leva la coquille et son ventre se souleva quand il sentit son odeur de marais.

Prenant sa réaction pour de la méfiance, Ermitage lui tapota le dos.

— Il n'y a pas d'inquiétude à avoir. Tous les ingrédients sont sûrs et vérifiés par la population locale. Bois, mon cher vieil ami ; ça te donnera du poil sur le torse et ça empêchera les insectes d'en avoir après ton sang la nuit : double avantage !

Il se pencha vers lui, les yeux écarquillés et un grand sourire aux lèvres. Arthur sourit d'un air gêné, persuadé que le vieil homme allait lui dire que c'était une blague.

— Bon, tu te prends pour un explorateur ou non ? Tchin, tchin !

Il cogna alors sa noix de coco contre celle du garçon et avala sa boisson boueuse.

Arthur se pinça le nez, ferma les yeux et tenta d'imaginer que c'était la soupe aux légumes variés de Felicity. Mais le breuvage était immonde : on aurait dit du fromage pourri et de l'herbe fermentée. Il eut un haut-le-cœur.

Ermitage éclata de rire.

— Bravo ! Le véritable esprit d'aventure de Lontown m'avait sacrément manqué !

Tandis que le vieil homme regardait au loin avec nostalgie avant d'aller se resservir, Arthur renversa rapidement le reste de sa soupe dans un palmier en pot à fruits rouges, murmurant une excuse à la plante.

— Il va falloir tuer le temps pendant que ta cheville guérit. Je dirais environ une semaine. Je veux connaître toutes les nouvelles de Lontown et tout ce qui est arrivé pendant ton voyage jusqu'ici.

Arthur hocha la tête.

— Mais comment êtes-vous parvenu jusqu'ici, monsieur Wrigglesworth ?

— Mon navire volant s'est écrasé. J'étais à court de carburant et ces maudits sombrants pullulaient.

— C'est ce que vous avez dessiné dans vos journaux ?

— Oui. Je n'en avais pas vu en personne quand je les ai dessinés, mais les gens de Nova deviennent très bavards quand on leur donne suffisamment de rhum ! Heureusement, un de leurs navires maritimes était sur le chemin du retour, guidé par l'oiseau de feu. Ils ont eu pitié de moi et m'ont sauvé, puis ils m'ont emmené en ville. Quand ils m'ont demandé si j'avais l'intention de repartir, j'ai répondu non, bien sûr. J'ai eu la nette impression que je n'avais pas le choix. Alors ils m'ont autorisé à rester, ce qui m'arrangeait bien, car j'avais hâte d'explorer ce nouveau monde et de découvrir son histoire, sa technologie !

— Que sont les sombrants, exactement ? Nous avons réussi à leur échapper, mais seulement parce que nous avons eu de la chance.

— De curieuses créatures. Elles se nourrissent d'énergie, à ce que j'ai compris. De l'énergie électrique, où qu'elles puissent la trouver, dans les orages, les souvenirs… Pourquoi crois-tu que personne n'était encore arrivé aussi loin ? Mais je suis plus un historien qu'un zoologiste.

Il haussa les épaules.

— Ils forment donc une barrière contre le monde extérieur, qui garde cette terre secrète ?

— En effet.

— Et les Érythéens vous laissent séjourner ici alors que vous venez d'ailleurs ?

— Ils me tiennent à l'œil. Il y a toujours quelqu'un dans les parages. Bien sûr, on ne s'en rend pas compte quand on n'est pas d'ici – ils se fondent dans la forêt comme des caméléons –, mais je sais qu'ils sont là.

Arthur jeta un coup d'œil méfiant par la fenêtre.

— Ils sont là en ce moment ?

— Peut-être, répondit Ermitage en remplissant la coquille de noix de coco d'Arthur et en rapprochant sa chaise avec enthousiasme. Maintenant, bois, et parle-moi de la maison.

Arthur sourit, mal à l'aise, son ventre réclamant n'importe quel plat pourvu qu'il soit de Felicity. Il était content de parler de Lontown avec Ermitage, mais beaucoup moins de la période de guérison pendant laquelle il devrait rester confiné dans une hutte à boire de la boue verte. Quelque chose lui disait que la semaine allait être longue.

16.

L'OISEAU DE FEU

Les jours passèrent. Maudie détestait le mouvement de la mer. Elle était plus rude que le ciel, comme si elle vous tenait dans sa poigne gluante. Quand on était dans le ciel, on fusionnait presque avec lui, dans une harmonie heureuse, mais la mer, elle, voulait dominer. Elle l'entraînait dans un rythme qui lui donnait la nausée et la forçait à déglutir incessamment de peur de vomir.

Elle ne pouvait s'empêchait de penser à Arthur, aussi faisait-elle diversion en s'occupant du kayak volant, nettoyant le petit moteur à eau et travaillant sur ses modifications dans son journal.

Un banc de nuages menaçants attendait à l'horizon. Vers quoi naviguaient-ils ? Les orages n'étaient pas drôles dans les navires volants, et elle imaginait qu'en subir un à bord d'un navire maritime serait pire encore. Peut-être devrait-elle renforcer les rivets.

Harriet regardait au loin, les mains sur la barre, extrêmement concentrée et plus silencieuse que Maudie ne l'avait jamais vue.

— Prends ça, dit Felicity en donnant une tasse à Maudie. J'essaie un nouveau thé à la menthe pour soulager la nausée.

Les nuages étaient devenus incroyablement gros en un rien de temps.

— Je me demande ce que Meytheow dirait de ça, dit Maudie en désignant l'obscurité peu engageante.

Elle se remémora les noms techniques des nuages : stratus, cumulus, cirrus, nimbus. Mais ceux-là formaient une masse indescriptible. Elle n'en avait jamais vu de tels. Serait-il possible d'inventer une machine pour les disperser ? Elle regarda le ciel. Il ne lui avait jamais paru aussi distant, détaché d'elle.

— Harriet nous sortira de là, ne t'en fais pas. Ce n'est probablement qu'un banc de brouillard maritime. Il n'y aura sûrement pas de turbulences ou quoi que ce soit pour nous embêter.

Mais Maudie ne put s'empêcher de remarquer que Felicity remuait ses orteils nus, mal à l'aise, et elle n'aimait pas la façon dont le vent avait faibli et les voiles étaient retombées au cours du dernier carillon. Les vagues devenaient de plus en plus lisses à mesure qu'elles se rapprochaient du brouillard. Leur père avait toujours dit que le calme précédait la tempête, et Maudie savait que c'était vrai, de la même façon que le silence précédait souvent une idée, ou qu'il y avait un moment de vide avant une explosion.

Maudie se tint à côté de Harriet tandis qu'ils approchaient du nuage. Welby et Felicity les rejoignirent. L'*Aurora* avait-elle pu traverser ça ? Avaient-ils beaucoup de retard sur le navire volant ?

— Ralentis le moteur, Welby, dit Harriet. Il va falloir qu'on fasse attention.

Le vieil homme disparut sous le pont et, peu de temps après, elles entendirent un vrombissement, signe que les moteurs passaient à mi-régime, puis au quart, puis à presque rien.

Harriet serrait sa boussole dans sa main.

— Regardez l'eau, souffla Felicity. Ne semble-t-elle pas étrangement calme ?

Puis ils furent engloutis par la brume dense.

Le seul son était celui de la proue du navire fendant l'eau immobile. Tout autour, il ne régnait qu'un gris impénétrable.

Harriet regarda Maudie et lui sourit d'un air rassurant.

— Tout va bien. Ce n'est pas parce qu'on ne voit rien qu'on ne peut pas naviguer efficacement.

Ils continuaient d'avancer dans la grisaille.

— Terre en vue ! s'écria Harriet. Doucement… doucement.

La brume s'était un peu levée, si bien qu'ils pouvaient voir à une centaine de mètres devant eux. Ils se trouvaient entre de hauts îlots déchiquetés – d'étroites masses de roches transperçant la mer.

— Si la coque percute l'un d'eux, qui sait quels dégâts cela causerait, dit Welby, l'air soucieux.

— Nous… nous n'allons pas faire demi-tour, hein ? demanda doucement Maudie.

— Non ! répondirent en chœur Harriet, Welby et Felicity.

— On va devoir travailler ensemble. Maudie, mets-toi à tribord avec Felicity. Welby, à bâbord. Ayez des yeux de lynx.

Ils évoluaient dans un labyrinthe de grands piliers de pierre, curieusement dépourvus de vie et très différents du profil des îles qu'ils avaient laissées derrière eux.

— On se rapproche à bâbord ! cria Welby.

— Ne t'écarte pas trop, Harrie, lança Felicity. Il n'y a pas beaucoup de place de ce côté-là non plus.

L'exploratrice regarda par-dessus son épaule.

— Ça s'éclaircit. Je pense qu'on a traversé le pire.

Mais à peine avait-elle dit ça que le bateau se mit à tanguer. Les vagues grossirent et la brise ébouriffa les cheveux de Harriet. Les nuages s'assombrirent encore, lentement d'abord, puis plus rapidement, comme si la nuit tombait trois fois plus vite.

Maudie tira sur la manche de Felicity.

— C'est quoi ces formes sombres sur les rochers ?

Elle remarqua que la cuisinière serrait fermement sa cuillère porte-bonheur dans sa main.

— Je ne sais pas. Sans doute des feuillages, ou… autre chose…

Soudain, un flamboiement éclaira le ciel au loin, suivi par le doux grondement du tonnerre.

— L'orage vient du sud ; on va virer vers le nord, lança Harriet.

Quelque chose attira le regard de Maudie sur l'île la plus proche.

— Est-ce que ça a bougé ? demanda-t-elle à bout de souffle, le cœur tambourinant.

Quoi que soit ce « ça », il semblait couvrir plusieurs mètres, bien assez pour qu'elle garde les yeux rivés dessus.

Le bateau vira vers le nord-est, mais un autre éclair illumina le ciel pas très loin devant eux, suivi par un énorme *boum* qui fit glapir Maudie et Felicity.

Alors, la forme sombre sur le rocher bougea.

C'était vivant.

Une énorme tête avec des tentacules s'écarta du pan de roche verticale et regarda le ciel. La chose avait d'énormes griffes.

— Qu'est-ce que c'est ?

Harriet l'avait également remarquée.

— Gardez votre calme ; ne vous affolez pas.

Puis ils en virent une autre, puis encore une autre. Les créatures étaient partout, accrochées aux rochers. Une étrange vague de murmures se faisait entendre ; venait-elle de ces choses ?

— Je n'aime pas ça du tout, siffla Felicity.

— Ce sont les créatures du journal d'Ermitage, dit Harriet tout doucement. Les sombrants !

— Gilly n'avait pas dit que c'étaient probablement des petites chauves-souris ?

Il y eut encore un éclair, cette fois un immense fil découpé de lumière fulgurante. Le navire se mit à tanguer encore plus, accompagné d'un bruit étrange, comme si l'air claquait alors que l'une des créatures s'envolait, puis une autre, puis une autre.

— Maudie, Felicity, rentrez à l'intérieur, cria Harriet.

Elles fixaient toutes les deux les créatures, paralysées par la scène qui se déroulait autour d'elles.

— C'est un ordre !

La cuisinière prit la main de Maudie.

— Viens.

Le vol des créatures ondulait comme une vague, leurs serres traînant derrière elles, leur peau noire comme du cuir luisant d'humidité. On entendait le doux sifflement de l'air, qui évoquait la voix du vent.

Avant que Maudie et Felicity puissent atteindre l'écoutille pour aller sous le pont, l'une des créatures s'y posa. Ses grandes ailes étaient repliées vers l'intérieur, de sorte que ses griffes de devant reposaient sur le pont devant elle. Des antennes tombaient de sa tête et sur toute la longueur de sa colonne vertébrale en direction de sa queue, qu'elle faisait claquer sur les planches en bois. Elle les observait avec des yeux blancs aux contours charbonneux. Puis elle fit un pas vers elles, et une chose des plus étranges se produisit.

Quelqu'un murmurait des paroles à Maudie. C'était Arthur. Elle était de retour à la demeure Brightstorm avec Arthur, juste avant que leur père ne parte pour Polaris Sud. Elle le voyait à la porte ; elle le voyait vraiment, comme s'il était en face d'elle, et…

Comme de très loin, elle entendit Harriet crier :

— Pleine vitesse !

Le bateau accéléra : la créature trébucha en arrière, et Maudie et Felicity furent projetées à terre. Quand elle heurta le pont, Maudie vit des centaines de sombrants s'envoler des rochers et décrire des spirales dans le ciel. Il y eut un autre éclair, puis encore un autre. Une pluie tropicale tiède martelait le pont comme l'auraient fait des balles.

La créature se redressa et les observa une fois de plus, puis fixa de nouveau ses yeux sur Maudie.

Elle entendit des murmures. « Ça va, tout va bien. »

Elle se vit avec Arthur et leur père, dans le jardin de la demeure Brightstorm. Ils riaient et se poursuivaient, jouant au loup. C'était un magnifique souvenir ; elle avait trois ans et elle avait envie de manger les biscuits au citron que leur père venait de préparer, mais ils riaient si fort et la lumière chaude du soleil mouchetait le jardin, et ça sentait les roses et… quelque chose lui effleurait la joue et…

Welby la poussa sur le côté.

— Recule ! hurla-t-il en frappant la créature avec un grand bâton.

Elle battit en retraite et s'envola.

Felicity aida Maudie à se relever.

— Oh là là !

— Que s'est-il passé ? grogna la jeune fille.

— Tu as marché vers elle ; elle a posé ses antennes sur ton visage pendant un moment. J'ai essayé de te tirer en arrière, mais tu m'as repoussée.

— Je… je ne m'en souviens pas.

Felicity l'entraîna vers l'arrière du bateau. Les éclairs déferlaient, se succédant rapidement, enflammant le ciel. La masse de créatures sombres tournoyait haut dans le ciel, leurs corps faisant des étincelles dans les nuages, comme si elles réagissaient à l'orage, comme s'il les chargeait.

Le navire se balançait violemment, manquant de chavirer. Harriet agrippait la barre.

— Attention à bâbord ! hurla Welby comme une nouvelle île émergeait d'une bande de brouillard.

La capitaine tourna brusquement la barre et le navire fit une embardée dans un grincement terrible.

Au-dessus, les sombrants les encerclaient, se rapprochant de plus en plus. Le bateau se mit à tourner sur lui-même.

Une créature atterrit sur la proue devant Harriet. Celle-ci ordonna encore une fois à Maudie et Felicity de se réfugier sous le pont, mais elles n'arrivaient même pas à tenir debout. Une autre créature se posa à tribord, près de la cuisinière.

— Maudie, rejoins l'écoutille ! Sauve-toi !

Celle-ci regardait frénétiquement autour d'elle. Une autre bête était proche de Welby, à bâbord.

La pluie, torrentielle désormais, détrempait le pont, et quand la jeune fille essaya de se redresser pour aider Felicity, elle glissa et tomba.

Alors, une tache rouge vif apparut dans le ciel, sortie de nulle part. Maudie leva les yeux et vit le poitrail musclé, couleur rubis, d'un oiseau aux ailes immenses, éclatantes comme du feu, d'au moins trois mètres d'envergure, battant les ailes en rythme contre la pluie violente. Sa queue remuait tel un manteau écarlate dans le ciel. Il semblait se diriger droit vers Harriet et le gouvernail. L'oiseau géant atterrit derrière elle sur le pont, étendit ses ailes immenses autour d'elle d'une manière étrange, protectrice, puis ouvrit son bec cramoisi et cria sur les sombrants : un cri aussi perçant qu'un couteau tranchant l'air.

Aussitôt, les créatures commencèrent à battre en retraite.

Avant que le soulagement ne puisse s'installer, il y eut un bruit de choc colossal et une explosion de roche et de bois. Tout roula et dégringola et Maudie fut projetée à l'autre bout du navire. Elle atterrit sur le dos, à tribord, puis le bateau s'inclina encore plus… puis de l'eau… partout. Elle était à demi enterrée sous des éclats de bois et l'eau montait, l'avalait.

Elle battit des pieds pour remonter à la surface, luttant contre le poids de sa ceinture à outils. Au-dessus, c'était le chaos. Les éclairs, les sombrants qui fuyaient, l'oiseau de feu qui agrippait la proue, le bateau qui craquait, béant, et aucun signe de Harriet, Welby ou Felicity. Les vagues l'éloignaient du bateau. Elle appela Harriet à pleins poumons.

Alors, elle le vit, pas très loin : le kayak volant flottait dans l'eau. C'était sa seule chance. Elle battit furieusement des jambes pour le rejoindre. Une grande bande de brouillard l'avala, toute trace du navire s'évanouit dans la grisaille tandis qu'elle était secouée par les vagues. « Tiens bon, se dit-elle. Tiens bon ! »

Elle trouva la corde, l'enroula autour de sa main et serra de toutes ses forces.

17.
LE DÉLUGE

La rapidité avec laquelle le baromètre était passé de *beau* à *DÉLUGE* était incroyable. C'était le troisième déluge d'Arthur depuis son débarquement à Érythéa. Après son arrivée dans la maison, sa cheville avait gonflé et bleui, et il avait été cloué au lit, Ermitage lui appliquant toutes sortes de feuilles et de mixtures moulues pour l'aider à guérir (mais Arthur avait la nette impression que le vieil homme aimait simplement faire des expériences, car rien ne semblait fonctionner). Cependant, sa cheville commençait enfin à aller mieux et, dès qu'Arthur avait vu qu'un nouveau déluge se préparait, il avait appelé Ermitage, occupé à siphonner de la sève dehors, et ils s'étaient tous les deux mis en action.

Tel un gros lapin gris détalant dans les sous-bois, l'explorateur rassembla tout l'équipement dispersé dehors et le jeta par la porte ouverte. Arthur savait maintenant étouffer le feu de la cuisinière, fermer la trappe de la cheminée, attacher les volets, puis ramasser le matériel jeté dans sa direction pour le ranger à sa place. Quand l'intérieur fut sécurisé, il sortit sur la terrasse en bois et demanda à Ermitage s'il avait besoin d'aide dehors.

— C'est bon, j'ai presque fini ! As-tu fermé la cheminée ?

— Oui, et j'ai éteint le feu.

— Bon travail, vieille branche. C'est trop risqué de le laisser flamber en plein déluge.

Tout autour, la jungle s'était animée de différentes façons : certaines feuilles se repliaient sur elles-mêmes et se rétractaient, des insectes et des animaux remontaient le tronc des arbres en toute hâte, d'autres creusaient le sol marécageux tandis que d'autres encore en émergeaient, comme les grouilleurs dormants. Ermitage avait attiré l'attention d'Arthur sur ces étranges lézards d'eau à grandes dents lors du dernier déluge, lorsque l'un d'eux avait tenté de grimper sur leur terrasse en bois. Ils avaient des dents aussi tranchantes que des rasoirs et prospéraient pendant les inondations en attaquant les créatures suffisamment malchanceuses pour se faire prendre dans la tempête.

Une goutte d'eau tomba sur le nez d'Arthur tandis que le tonnerre grondait quelque part à l'ouest, et le doux crépitement de la pluie commença, remplaçant les trilles habituels des insectes et le chant des oiseaux.

— Je vais juste aider cette petite chose, cria Ermitage en ramassant un escargot si gros qu'il dut se servir de ses deux mains. Bien sûr, cette espèce est bien adaptée et peut tenir plus de vingt carillons sans air, mais je crois que cette vieille branche est lucide et qu'elle aime être au sec et profiter du confort humain pendant les déluges. Je l'ai appelée Gert, en hommage à Gainsford, de la Société Géographique de Lontown. J'ai toujours eu un petit faible pour elle.

Le tonnerre gronda de nouveau, plus près cette fois-ci, et la forêt s'assombrit rapidement, comme si le temps s'était accéléré, passant subitement du jour au soir. La pluie se mit à tomber plus vite elle aussi.

— On ferait mieux de déplier les pieds et de mettre la maison en sécurité, lança Arthur en regardant d'un air inquiet le gris sombre de l'orage qui approchait.

Soudain, il se rendit compte avec étonnement que le bruit des gouttes d'eau en cascade rappelait curieusement celui d'un feu crépitant lorsqu'elles s'écrasaient sur les feuilles et les branches. « C'est étrange que deux opposés puissent produire un bruit aussi similaire », songea-t-il.

Lorsqu'il regarda de nouveau dehors, il vit qu'un grouilleur de bonne taille était apparu à quelques mètres d'Ermitage.

— Dépêchez-vous ! Il y a un grouilleur à environ dix pas derrière vous ! cria Arthur par-dessus le roulement de tambour tumultueux de la pluie.

Le vieil homme sautilla rapidement dans l'eau qui lui arrivait déjà aux chevilles, ses jambes dégingandées s'envolant alors que le grouilleur tournait la tête dans sa direction, mais l'eau n'était pas encore assez profonde pour sa nage caractéristique, rapide comme l'éclair, et il se contenta donc de l'observer de ses yeux étroits et dorés.

Ermitage se précipita à l'intérieur et posa l'énorme escargot sur une couverture.

— Vite, allume la lampe pour qu'on y voie clair pendant qu'on tourne la manivelle.

Arthur s'exécuta avec son allume-feu et la mit dans son support, puis ils commencèrent à tourner la manivelle qui faisait monter la petite maison branlante. Il y eut un éclair et encore du tonnerre, puis encore un autre, presque simultanément, et tandis qu'ils s'élevaient, les nuages relâchèrent leur fureur aqueuse. Désormais, il faisait aussi sombre qu'en pleine nuit, et il était impossible de savoir à quelle hauteur ils se trouvaient ; il leur faudrait simplement continuer de tourner jusqu'à ce que le mécanisme se bloque. Il était de plus en plus difficile d'actionner la poignée à cause de la pression venue d'en haut, et de la sueur perlait sur tout le corps d'Arthur, tant à cause de l'humidité que de l'effort. Après plusieurs minutes, la manivelle refusa de tourner plus et se verrouilla.

— Voilà. C'est bon, vieille branche, beugla Ermitage pour être entendu par-dessus le déluge, avant de tapoter le dos d'Arthur.

Les éclairs se succédaient rapidement et le rugissement du tonnerre faisait vibrer la chaise du garçon.

— Ces maisons sont construites pour durer ; il n'y a pas de souci à se faire, dit le vieil explorateur en s'éventant avec un journal. L'un des déluges les plus subits que j'ai vus depuis que je suis ici. Nous devons approcher ce que les gens du coin appellent *matarnya*, qu'on peut traduire, je crois, par « encore plus humide ».

— Super, lâcha Arthur.

Ermitage ricana dans sa barbe.

18. MAUDIE SEULE AU MONDE

C'était comme si la tempête n'avait été qu'un rêve. Maudie était étendue sur la plage, immobile, les membres lourds comme du plomb, laissant la chaleur du soleil noyer ses pensées, parce qu'elle savait que, dès qu'elle ouvrirait les yeux, ce qui était arrivé deviendrait réel. À côté d'elle, elle entendait le kayak volant qui remuait doucement dans le clapotis régulier des vagues qui lui recouvraient les pieds.

Ce kayak volant lui avait sauvé la vie. Elle se souvenait de l'avoir hissé sur la plage en s'étranglant et en recrachant de l'eau salée, avant de s'écrouler sur le sable.

Elle serra une poignée de sable doux et chaud dans ses mains. Quelque chose bourdonnait au-dessus d'elle. Elle força ses paupières lourdes à s'ouvrir. Le ciel était tellement clair. Comment pouvait-il être aussi éblouissant après avoir été si orageux et déchaîné peu de temps auparavant ?

Une énorme libellule, aussi large qu'une assiette, fila au-dessus d'elle. Maudie s'assit en sursautant, et l'insecte s'éloigna, puis revint quelques instants plus tard, flottant à plusieurs mètres d'elle, comme si cette étrange créature sur la plage avait éveillé sa curiosité. Maudie se releva. L'espace d'un instant, elle se demanda si elle était revenue sur la dernière île, Nova. Peut-être que la tempête l'avait renvoyée là-bas ? Mais lorsqu'elle posa les yeux sur les énormes montagnes couvertes de végétation dense, vert vif et d'arbres deux fois plus grands que tous ceux qu'elle avait vus – peut-être même trois fois –, elle sut qu'elle se trouvait dans un endroit nouveau, un endroit immense.

Arthur avait eu raison depuis le début.

Il y avait bel et bien un quatrième continent.

Même si ça ne servait à rien, elle appela Arthur, puis Harriet, puis Felicity, puis Welby. Plusieurs oiseaux s'envolèrent à la lisière de la jungle et partirent vers l'intérieur des terres. Elle tenta de contrôler sa respiration et regarda autour d'elle. La crique était isolée, avec un sable d'un blanc presque pur, comme si le soleil en avait lavé toutes les couleurs. Elle était flanquée par les énormes montagnes couvertes de forêt sur la gauche, avec de la jungle devant elle, et la mer partout ailleurs. Il n'y avait aucune trace de débris du navire maritime. Maudie plissa les yeux pour scruter la mer. Le soleil se reflétait comme de la poussière de diamant sur les vagues, mais il n'y avait rien à l'horizon. Soudain, elle se sentit minuscule, comme si quelqu'un avait creusé un grand trou autour de son cœur et murmurait froidement à son oreille : *tu es seule.*

La marée semblait monter, alors elle tira le kayak volant plus haut sur la plage et chercha à l'intérieur quelque chose qui pourrait lui être utile. Elle inspecta sa ceinture à outils : clé à molette, petit couteau pliable, mandrins et une boussole écrasée. Elle la tapota. Super. L'objet qui lui aurait été le plus utile était cassé. Soudain, elle se rendit compte qu'elle mourait de soif, et elle avait encore le goût horrible du sel dans la bouche. Le ciel était décoloré par le soleil. Elle regarda autour d'elle et réprima une envie de pleurer. C'était facile de prendre des décisions avec Arthur et le reste de l'équipage auprès d'elle, mais seule…

« Pense comme Harriet, se dit-elle. Que ferait-elle ? Réfléchis, observe et fais un plan. Reste calme. »

La dérive du kayak volant s'était cassée et elle ne voulait pas retourner en mer, elle écarta donc cette option. Les montagnes étaient incroyablement hautes et lui donneraient un bon point de vue pour examiner la région, mais il serait sans aucun doute risqué de les gravir, et cela lui prendrait bien trop longtemps. Et sans eau, elle ne tiendrait pas plus de trois jours dans cette chaleur, peut-être moins. Si quelqu'un d'autre sur le bateau avait survécu, il ou elle avait dû rejoindre une autre plage, peut-être proche de celle-ci, si bien qu'elle ne devait pas trop s'enfoncer dans les terres. Peut-être devait-elle s'aventurer juste assez loin pour trouver de l'eau potable. Il faudrait qu'elle marque sa route pour pouvoir retrouver son chemin, et si Harriet et les autres tombaient par hasard sur cette plage, ils pourraient ainsi suivre ses traces. Elle se mordit la lèvre.

Une bande d'arbres le long de la plage semblait un peu moins dense. Elle se dirigea dans cette direction. De là, on avait l'impression que le sol descendait, il menait peut-être donc à de l'eau.

Avant de partir, elle trouva une branche cassée et écrivit dans le sable, près de la lisière des arbres : *Maudie par-là.* Puis, avec son canif, elle coupa un petit morceau de sa manche et l'attacha à un arbre non loin avant de fouiller de nouveau l'intérieur du kayak volant, au cas où elle aurait raté quelque chose. Il y avait une corde sous la ligne de flottaison. Comme elle hésitait entre la prendre et s'en servir pour attacher le kayak volant, elle décida de la couper en deux ; si les vagues remontaient trop et qu'elle perdait son unique moyen de transport, il n'y aurait aucun espoir, mais une corde pourrait s'avérer utile dans la forêt. Elle trouverait de l'eau, ramasserait du bois sec puis reviendrait sur la plage et ferait un feu et un abri. Remontant ses manches, elle se dirigea vers les arbres.

Ses pieds produisaient un bruit de succion sur le sol sombre et humide de la forêt. Elle se rendit compte que trouver du bois sec pour faire partir un feu serait presque impossible ici. De temps à autre, elle s'arrêtait et cassait des branches pour pouvoir retrouver son chemin. Les arbres devenaient de plus en plus grands et denses, et une cacophonie de gazouillis, de caquètements, de pépiements, de sifflets et de trilles emplissait l'atmosphère. Au-dessus, elle aperçut des flèches blanches de lumière perçant la frondaison des arbres, affaiblies par les centaines de plantes luttant toutes pour en avoir leur part, jusqu'à ce qu'il ne reste qu'une pénombre boueuse.

Elle tenta de trouver l'itinéraire offrant le moins de résistance, mais elle avançait lentement, car elle n'avait que son canif pour se tailler un chemin. Il lui sembla reconnaître un chou palmiste et cela lui rappela ce que Harriet leur avait dit un jour à propos du ramassage de bois dans la jungle : plus haut c'est, mieux c'est. Il fallait toujours regarder en l'air, jamais le sol. Elle choisit la plus haute palme possible et la coupa près du tronc. Elle était bien plus grosse que celles qu'elle avait vues dans les Stella Oceanus, mais quand elle prit la tige et la déchira, elle trouva effectivement les parties fines et filandreuses qui seraient pratiques pour faire démarrer un feu. Elle les fourra dans sa poche et s'enroula des brins de palme autour du cou dans l'espoir qu'ils sèchent un peu plus.

Alors qu'elle progressait dans la forêt, elle trouva des fougères arborescentes avec des poils fins sur le côté. Elle en arracha quelques-uns et les mit dans sa poche, pensant qu'ils pourraient faire office de petit bois supplémentaire. Elle se souvenait que Harriet avait récolté de la résine sur les arbres pour fabriquer une torche dans la Forêt Éternelle du Continent de Glace, et elle en ramassa un peu. Mais il n'y avait toujours aucun signe d'une source d'eau.

Comment un endroit pouvait-il être aussi humide et ne pas avoir d'eau potable ?

Il lui sembla soudain entendre un lent égouttement. Elle suivit ce bruit et vit une flaque d'eau à côté d'un amas de végétation. Elle en prit un peu dans ses mains en coupe et y plongea prudemment la langue. L'eau avait bon goût, mais elle résista à l'envie de la boire, se rappelant que Felicity avait toujours insisté sur l'importance de la faire bouillir, même quand elle semblait propre. Mais elle se rendit compte qu'elle n'avait rien pour la faire bouillir, ni même pour la transporter. Elle coinça d'un geste automatique son ruban derrière son oreille et regarda autour d'elle à la recherche d'une solution. Il n'y aurait certainement rien de métallique ou de construit par l'homme à utiliser ici. Elle soupira, et elle entendit dans sa tête la voix d'Arthur lui disant qu'il y avait toujours un moyen. Elle prit conscience que, même si elle était douée pour concevoir et fabriquer des choses, c'étaient souvent les encouragements d'Arthur qui l'aidaient à relever des défis. Tout ce dont elle avait besoin, c'était de quelque chose qui ne laisserait pas passer l'eau. Certaines des plantes avaient des feuilles immenses et épaisses, plus grosses qu'elle n'en avait jamais vu – peut-être pourrait-elle en façonner une de sorte qu'elle puisse contenir de l'eau, et se servir de son ruban pour l'attacher ?

Après avoir choisi une feuille adéquate, Maudie rechercha le meilleur endroit où faire un feu. Elle tira sur un rideau de lianes et scruta l'obscurité. C'était une grotte ! Elle pouvait faire partir un feu ici ; ce serait peut-être un meilleur endroit que la plage pour monter un camp.

Elle nettoya rapidement l'entrée et s'employa à démarrer le feu. Elle était tellement soulagée d'avoir attaché à sa ceinture l'allume-feu que Harriet lui avait donné ! Après quelques essais, la flamme prit, et elle disposa soigneusement les brindilles en forme de cône pour ne pas l'étouffer. Quand elle fut assurée qu'elle continuerait de brûler, elle entreprit de plier la feuille de telle manière qu'elle pourrait contenir de l'eau plus efficacement, perçant deux trous sur la bordure qu'elle relia avec son ruban pour lui donner une forme de bol. L'eau bouillit rapidement, puis elle submergea en partie la feuille dans la flaque, et quand elle eut suffisamment refroidi pour être supportable, elle la renversa dans sa bouche et l'avala comme s'il s'agissait du meilleur miel de Tarn.

La grotte continuait vers l'intérieur, attirante, et Maudie décida de l'explorer, mais avec grande prudence. Elle ne savait pas quelles créatures rôdaient sur cette nouvelle terre, mais il y en avait certainement beaucoup, avec de fortes chances pour que certaines ne soient pas amicales.

Comme la grotte tournait et montait légèrement, une faible lumière apparut. Elle la suivit jusqu'à une autre caverne. Elle eut le souffle coupé par la vision de pierres précieuses roses scintillantes, incrustées dans les parois irrégulières. Au centre, au-dessus, une grande ouverture laissait entrer la lumière du soleil. Le sol était accidenté, aussi décida-t-elle de chercher une autre partie de la grotte où elle pourrait s'installer. Plus haut, la lumière s'infiltrait par plusieurs trous dans le plafond, et une large corniche paraissait idéale pour faire un feu et se reposer un peu.

Se déplacer dans la jungle l'avait épuisée, tout comme ses efforts pour garder à distance son inquiétude au sujet des autres. Elle alluma un autre petit feu et, bientôt, elle céda au sommeil.

19.

SMEM

Au matin, l'orage était bel et bien passé. Arthur n'avait jamais vu tomber un tel volume d'eau. Ermitage avait eu beau lui répéter que ce n'était rien comparé à ce qui se passait dans les montagnes au nord d'Érythéa, ça n'avait été qu'une maigre consolation tandis qu'il écoutait les craquements et percevait le balancement de la vieille maison branlante au-dessus des flots. Le vieil explorateur ne l'avait guère rassuré en expliquant que ces constructions étaient faites pour durer, et Arthur avait écopé l'eau qui entrait par la cheminée et balayé le ruisseau continuel qui pénétrait par les fenêtres pour l'évacuer par la porte. Pendant tout ce temps, son compagnon avait semblé plus préoccupé par ses carnets qui risquaient de se mouiller que par leur propre survie.

Mais Ermitage avait dit vrai : la maison surélevée tenait toujours debout.

La première chose qu'Arthur fit ce matin-là fut de regarder le baromètre. Il indiquait *beau*.

— Ouf ! fit-il en regardant dehors.

C'était extraordinaire de voir la rapidité avec laquelle l'eau avait baissé pendant la nuit. Ils tournèrent la manivelle et descendirent de dix mètres.

— C'est le système racinaire. Certains arbres permettent un drainage naturel en absorbant l'eau et en la relâchant dans l'air, expliqua Ermitage en entraînant Arthur vers la porte pour lui montrer la canopée. Tu vois l'évaporation ?

Tout autour d'eux, les feuilles dégageaient de la vapeur au soleil matinal et on aurait dit un immense hammam.

— Bien sûr, ce cycle se nourrit lui-même : les gros déluges conduisent à d'énormes quantités d'évaporation, et la vapeur monte, se concentre de nouveau au-dessus des montagnes et retombe sous forme de pluie. Les Érythéens ont installé leur propre système de drainage en complément, bien sûr. Ce sont de merveilleux inventeurs, ces gens-là.

— En ville ?

— Oh non, la ville fonctionne bien différemment, elle… enfin, tu verras quand tu y seras. Leurs inventions sont tout autour de nous. Je ne te les ai pas montrées, car j'étais curieux de voir si tu les remarquerais toi-même.

— Si je remarquais quoi ?

— Regarde par la fenêtre et dis-moi ce que tu vois.

— Des arbres, des arbres et encore des arbres ?

— Et cet arbre là-bas ?

Arthur plissa le nez, perplexe.

— Euh… c'est un autre arbre ?

— Faux, faux, faux !

Ermitage effectua une drôle de danse de ses petites jambes maigres.

— Comment ça ? demanda Arthur.

— Cet arbre n'est pas un arbre.

Peut-être qu'Ermitage Wrigglesworth perdait un peu la tête après être resté aussi longtemps seul dans la forêt.

— C'est un arbre, dit Arthur en souriant et hochant la tête comme s'il avait affaire à un enfant en bas âge.

— Non, ça ressemble à un arbre, mais ça n'en est pas un.

Ermitage était aussi limpide qu'un gâteau des marécages.

— D'accord… Comme vous voudrez, monsieur W.

— C'est un drainarbre ! Fabriqué pour ressembler exactement aux autres, sauf qu'il contient des tuyaux qui descendent jusqu'au sol, courent dans les marécages et emportent l'eau jusqu'à la mer. Ingénieux, n'est-ce pas ?

— Quoi ? Mais il paraît parfaitement réel. Il dégage même de la vapeur, comme les autres.

Arthur était persuadé qu'Ermitage se payait sa tête.

— Ils appellent ça l'écotechnologie. Bien sûr, dans la langue des Érythéens, ça se dit autrement, mais c'est la traduction la plus proche en lontonien. Ils fonctionnent en parfaite harmonie avec l'environnement, drainant juste assez pour donner le temps aux habitants de se mettre en sécurité en cas de déluge sans altérer l'état naturel de l'habitat ou abîmer le climat et risquer de perturber l'écosystème.

— Vraiment ? demanda le garçon, incrédule.

— Absolument. J'ai rempli des carnets à ce sujet, et toute une section est dédiée à cette technologie dans la bibliothèque de Tempestra.

— Ils ont une bibliothèque ? lança Arthur, les yeux brillants d'intérêt.

— Les gens d'ici placent le savoir au-dessus de tout le reste, et pas seulement le savoir pour lui-même. La connaissance de leur continent, des plantes, des créatures, des arbres et surtout, la connaissance de leur place au milieu de tout ça. Sais-tu qu'ils n'ont pas de rois ni de politiciens, ni aucune de ces bêtises ? Ils ont des savants.

— Nous aussi, on a des savants.

— Oui, mais Érythéa est dirigé par des savants. D'ailleurs, la plus haute position est celle de Professus Excelsis !

— Leur chef est un professeur ?

Ermitage hocha la tête.

Cela semblait fascinant. Arthur avait hâte d'aller en ville, et il avait presque oublié que la raison pour laquelle il avait besoin d'y aller était de trouver Eudora, de révéler à ces gens qui elle était vraiment et de réussir à retourner aux Stella Oceanus, auprès de Maudie et de l'équipage. Auprès de sa famille. Il avait le vertige rien qu'en songeant à tout ce qu'il devait faire.

— Ma cheville va mieux, dit-il. Mais je suppose qu'on ne pourra pas partir avant que l'eau soit descendue un peu plus. À vue de nez, elle nous arriverait encore jusqu'aux épaules. Peut-être plus tard, ou demain ?

Ermitage sourit.

— Allez, on va prendre le petit déjeuner et on partira juste après. Qu'est-ce que tu en penses ?

— Mais il doit encore y avoir quelques mètres d'eau en bas, non ?

Ermitage se contenta de sourire.

— Il existe un moyen. Je viens de te dire que les Érythéens étaient très inventifs, non ? Mais d'abord, le petit déjeuner. J'ai des figues, de l'ananas et ce délicieux fruit violet. Je n'ai pas la moindre idée de ce que c'est, mais ça ne m'a pas encore empoisonné, ajouta-t-il en haussant les épaules.

Après le repas, Ermitage demanda à Arthur de l'aider à déplacer la table. Puis il roula le tapis pour révéler une trappe dans le sol. En dessous, il y avait une sorte de véhicule, comme un mini-chariot au toit de verre, ou plutôt une sorte de grosse chaussure en fer.

— Je l'appelle le Sous-Marin Explorateur des Marécages.

— C'est un peu long, comme nom.

— Ou le SMEM, en abrégé.

— Ça sert à quoi ?

— Il nous permettra de nous déplacer sous l'eau.

— Waouh ! C'est vous qui l'avez fabriqué ?

Arthur se souvint des Acquafreeda, dont beaucoup à Lontown se moquaient parce qu'ils voulaient voyager sous les mers. Il se dit que Maudie aurait trouvé cette machine fascinante et serait aussitôt descendue pour essayer de comprendre comment elle marchait. Cette pensée le fit sourire.

— Techniquement, ce sont les Érythéens qui l'ont fabriqué… Il s'agit d'une technologie très ancienne, bien sûr ; ils ne s'en serviraient plus aujourd'hui. J'ai dû le rénover presque entièrement. Il fonctionne grâce à un mécanisme qu'il faut remonter, mais j'aimerais l'adapter pour pouvoir utiliser ces batteries à ions dont ils se servent en ville.

— Et on va aller en ville là-dedans ? demanda Arthur, dubitatif.

— Ça paraît petit et c'est prévu pour une seule personne, en réalité, mais je suis sûr qu'on tiendra tous les deux, en se serrant.

— Est-ce que c'est fiable ?

— Oui… enfin, je présume.

— Vous présumez ?

Arthur n'aimait pas la tournure que prenaient les événements. De toute évidence, Ermitage aimait vivre dangereusement.

— Techniquement, ce sera sa première sortie.

— On devrait peut-être attendre que l'eau baisse un peu plus, dit Arthur en s'asseyant résolument.

— Vieille branche, après un déluge aussi conséquent, la couche d'eau inférieure peut mettre plusieurs jours à infiltrer le sol… mais peut-être préfères-tu attendre ?

Ces derniers jours avec Ermitage avaient été intéressants, mais le garçon avait besoin d'avancer.

— Non, si vous êtes sûr de vous.

— On est tous les deux là, non, Arthur Brightstorm ? Vivants et en bonne santé sur un continent dont, il y a quelques jours seulement, tu ne connaissais même pas l'existence. Je pense que nous avons le courage des explorateurs et la chance de notre côté.

Le garçon n'aurait su dire s'ils faisaient preuve du courage des explorateurs ou s'ils se jetaient aveuglément dans le danger, mais il ne pouvait résister à l'optimisme d'Ermitage, qui rayonnait comme celui de Harriet. Comme celui de son père, autrefois.

— Je suis prêt quand tu veux ! lança Ermitage en lui donnant une claque dans le dos, si fort que le garçon craignit qu'il ne casse son petit bras frêle.

Arthur hocha la tête et monta à bord du SMEM.

— Ça, c'est le bon état d'esprit, vieille branche !

L'intérieur était exigu et il y régnait une odeur de mare stagnante. Comme l'explorateur tournait la manivelle à l'extérieur, Arthur écouta le drôle de tic-tac du mécanisme qui faisait avancer l'engin. Il y eut un bruit sourd quand ils s'abaissèrent un peu, et le garçon s'accrocha à son siège.

— Pas de souci à se faire ! dit Ermitage en grimpant maladroitement à côté de lui et en lui écrasant la jambe avec son talon osseux.

Arthur réprima un cri. Puis le vieil homme s'assit et ils se retrouvèrent comme deux sardines dans une boîte de conserve.

— Douillet, n'est-ce pas ? demanda Ermitage en levant le bras pour baisser le toit en verre. C'est parti !

Le garçon Brightstorm étouffa la panique qui montait dans son ventre. Ses jours dans la trappe de la canopée météorologique de l'*Aurora* étaient encore un souvenir très présent à son esprit, et il pensa à Harriet et à son aversion pour les espaces clos. Il commençait à ressentir la même chose.

Comme la plateforme descendait, ils commencèrent à voir les marécages autour d'eux. Des plantes tombaient des arbres comme des colliers de mousse, et d'énormes feuilles de nénuphar flottaient à la surface des eaux de crue. Des masses de débris végétaux dérivaient, presque semblables à des mottes de gazon. Puis ils entrèrent dans l'eau jusqu'à en avoir au-dessus de la tête. Après une descente d'environ cinquante centimètres, il y eut un bruit métallique lorsque la plateforme toucha le fond et ils se retrouvèrent complètement immergés dans un autre monde.

L'eau était boueuse, mais ils voyaient à plusieurs mètres devant eux, jusqu'aux troncs et aux racines des arbres. Les branches remuaient comme si le temps avait ralenti, des feuilles restaient repliées, d'autres dansaient lentement dans le courant. Une grosse grenouille dorée passa à côté d'eux et s'arrêta pour les regarder avant de repartir.

Soudain, une pensée frappa Arthur.

— Euh… on a beaucoup d'oxygène ?

Ermitage tapota la jauge devant lui.

— Je crois qu'on en a assez.

— C'est combien, assez ?

Le vieil homme agita vaguement la main. Arthur devait bien admettre qu'à cet instant précis, l'attention que Welby portait aux détails lui manquait.

— Il y a une sorte de générateur d'air. Je n'ai pas encore bien compris comment ça fonctionnait, répondit Ermitage en haussant les épaules.

— Oh… très rassurant !

— La chance sourit aux audacieux !

Et sur ce, il tira sur un gros levier, ce qui provoqua un bruit sourd et un ronronnement, provenant peut-être d'une petite hélice quelque part derrière eux, et ils s'élancèrent.

— Je serai le capitaine, et tu peux être le navigateur ! lança l'explorateur, tout excité.

— Mais je ne sais pas du tout où se trouve la ville de Tempestra !

— Dirige-moi à peu près vers le nord-est et croise les doigts ! On ne peut pas aller jusque là-bas dans cet engin, ça nous prendrait des semaines, mais il y a un village de maisons-bulles plutôt sympathique à une demi-journée d'ici, et ils nous prêteront peut-être un véhicule différent.

Il était évident qu'Ermitage Wrigglesworth ne faisait que peu de cas de la sécurité alors qu'il zigzaguait entre les arbres, Arthur essayant d'optimiser la navigation à partir d'une carte griffonnée à la va-vite qu'il comprenait à peine.

Après plusieurs minutes à avancer lentement sur le sol submergé de la forêt dans une tension extrême, Arthur tenta de profiter de cette expérience sous-marine. Un monde animal nouveau était venu à la vie, rempli de poissons, de grenouilles, de lézards et même d'anguilles.

Au bout d'un moment, l'eau devint moins trouble.

— Ah, on y est ! déclara Ermitage.

— On est proches du village ?

— Bien sûr que non, vu l'allure d'escargot à laquelle se déplace ce truc, mais on est dans la bonne direction. On s'apprête à rejoindre l'une des principales routes fluviales.

Une forme énorme passa à côté d'eux, trop rapide pour qu'Arthur puisse la distinguer clairement. Puis elle réapparut.

— Il y a quelque chose, là !

— Ce ne sont que des dauphins roses du fleuve, des créatures fascinantes. Le seul dauphin à vivre dans les terres, à ma connaissance.

L'un d'eux nageait du côté d'Arthur et les observait de ses yeux intelligents.

— Sont-ils lucides ?

— Lucide est un vaste terme, Arthur. S'il y a une chose dont je suis sûr, c'est que le Grand Large est rempli de surprises et que, souvent, nous autres humains en sous-estimons les possibilités. Cela fait partie de notre nature, je le crains. Nous avons tendance à nous mettre un peu sur un piédestal, à Lontown. Enfin, certaines personnes, pas toutes. Peut-être se sentent-elles menacées par les autres, craignant que, d'une certaine manière, ils n'altèrent leur propre réputation ?

Arthur savait qu'il parlait des gens comme Eudora et les Vane.

— Je crois que c'est pour ça que les Érythéens préfèrent rester entre eux, dit le garçon. Où en est l'oxygène ?

Ermitage tapota la jauge.

— Il nous reste un peu de temps.

Ils continuèrent le long du lit de la rivière.

— J'aurais dû te dire qu'en cas d'urgence, il faut briser la glace et remonter à la nage. Il y a un marteau juste ici.

— Oh, merci, dit Arthur en fronçant les sourcils.

Au bout d'un moment, ils entendirent un vrombissement et, quand le garçon releva les yeux, il vit quelque chose qui ressemblait à une coque de bateau.

— On y est presque.

— Au village ?

— Patience, vieille branche. On est proches, mais pas encore. On va laisser le SMEM ici pour l'instant. (Il vira brusquement de bord et ils commencèrent à gravir la berge.) La chenille devrait nous amener là-haut.

La lumière devint plus vive et ils fendirent rapidement la surface. Mais, avec une secousse, le SMEM se grippa, et ils glissèrent un peu en arrière. Ermitage tenta de les faire avancer, mais l'appareil se contenta de frémir.

— Ah, je crois qu'on est coincés dans la vase. Pas de problème. Je vais jeter l'ancre et… (Il regarda Arthur de ses yeux perçants, brillants, et caressa sa barbe.) Je t'ai déjà demandé si tu savais nager ?

Le garçon remarqua le coup d'œil qu'il lança à son bras manquant.

— Bien sûr que je sais nager.

— Tant mieux, parce qu'il faut nager jusqu'à la berge. Attention aux serpents aquatiques, aux grouilleurs et à tout ce qui a plein de dents.

Arthur devait avoir pâli, car il posa une main sur son épaule et reprit :

— Je plaisante !

Mais il poussa un drôle de rire nerveux qui laissait entendre le contraire.

Lorsque le toit se souleva, ils sortirent tous les deux la tête. L'air au-dessus du lac était beau et frais, et Arthur l'inspira à pleins poumons. Des cascades tombaient d'énormes berges rocheuses qui s'étiraient à perte de vue.

— Nous sommes un peu moins près que je l'espérais, mais nageons jusqu'à la berge, près de cette cascade, et on repartira de là.

En un clin d'œil, Ermitage sortit du SMEM et se mit à nager comme un poisson. Arthur se précipita derrière lui et fit de son mieux pour ne pas se laisser distancer en battant furieusement des jambes, non seulement pour se propulser en avant, mais aussi dans l'espoir que toute créature qui pourrait le considérer comme un dîner potentiel reçoive d'abord un grand coup de pied dans la mâchoire.

Bientôt, il se rendit compte qu'il avait pied, et ils gravirent la berge près de la cascade. Arthur s'appuya sur son genou et prit de grandes inspirations.

— N'oublie pas de regarder en l'air ! dit Ermitage.

Quand le garçon leva les yeux, il vit quelque chose qui scintillait haut dans les arbres : de gros globes de verre qui semblaient faire partie de la paroi rocheuse, à côté de la cascade.

— Ce sont des maisons? demanda-t-il, à bout de souffle.

— En effet. C'est quelque chose, hein?

Ce ne fut qu'à cet instant qu'Arthur remarqua que près de la cascade, des enfants à la peau bronzée, portant des leggings marron moulants et des bottines en caoutchouc, jouaient et escaladaient, et que des sortes d'embarcations au dessin élégant étaient amarrées non loin.

Ils avaient déjà été repérés, et une femme se dirigeait vers eux. Elle portait le même pantalon vert moulant que les Érythéens qu'il avait vus sur l'*Aurora* et une veste ajustée assortie. Ses longs cheveux nattés pendaient sur son épaule.

— Ermitage, ça fait deux semaines que nous ne t'avions pas vu! Nous avions peur que tu n'aies été emporté dans la vieille technologie!

Elle rit et regarda Arthur d'un air entendu, attendant visiblement que l'explorateur fasse les présentations.

— Oh… pardon, voici Arthur. Il est perdu. Je suppose que vous avez entendu parler de l'équipage vornatanien, les Coriander?

Elle hocha la tête.

— Bien sûr. Tout le monde en parle.

— Nous allons en ville et nous nous demandions si nous pouvions vous emprunter un aquaplane… ?

— Non, répondit-elle sèchement.

— Vous aviez dit qu'ils étaient sympathiques, murmura Arthur.

— Non, car si vous regardez vers le nord, vous verrez de gros nuages se former. Un autre déluge approche. Soyez nos invités, je vous en prie, et quand les eaux seront sûres, vous pourrez repartir.

— On va séjourner dans l'un des globes ? demanda le garçon avec nervosité.

Ermitage lui tapota le dos.

— Ne crains rien. Ils sont complètement imperméables et, quand l'eau monte, on a une sacrée vue de là-haut !

20. L'INONDATION

Ce fut le froid qui tira Maudie du rêve qu'elle était en train de faire, dans lequel elle était de retour sur l'*Aurora* avec Arthur et les autres.

Il ne s'agissait pas d'un froid débilitant comme celui qu'elle avait connu à Polaris Sud, plutôt d'un changement agaçant de température. Quelque part dans l'entre-deux brumeux entre le sommeil et la conscience, elle se rendit compte que le feu devait s'être éteint et que tout était humide.

Elle força ses yeux à s'ouvrir. Presque aucune lumière n'entrait par les trous dans le plafond… car c'était de l'eau qui en dégringolait ! Après un moment d'incrédulité, elle bondit sur ses pieds et passa à l'action. La grotte était déjà pleine d'eau jusqu'à la corniche, et il était impossible de rejoindre l'entrée.

Elle prit de grandes inspirations lourdes de panique. Le flot d'eau était torrentiel ; elle ne voyait presque rien.

Sans réfléchir, elle suivit la roche aussi loin que possible, tâtonnant la paroi à la recherche de saillies, espérant pouvoir sortir en l'escaladant. Elle trouva une corniche pas trop éloignée de l'un des trous et se hissa dessus, puis elle tendit les bras pour en atteindre une autre. La roche était terriblement traître et son cœur martelait comme de gros pistons alors qu'elle forçait ses mains à assurer leur prise. Quand elle tenta de s'accrocher à la bande de roche suivante, ses doigts glissèrent et elle faillit chuter. L'eau se déversait en rugissant, mais elle pourrait s'en sortir si elle tenait bon.

Au-dessous d'elle, quelque chose bougea dans l'eau, une longue créature ressemblant à un lézard. La bête remonta à la surface et sembla fixer ses yeux sur elle, des dents pointues sortant de sa gueule. Elle n'était pas aussi grosse qu'un crocodile, elle ne faisait peut-être que la longueur de son avant-bras, mais Maudie était persuadée qu'elle pouvait infliger de sérieux dégâts, et, s'il y en avait une, il pouvait y en avoir d'autres. Il fallait qu'elle sorte de là. Après plusieurs respirations, elle leva les yeux vers la lumière terne et l'eau qui tombait en cascade tout autour. Soudain, elle se rendit compte qu'un visage la regardait. Il appartenait à une petite créature aux airs d'ours, qui se tenait à un côté du trou et lui tendait la main.

Stupéfaite, elle perdit sa prise et tomba dans l'eau, où elle se mit à tourbillonner dans le courant impitoyable, au point qu'elle ne savait plus distinguer le haut du bas. Ses poumons comprimés lui faisaient mal, réclamant de l'air.

Après plusieurs grands coups de pied, dont l'un toucha quelque chose – le lézard d'eau, avec un peu de chance –, elle remonta à la surface et prit de grandes inspirations, mais l'eau déferlait du plafond dans un courant irrésistible et la grotte se remplissait vite. Son cœur tambourinait. Si elle parvenait à rejoindre l'ouverture, elle pourrait laisser la grotte se remplir et sortir, mais arriverait-elle à lutter contre le courant provenant du trou sans retomber dans l'eau tourbillonnante, où l'attendait une mort certaine ? Quelque chose effleura sa jambe. Elle glapit et balança un coup de pied de toutes ses forces, puis elle lutta pour se rapprocher de l'ouverture, mais la poussée de l'eau qui entrait était si violente qu'elle pouvait à peine progresser.

Comme elle regardait frénétiquement vers le haut, elle vit l'ours qui s'accrochait encore à la roche au niveau du trou, la dévisageant de ses grands yeux. Elle se demandait à présent si elle n'était pas simplement en train d'halluciner, dans la panique.

Peut-être que la pluie allait s'arrêter et qu'elle pourrait se raccrocher à une corniche le temps que le niveau de l'eau baisse ? Mais l'averse semblait gagner en puissance à chaque seconde. La terreur la serrait dans sa poigne glaciale.

Les pierres précieuses de la grotte brillaient comme des étoiles cramoisies et elle songea soudain de manière impromptue que si c'était la fin pour elle, ce serait au moins dans un endroit magnifique.

N'abandonne jamais. C'était ce que son père avait toujours dit ; c'était ce que disait Harriet. Et Arty.

Arthur. Il fallait qu'elle le revoie. Elle ne pouvait pas baisser les bras.

Au prix d'un immense effort, elle se rapprocha le plus possible de l'ouverture et trouva un petit rebord. Elle s'y agrippa de toutes ses forces et trouva une bosse où poser le pied. Quelque chose l'effleura encore, et, dans une puissante poussée, elle se hissa aux deux tiers hors de l'eau.

Le trou se trouvait à environ deux mètres d'elle ; il fallait qu'elle monte encore. L'une des pierres précieuses pourrait faire office de prise, aussi poussa-t-elle sur ses pieds puis tendit la main.

Elle réussit à l'attraper.

Au-dessus d'elle, l'espèce de petit ours continuait de la fixer avec insistance, mais Maudie se força à l'ignorer. S'il était dangereux et que ce regard intense signifiait qu'il voulait faire d'elle son prochain repas, elle ne pouvait rien y faire. Peut-être attendait-il simplement qu'elle se noie. Quoi qu'il en soit, ça n'avait pas d'importance. Elle devait rejoindre le sommet de la grotte. C'était sa seule option.

Elle scruta la paroi à la recherche d'une autre saillie rocheuse. Rien. Un millier de pensées envahissait son cerveau à chaque instant. Si seulement elle ne s'était pas endormie dans la grotte ; si seulement le navire maritime n'avait pas fait naufrage ; si seulement Eudora n'avait pas volé leur navire volant avec Arthur dedans !

C'était la faute d'Eudora. Tout était sa faute. Maudie poussa un cri de frustration, mais ce bruit se perdit dans le torrent d'eau.

L'ours disparut. Elle lui avait sûrement fait peur. Désormais, elle était vraiment toute seule, et elle allait mourir. L'eau déferlait à une telle vitesse qu'il était presque impossible de s'accrocher.

Alors, l'ours réapparut, la tête en bas dans la grotte, et lui tendit sa drôle de patte palmée. Il essayait de l'aider !

Se tenant d'une main, elle lâcha l'autre et la tendit vers son improbable sauveteur, poussant un grognement d'effort et de frustration.

Mais sa main glissa.

Elle retomba bruyamment dans l'eau et le courant l'entraîna vers le bas. Elle réussit à remonter à la surface, mais des larmes d'impuissance face au désastre imminent lui brouillaient les yeux et la force de l'eau l'empêchait de nager vers le trou. Elle battit encore plusieurs fois des pieds, avant d'être prise dans la cascade où elle s'enfonça en tournoyant.

Quelque chose lui effleura la main, et elle eut une étrange pensée : elle n'aurait peut-être pas le choix entre mourir tuée par un énorme lézard ou mourir noyée. Ça dépendrait de ce qui l'achèverait en premier. Et c'était presque drôle de songer à ça tandis qu'elle était entraînée par le courant.

Mais la chose, quelle qu'elle fût, ne lui avait pas seulement effleuré la main : elle l'avait attrapée et tirait dessus. Sa poigne était incroyablement forte. Maudie avait besoin d'air et elle tentait de rejoindre la surface, mais on l'entraînait vers le bas. Peut-être était-ce la première morsure du lézard ? Elle aurait voulu hurler, mais elle aurait perdu le peu d'air qu'il restait dans ses poumons. Dans l'étrange lumière rose, elle vit que c'était l'espèce d'ours qui la tenait. Il la tira avec force et elle se laissa faire, sachant qu'elle n'avait pas le choix. Ses poumons la brûlaient. Ils émergèrent alors à la surface, dans une autre petite section de la grotte, et elle prit une grande goulée d'air.

La créature lui tenait toujours le bras, les yeux remplis d'inquiétude et non d'agressivité. Des espèces d'ouïes se contractaient autour de sa mâchoire. Quel était ce drôle d'animal ? Une sorte d'ours d'eau ? Pouvait-il s'agir de la créature qu'Arthur prétendait avoir vue sur Nova ? Mais Maudie n'avait pas le temps de réfléchir, car l'eau continuait à monter. L'ours d'eau tira doucement sur son bras, comme pour dire *il faut repartir*, et elle hocha la tête. Elle prit plusieurs grandes inspirations et ils plongèrent. Le courant était moins turbulent et ils semblaient monter vers une autre section. Ils ressortirent la tête de l'eau et Maudie inspira. Ils se trouvaient dans une grotte plus grande, et elle se demanda s'ils ne pourraient pas rester ici et attendre la fin du déluge. Mais, même ici, l'eau continuait de monter.

Son compagnon lui agrippa les bras avec ses drôles de pattes palmées et la regarda droit dans les yeux avec intensité. Il essayait de lui communiquer quelque chose, et Maudie comprit alors, avec une absolue certitude, que cette créature était lucide.

Ses yeux lui demandaient de lui faire confiance.

Et c'était le cas. Elle ne savait pas pourquoi ni comment, mais elle le sentait dans son cœur.

Elle prit résolument plusieurs grandes inspirations et hocha la tête, mais la créature continuait de la fixer, alors elle respira encore plusieurs fois, convaincue que l'ours d'eau lui disait de se préparer.

Ils s'immergèrent et l'ours d'eau la traîna derrière lui dans un long tunnel. Elle ne voyait presque rien, mais il semblait y avoir moins de pierres précieuses roses sur les parois. « Ne lâche pas, ne lâche pas », se répétait-elle, mais ses poumons se comprimaient de nouveau. Le tournis et la panique s'emparèrent d'elle et la lumière rose pâle s'évanouit alors qu'elle menaçait de perdre connaissance. Pourtant, elle continuait de battre des jambes, et le petit ours d'eau la tirait de toutes ses forces.

Et puis il y eut de la lumière ! Pas la lueur rosée de la grotte, mais la lumière grise de l'orage. Il y avait une ouverture devant eux !

Ils remontèrent à la surface et Maudie aspira goulûment l'air frais. L'ours d'eau, qui lui tenait toujours la main, lui fit gravir un rocher et ils sortirent enfin de l'eau. Autour d'eux, une forêt dense : des arbres énormes aux troncs si larges qu'il aurait fallu six personnes pour en faire le tour. De l'eau dégringolait du ciel à une vitesse inouïe. Maudie était déjà trempée, mais la pluie lui collait les cheveux au visage et ses vêtements lui paraissaient deux fois plus lourds qu'avant. L'eau lui arrivait aux mollets, et le petit museau de l'ours d'eau dépassait tout juste de la surface. Il l'entraîna vers l'avant. De toute évidence, ils n'étaient pas encore en sécurité. Elle eut bientôt les cuisses immergées, et l'ours essayait de la traîner et de nager en même temps, mais elle était trop lente, alors il escalada son corps et s'assit sur son épaule, enroulant sa queue autour de son cou et lui faisant signe d'avancer de sa patte palmée et griffue. L'eau atteignait désormais les hanches de Maudie et elle avait de plus en plus de mal à bouger. Quelque chose remua non loin. Une branche tombée ?

Non, la chose avait des yeux.

Des yeux dorés, mi-clos, rivés sur eux. Une queue pointue et couverte d'écailles s'agita. C'était le même genre de créature que celle qu'elle avait vue dans la grotte : un gros lézard avec un museau en pointe, mais celui-ci était aussi gros qu'elle et il fonçait sur eux toutes dents dehors.

L'ours d'eau lui désigna frénétiquement un arbre. Elle se jeta dessus et agrippa une branche. Elle glapit quand elle se retourna et vit deux grandes mâchoires s'ouvrir, un millier de dents aiguisées comme des couteaux pointant vers elle. Au prix d'un immense effort, nourri par l'adrénaline, elle s'extirpa de l'eau, les dents se refermant à seulement quelques centimètres d'elle, et elle commença à escalader l'arbre. L'ours sauta de son épaule et lui ouvrit la voie de branche en branche. Quand Maudie baissa les yeux, elle crut vraiment que l'eau allait la rattraper, mais, juste au moment où il était évident que son corps ne pouvait plus fournir la moindre bribe d'énergie, elle redoubla d'efforts et attrapa une autre branche, poussa sur ses pieds et monta, encore et encore.

Ces arbres devaient être plus hauts que les toits et les tours de carillon de Lontown, plus hauts que la tour de la Société Géographique.

L'ours d'eau avait un peu ralenti, et Maudie en déduisit qu'ils seraient bientôt en sécurité. Ils devaient avoir atteint les deux tiers de ces arbres colossaux. Elle fit une pause, les pieds sur une branche solide, et s'accrocha à une autre, à bout de souffle. Elle risqua un coup d'œil en bas pour surveiller l'eau, mais elle était loin désormais. Poussant un soupir de soulagement, elle regarda autour d'elle et en resta bouche bée. Il y avait des centaines d'ours d'eau dans les arbres, pendus aux branches par la queue, serrant les troncs dans leurs bras ou lui jetant des coups d'œil par-dessus ce qui lui évoquait d'énormes nids d'oiseaux.

L'ours qui l'avait sauvée eut une expression qui ressemblait énormément à un sourire et lui tendit la patte. Elle la prit dans ses mains et le suivit jusqu'à l'un des nids. Une canopée de feuilles les protégeait de la pluie qui tombait encore, mais s'était peut-être calmée un peu. Maudie n'aurait pu l'affirmer. Elle se laissa tomber dans le nid et compta dix respirations, s'apaisant à chacune d'entre elles. L'ours d'eau lui tendit une poignée de noix et de baies. Elle les examina, se méfiant de ce qui pourrait l'empoisonner, mais, comme pour lui montrer qu'il n'y avait rien à craindre, l'ours en mangea quelques-unes. Elles étaient sucrées et nourrissantes, et, à chaque minuscule bouchée, elle se sentait un peu plus revigorée. La plupart des autres créatures avaient disparu dans leurs nids, mais elle en remarqua deux qui les regardaient depuis un autre nid un peu plus haut, légèrement plus grosses que celle qui l'avait sauvée. Ces ours ne lui parurent pas lucides comme le sien, mais ils semblaient tout de même un peu préoccupés.

— Ce sont tes parents ? demanda-t-elle.

Pendant un instant, Maudie se demanda si l'ours allait lui répondre comme les loups télépathes, par la pensée. Non. Il lui prit la main et la caressa avec le dos de la sienne. Elle était couverte de fourrure, contrairement à ses palmes et à ses paumes. Cette petite action pouvait-elle signifier « oui » ?

— Alors, ce sont tes parents ?

Encore une fois, l'ours d'eau lui effleura la paume avec le dos de sa main.

— Je pense que tu dis oui !

Elle sourit. Malgré l'horreur de ces derniers vingt-quatre carillons, elle se sentait enfin en sécurité. Elle s'allongea. Le nid était garni de feuilles et de mousse, et il y avait quelques pierres précieuses roses et brillantes incrustées sur les côtés. Soudain, ses paupières lui semblèrent terriblement lourdes. L'orage passait, la pluie ralentissait, et la nuit tombait. L'ours d'eau s'étendit près d'elle. Maudie ne voulait pas dormir tant que la pluie ne se serait pas complètement arrêtée, mais, sur cette étrange nouvelle terre, comment savoir ce qui était possible, et si elle s'arrêterait seulement un jour ? Cependant, l'ours semblait détendu, la pluie finit par s'affaiblir et les nuages disparurent, laissant de la place aux étoiles pour qu'elles apaisent le ciel. Alors seulement, elle s'autorisa à sombrer dans un sommeil long, profond et réparateur.

21.

CASCADES

On avait attribué à Arthur et Ermitage leur propre maison-globe pour la nuit. Elle était complètement différente des maisons de l'ancienne technologie, et, quand l'eau du déluge était montée, les lumières s'étaient allumées, alimentées, d'après Ermitage, par des batteries à ions chargées par la cascade. Ils avaient eu l'impression de se retrouver dans un royaume souterrain et magique. Les globes étaient parfaitement étanches, mais ils possédaient des capsules de secours sur le côté qui pouvaient se détacher et flotter jusqu'à ce que l'eau se retire. À l'intérieur de ces capsules, on trouvait des compartiments pour stocker de la nourriture et la garder au frais et au sec, des jardins intérieurs et même des toilettes. Arthur avait somnolé d'un sommeil léger toute la nuit, regardant les créatures aquatiques qui nageaient derrière la vitre, illuminées par les lumières scintillantes des capsules, jusqu'à ce que le niveau de l'eau diminue et que l'aube soit presque là.

Quand il s'était réveillé, nombre des embarcations élégantes étaient sur le lac en train de pêcher.

— Ah, les aquaplanes, dit Ermitage.

— C'est comme ça qu'ils appellent leurs bateaux ?

Le vieil homme hocha la tête.

— Ce bateau en particulier, leur moyen de transport le plus commun. La pluie et l'inondation apportent des nutriments venus de la canopée et les poissons se précipitent en masse pour les manger. Les gens du coin savent tirer profit de l'abondance post-déluge.

Ils descendirent du globe en utilisant les échelles qui quadrillaient la face rocheuse.

— On ne peut tout de même pas prendre un bateau comme ça, lança Arthur à Ermitage. Les gens qui vivent ici ne vont pas être un peu, euh, furieux ?

— Vieille branche, tu es à Érythéa maintenant. Ici, on a tendance à partager : les maisons, les véhicules, la nourriture. Les aquaplanes n'appartiennent à personne ; ils font partie de la vie. S'ils sont amarrés dans une certaine direction, cela signifie qu'ils sont disponibles pour quiconque en aura besoin.

— Waouh ! Imaginez si c'était comme ça à Lontown, si la ville était remplie de navires volants ! On n'aurait qu'à en prendre un pour aller où on veut.

— Nous aurions beaucoup à apprendre de ces gens. S'ils nous laissaient faire.

— Ils vous laissent rester ici et apprendre, non ?

Ermitage resta silencieux pendant un long moment. Il regarda le sol, puis soupira et répondit :

— Comme je te l'ai dit, c'est seulement parce que je leur ai promis que je ne retournerai jamais à Lontown.

Arthur sentit la panique inonder ses veines. Et s'ils le forçaient à rester ici lui aussi ? S'ils l'empêchaient de retourner auprès de Maudie et des autres ?

Le vieil homme lui tapota l'épaule.

— Ne t'inquiète pas de ce qui n'est pas encore arrivé. Les Érythéens savent déjà que tu es là, donc tu ne peux rien faire. Prenons une chose après l'autre, d'accord ?

Arthur hocha la tête.

Ils durent remonter un peu le fleuve avant de trouver un aquaplane libre, attaché de l'autre côté d'une petite gorge.

— Comment peut-on le rejoindre ? Pourquoi pas avec ça ?

Arthur désignait un arbre tombé qui traversait le ravin. C'était parfait selon lui. Il posa le pied dessus, mais Ermitage lui saisit le bras et le tira en arrière.

— Pas si vite, vieille branche. Je sais que tu as un goût prononcé pour les chutes, mais regarde-le de plus près. Les seules choses vivantes là-dessus sont les plantes grimpantes qui poussent tout autour. Cet arbre m'a tout l'air pourri.

Il en détacha un petit bout et il tomba en miettes.

— Oh, c'était moins une! s'exclama Arthur. Qu'est-ce qu'on fait?

L'explorateur tira sur une liane pendue à l'un des grands arbres.

— Elle semble solide.

Soudain, ils entendirent un cri d'oiseau au-dessus d'eux. Le garçon releva les yeux.

— Parthena! Tu vas bien? Tu m'as trouvé!

Elle se posa devant lui et sauta dans ses bras.

— Ah, ton oiseau lucide, commenta Ermitage, impressionné. C'est une beauté, en effet, d'un blanc pur, et d'une envergure impressionnante.

Sur ces mots, il se mit à courir et sauta de l'autre côté de la gorge, accroché à sa liane, en criant « Wouhou! ».

Arthur secoua la tête.

— Dommage que je ne puisse pas voler comme toi, Parthena, dit-il en lui caressant la tête et en la posant par terre. Tant pis, c'est parti !

Il s'écrasa de l'autre côté dans un bruit fracassant. Ermitage le releva.

— Allez, debout. Rien de cassé cette fois-ci, j'espère. Bien.

Parthena vola par-dessus le ravin en un seul battement d'ailes.

L'aquaplane ressemblait plus à une étroite plateforme qu'à un bateau.

— On relève la colonne de direction comme ça…, commença Ermitage en tirant sur une fine barre métallique équipée d'une poignée au bout. Normalement, le conducteur se tient debout, mais les passagers peuvent s'asseoir. Ils ont des petits moteurs efficaces en dessous, intégrés à la dérive. Quand on commence à bouger, l'élan soulève la plateforme et elle flotte légèrement au-dessus de la surface de l'eau, d'où le nom « aquaplane ». L'absence de friction fait qu'ils sont extrêmement rapides. L'hélice fonctionne avec des batteries à ions alimentées par les chutes d'eau. Elles restent chargées pendant des semaines !

Arthur fut frappé par la ressemblance entre l'aquaplane et le kayak volant de Maudie, même si cette embarcation ne pourrait pas décoller et s'envoler brièvement comme celle de sa sœur.

— Monte ! lança Ermitage.

Arthur s'assit derrière son compagnon et s'accrocha au rebord étroit de l'aquaplane.

— Vous avez déjà fait ça ? demanda-t-il.

— Absolument ! Enfin, une ou deux fois tout seul.

Le garçon déglutit.

— Parthena, ce serait peut-être plus sûr que tu voles au-dessus de nous.

L'explorateur tourna la poignée au-dessus de la colonne de direction et le moteur démarra. Comme il ramenait la colonne en arrière, ils s'élevèrent d'une trentaine de centimètres au-dessus de l'eau et partirent à toute vitesse sur le fleuve, Parthena volant joyeusement au-dessus.

— À mon avis, on devrait essayer de ne pas se montrer à Eudora quand on arrivera, cria Arthur. On dira que j'ai été séparé de l'équipage, comme ça on pourra observer de loin ce qu'elle manigance.

Ermitage hocha la tête.

— Si tu penses que c'est mieux.

Le fleuve se jeta rapidement dans un immense estuaire où se déversaient des chutes d'eau, avec tout au bout une cascade vertigineuse. Elle semblait aussi large que les Beaux Quartiers de Lontown. Comme ils s'en approchaient, Arthur vit qu'une structure monumentale s'élevait de bas en haut de la cascade.

— Impressionnant, non ? demanda Ermitage.

— Qu'est-ce que c'est ? Est-ce que des gens vivent ici aussi ?

— Ce n'est pas une habitation. Plutôt un grand moteur.

— Un moteur ? Fonctionne-t-il à la poix ?

— Non, par le Grand Large ! Les Érythéens ne toucheraient jamais à la poix. Pour eux, c'est un affront à la nature que de creuser d'énormes gouffres dans le sol pour trouver du carburant. Ils ne se servent que de ce qui leur est accessible, et qui ne nuit pas à leur terre.

— Comment ça fonctionne, alors ?

— Des turbines tournent dans le courant et fabriquent de l'énergie.

— De l'énergie pour quoi ?

Ermitage lui adressa un sourire en coin.

— Viens. Il est l'heure de monter !

22.
VAILLANT

Le soleil brillait vivement lorsque Maudie se réveilla. L'ours d'eau était parti. Elle regarda prudemment par-dessus le bord du nid. L'eau avait baissé, mais elle n'était pas sûre qu'elle se soit tarie complètement. On aurait dit qu'il ne s'était pas passé grand-chose. Les feuilles en contrebas n'avaient pas la même forme que pendant l'orage : pleines et plates, elles semblaient savourer le soleil. Elle vit d'autres ours au sommet des arbres, certains se balançant gaiement par la queue, d'autres les escaladant ou en descendant, mais aucun signe de son ours d'eau, celui qui lui avait sauvé la vie.

Il y avait un tas de baies et de noix à côté d'elle. La créature devait les avoir laissées pour elle. Elle les mangea, mais en laissa la moitié au cas où il aurait voulu en garder pour lui. À la lumière du jour, les pierres précieuses roses avaient perdu leur scintillement et ressemblaient à des pierres ordinaires, sans la luminescence qu'elles dégageaient dans l'obscurité.

Elle entendit un bruissement en contrebas et son ours d'eau entra dans le nid. Il lui tendit une fleur en forme de cloche.

— Elle est très belle, c'est vraiment gentil.

Maudie la prit, sourit, et la coinça derrière son oreille. L'ours d'eau la regarda curieusement, les sourcils froncés. Puis il prit une autre fleur et la mit dans sa bouche pour en boire le contenu.

— Oh ! fit la jeune fille, gênée. J'étais censée la boire !

Elle récupéra la fleur et en suça l'extrémité jusqu'à la cloche, comme elle l'avait vu faire. Rien ne se produisit, alors il la lui prit doucement des mains et lui montra où la presser pour que la cloche s'ouvre. Le nectar sucré coula dans sa gorge. C'était absolument délicieux, et presque aussi désaltérant que de l'eau. Dans un endroit aussi humide, Maudie était étonnée que la soif soit toujours aussi présente. Elle examina la fleur et se fit la remarque qu'elle pourrait s'en servir d'inspiration pour une valve dans le moteur de son kayak volant, afin de le maintenir plus longtemps en l'air.

L'ours d'eau monta de nouveau sur son épaule.

— Tu as un nom ? demanda-t-elle.

Il ne répondit pas, bien sûr. Apparemment, ces créatures étaient absolument silencieuses. Il lui prit la main et la caressa avec le dos de la sienne.

— C'est un oui ?

Mais elle se rendit compte qu'il l'avait caressée dans l'autre sens. Il le refit, comme pour le confirmer.

— Alors, dans ce sens, c'est non, et dans l'autre, oui ?

Il fit le geste signifiant « oui ».

Elle posa une main sur sa poitrine.

— Je m'appelle Maudie.

Il la regarda.

— Maudie, répéta-t-elle plus lentement.

Il sembla sourire.

— Je crois qu'il te faut un nom. Quelqu'un d'aussi courageux que toi mérite un beau nom, un nom qui corresponde à qui tu es.

Elle réfléchit un instant. Puis elle eut une idée.

— Vaillant. Je vais t'appeler Vaillant. Ça te va ?

Après un moment, il lui prit la main et répondit oui.

— Dis-moi, Vaillant, le plus courageux des ours d'eau de… d'où qu'on soit… comment vais-je pouvoir retrouver ma famille, nom d'un rouage rouillé ? demanda-t-elle avec tristesse.

Elle avait mal partout après avoir été secouée dans l'eau et avoir autant lutté pour nager. En plus, elle n'avait aucune idée de l'endroit où elle se trouvait par rapport à la plage sur laquelle elle avait échoué. Et elle n'était pas sûre d'avoir envie de descendre tout de suite, au cas où le gros lézard aux dents en lames de rasoir rôderait encore dans les parages. Elle était en sécurité pour le moment, et, encore une fois, elle imagina ce que Harriet aurait fait ou dit. Elle lui aurait sans doute conseillé de prendre un peu de recul pour analyser la situation. *Regarde ce que tu as, où tu es, ton environnement. Cherche des choses qui t'aideront dans la prochaine étape de ton voyage.*

Maudie examina sa ceinture à outils et soupira lourdement à la vue de sa boussole cassée. Au moins, elle avait toujours son allume-feu et son couteau. Les ours d'eau lui permettraient peut-être de rester ici un jour de plus pour qu'elle puisse observer les mouvements du soleil d'est en ouest. Ainsi, elle pourrait s'orienter. Elle pourrait manger, boire un peu plus d'eau de fleur et reposer ses muscles endoloris, afin de pouvoir repartir en forme. Elle regarda une fois de plus par-dessus le bord du nid. Ils étaient à une belle hauteur – elle ne comprenait pas comment elle avait réussi à monter à une telle altitude – et elle ne se sentait pas encore prête à rejoindre le sol de la forêt. C'était donc décidé.

Il était impossible d'échapper au fait qui l'avait taraudée toute la journée : le seul moyen de vraiment savoir où elle était, c'était de monter encore plus haut dans la canopée pour pouvoir observer les environs. Elle avait plus ou moins déterminé la position des quatre points cardinaux grâce au soleil, mais elle aurait du mal à se repérer en bas, dans la végétation dense. Elle n'était pas du tout sûre d'elle, étant donné qu'elle se trouvait dans une partie complètement différente du Grand Large. Et puis, si elle comptait partir le lendemain matin, il fallait qu'elle se fasse une idée de la topographie. Elle souhaitait aussi observer le ciel : la dernière chose qu'elle voulait, c'était se faire prendre dans un autre de ces horribles déluges. Elle n'avait jamais eu le vertige dans le navire volant ou sur les toits de Lontown, mais elle n'était pas habituée à la cime des arbres ; elle avait donc passé la matinée à fabriquer une sorte de harnais de sécurité avec les quelques outils accrochés à sa ceinture. Elle était drôlement contente d'avoir coupé la corde trouvée dans le kayak volant. Elle pouvait attacher le harnais à une branche de taille moyenne qui supporterait sans mal son poids.

Vaillant disparut un moment, accompagné par une grande partie des autres ours d'eau, mais quand il revint, il portait des fruits frais dans une poche ventrale que la jeune fille n'avait pas remarquée auparavant.

— Comme c'est pratique ! Ça me serait bien utile, pour transporter mes outils, dit-elle en souriant.

La créature sortit l'une des pierres précieuses roses de sa poche et la tendit à Maudie.

— Merci, c'est ravissant.

Elle se rendit compte que beaucoup des créatures revenaient avec des fruits et des pierres précieuses. Vaillant en sortit une autre de sa poche et l'enfonça dans le nid, puis il regarda Maudie. Elle trouva un endroit qui lui paraissait approprié et y enfonça la sienne.

— Ça va être vraiment beau ce soir !

Quelles curieuses créatures ! Elles menaient une vie si heureuse : elles pouvaient respirer sous l'eau, escalader, construire des maisons au sommet des arbres et les rendre encore plus magiques.

— Attends un peu que je parle de toi à mon frère Arty. Quand je le trouverai, je l'amènerai ici, si tu es d'accord.

Vaillant lui prit la main et la caressa pour dire oui.

— Est-ce que tu as un frère ? Ce sont tes parents dans la maison au-dessus, non ?

L'ours d'eau répondit non, puis oui. Il tendit ensuite un fruit à Maudie. Elle l'éplucha et le partagea avec lui. Il était sucré et rafraîchissant et elle se sentit satisfaite, mais cela ne pouvait pas durer éternellement.

— Je dois monter plus haut dans la canopée pour déterminer ce que je vais faire ensuite.

Elle ne savait pas ce que Vaillant saisissait ou non, mais ses yeux semblaient lui dire qu'il la comprenait. Il paraissait aussi légèrement inquiet.

— Je me suis fabriqué un harnais de sécurité, alors je ne crains rien. Tu n'es sans doute pas convaincu de mes compétences, mais en temps normal, je ne me mets pas trop en danger… à part la fois où on s'est écrasés sur le Continent de Glace, et celle où Arty et moi nous sommes faufilés sur le navire volant d'Eudora et où Tuyok a failli mourir… et puis quand Arty est tombé dans le lac gelé… et puis à Polaris Sud, quand Eudora Vane voulait nous tuer… Mais à part ça…

Vaillant gémit doucement.

— Tu veux grimper avec moi ?

Elle commença son ascension, extrêmement lentement, en choisissant ses branches avec soin, attachant de manière méthodique son harnais de l'une à l'autre. Plus elle montait, plus la lumière était vive, jusqu'à ce que, finalement, elle atteigne le sommet.

— Plus qu'une branche, murmura-t-elle pour elle-même.

Maudie fixa son harnais, mit le pied sur la branche et se leva prudemment.

Elle eut envie de s'exclamer, émerveillée par ce qui l'entourait, mais il fallait qu'elle contrôle sa respiration et qu'elle reste concentrée. Elle était à mi-hauteur de la chaîne de montagnes couverte de jungle qu'elle avait vue depuis la plage. La cime des arbres formait une mer émeraude tout autour d'elle. Devant elle se dressait ce qu'elle avait pris pour la plus haute montagne depuis la plage, mais qui, vue d'ici, avait la forme d'un volcan. Cependant, celui-ci était couvert de végétation et semblait complètement endormi, heureusement; la dernière chose dont elle avait besoin, c'était d'un autre sujet d'inquiétude. La lumière était aveuglante. La mer turquoise et majestueuse s'étirait vers ce qu'elle pensait être l'ouest, et elle supposa que la plage sur laquelle elle s'était échouée était quelque part dans cette direction.

Au loin, elle distinguait vaguement de la brume et des formes déchiquetées, probablement les îlots des sombrants.

Elle ravala l'émotion qui lui mettait les larmes aux yeux. Où étaient Harriet, Felicity et Welby ? Étaient-ils seulement encore en vie ? Elle se souvint de cet étrange oiseau écarlate, celui qui ressemblait à… Elle n'en revenait pas de ne pas s'en être rendu compte plus tôt ! Bien sûr, elle n'avait pas vraiment eu le temps d'y réfléchir, entre le naufrage, sa quasi-noyade, l'attaque du lézard d'eau et son sauvetage par un ours amphibie, mais… l'oiseau rubis aux ailes et à la queue rouges comme du feu avait été réel, elle en était certaine, et il ressemblait exactement à l'oiseau sur la bague d'Octavie. Elle mit la main dans la poche de sa ceinture à outils où elle l'avait rangée quand elle s'était disputée avec Arthur.

Le mythique oiseau de feu !

Pourquoi cette créature était-elle apparue, et pourquoi avait-elle aussitôt défendu Harriet ? Elle savait qu'il était vain d'espérer répondre à ces questions, mais cela ne les empêchait pas de tourner dans sa tête.

— Concentre-toi, s'intima-t-elle, puis elle se tourna un peu pour examiner le panorama.

Des plages et des montagnes, des plateaux, des zones à basse altitude, de la jungle épaisse à perte de vue… et des fils argentés non loin.

Elle détacha soigneusement son uniscope de sa ceinture.

— Des fleuves !

Quand on était perdu, il fallait suivre les fleuves. Les fleuves menaient à des gens, avait un jour dit son père. Si Arthur était quelque part par ici, elle devait suivre un cours d'eau pour le retrouver. Mais il lui fallait aussi essayer de retrouver Harriet et les autres. Elle porta de nouveau le regard sur les plages et fit le point avec son uniscope. Elle ne remarqua rien de particulier, mais si Harriet et les autres avaient rejoint la terre, c'était probablement sur l'une de ces plages. À moins qu'ils ne soient restés coincés sur les rochers déchiquetés, à la merci de ces horribles créatures : elle doutait que l'oiseau de feu ait pu les tenir longtemps à distance, et…

Maudie chassa cette pensée.

Elle décida que si le temps le permettait, elle pourrait essayer de retourner à la plage, puis s'engouffrer dans ce qui ressemblait à un trou entre les arbres, vers le sud. Cet espace dans la végétation correspondait probablement à un fleuve, bien qu'elle ne puisse l'affirmer d'ici.

Elle regarda de nouveau les filets de lumière argentée au loin. On aurait dit de grosses veines traversant la terre.

Puis elle se retourna et vit quelque chose qui lui fit perdre toute sa concentration et son équilibre. Elle glissa… et tomba !

Elle était persuadée d'être sans recours, mais le harnais freina brusquement sa chute, et elle se retrouva à se balancer juste au-dessous de la canopée. Son binoscope fila entre les feuilles et s'écrasa bruyamment au sol.

L'ours d'eau avait poussé un couinement et sauté sur la branche la plus proche. Maudie posa rapidement ses pieds sur une branche et se redressa.

— Ça n'est pas passé loin, nom d'un rouage rouillé !

Elle prit plusieurs grandes inspirations : ce qu'elle avait vu entre les arbres lui avait paru si clair ! Elle avait vu un garçon dans la canopée, un garçon qui la regardait…

23.
TEMPESTRA

Les sons de la jungle étaient noyés sous le rugissement de l'immense cascade. Comme l'aquaplane s'en approchait, Arthur prit la vraie mesure de sa taille, et il resta ébahi, la bouche grande ouverte. Tout en haut, une tour colossale semblait sur le point de tomber dans le précipice et se mêlait au flot constant, de sorte que la pierre ne faisait qu'un avec la chute d'eau. C'était une structure magnifique, aux angles incurvés, aux arches soutenues par des piliers et aux gigantesques roues qui tournaient avec régularité dans le courant. Le garçon n'arrivait pas à imaginer par quel prodige une telle chose pouvait avoir été construite.

— Impressionnant, n'est-ce pas ? demanda Ermitage.

Arthur ne put que hocher la tête. Après quelques instants supplémentaires de stupeur, il dit :

— Je n'aurais jamais imaginé qu'un bâtiment pouvait ressembler à ça. Enfin, la Citadelle de Nadvaaryn est extraordinaire, mais là on atteint des sommets. La ville doit être proche. Où est-elle ?

— Là-haut, répondit Ermitage en pointant le doigt.

— Comment est-on censés y parvenir ?

— Regarde, juste sous le voile d'eau. Il y a du mouvement de bas en haut par endroits, tu vois ?

Arthur acquiesça.

— Voilà comment. Viens, il faut d'abord passer derrière.

Ils dirigèrent l'aquaplane vers un côté de la cascade et l'attachèrent à une jetée.

— Attention, ça peut glisser, le prévint son compagnon en le conduisant vers l'endroit où la chute d'eau heurtait le lac dans un grand bouillonnement tumultueux. Bien sûr, les Érythéens ont des vêtements parfaitement adaptés à leur environnement. Des bottes issues de la microtechnologie qui agrippent la roche avec des centaines de minuscules ventouses. Il faut que je pense à en demander pendant qu'on sera en ville ; j'ai perdu ma dernière paire dans un déluge.

Arthur poussa un cri lorsqu'il faillit glisser.

— Tu vois ? Vas-y doucement, vieil ami.

Ils avancèrent à petits pas jusqu'à se retrouver dans l'espace derrière la cascade. Le bruit était assourdissant ; Ermitage avait beau crier, le garçon n'était pas complètement sûr de ce qu'il disait. Le vieil homme désigna une porte et il le suivit.

Ils se retrouvèrent dans une pièce blanche et vide sur laquelle donnaient plusieurs portes.

— Où est tout le monde ?

— Cette technologie d'alimentation électrique est autonome, si bien qu'en temps normal, il n'y a que quelques personnes en haut, et il devrait y avoir quelqu'un près de…

Ils passèrent dans une autre pièce où ils trouvèrent une femme qui semblait les attendre. Elle portait un pantalon et une veste verts, élégants. Le tissu irisé semblait léger et aérien. Elle s'adressa à eux dans une langue étrangère. Ermitage tenta de répondre, mais elle sourit et secoua la tête.

— Vous êtes le Vornatanien. On nous a prévenus que vous veniez par ici.

— Je t'avais dit qu'ils nous gardaient à l'œil, murmura l'explorateur en jetant un regard à Arthur.

— Qui est votre compagnon ?

— Il fait partie de l'équipage Coriander qui a atterri il y a plusieurs jours. Ils ont été séparés.

Elle plissa les yeux, puis hocha la tête et leur fit signe d'entrer dans ce qui ressemblait à un ascenseur. Ils pénétrèrent dans la cabine, la femme tira sur un levier et ils commencèrent à grimper. Ils étaient juste derrière la chute d'eau, qui créait l'illusion qu'un filtre chatoyant avait été placé sur le monde. De temps en temps, la cabine fendait le flot et ils apercevaient brièvement le grand lac scintillant. Arthur crut distinguer la mer au-delà de la jungle. Finalement, ils arrivèrent au sommet, à une hauteur vertigineuse, et sortirent dans un couloir en pierre. Un homme portant lui aussi des vêtements verts leur adressa un signe de tête.

— Souhaitez-vous vous reposer ici, ou bien aller directement en ville ? Les membres de ton équipage sont les invités du Professus Excelsis. Je suppose que tu as hâte de les retrouver, ajouta-t-il en regardant Arthur d'un air curieux. Nous pouvons les prévenir de ton arrivée, pour qu'ils sachent que tu vas bien.

— Inutile, nous nous y rendrons nous-mêmes immédiatement, répondit Ermitage. On va leur faire une surprise, n'est-ce pas vieille branche ?

Ils suivirent l'homme dans d'autres couloirs en pierre, jusqu'à parvenir à la dernière porte. Juste au moment où Arthur pensait qu'il serait impossible de le surprendre et de l'impressionner plus, il vit la ville.

À une petite distance de là, au milieu du vaste plateau aquatique qui s'étalait devant lui, Tempestra se dressait tel un immense joyau sculpté dans de la pierre ivoire. Ses dômes n'étaient pas sans rappeler ceux de Lontown, mais en plus ornemental, avec leurs lignes et leurs courbes imitant les formes de la nature. De grandes arches majestueuses s'élevaient à différentes hauteurs et des ponts s'arquaient gracieusement entre les différentes structures. Au centre dominait la plus haute coupole, le point le plus élevé de cette terre, à l'exception des montagnes qui embrassaient le plateau au nord et à l'est.

Arthur avait hâte de la voir de plus près. Une longue jetée s'étirait dans le lac depuis l'arrière de la cascade électrique.

— On va devoir marcher un peu, car les aquaplanes ne peuvent pas trop s'approcher du bord, du moins pas pour nous, Érythéens novices ! lança Ermitage en le précédant sur la plateforme en bois.

Il sautillait presque d'excitation, et le garçon ne put s'empêcher de sourire.

— Ils n'ont pas de navires volants? demanda Arthur.

— J'ai cru comprendre qu'ils ne les aimaient pas beaucoup. Ils les appellent les nuages de tonnerre!

Peu de temps après, ils filaient de nouveau sur un aquaplane, traversant le lac en direction de la ville. Des embruns éclaboussaient la peau d'Arthur, lui procurant un peu de fraîcheur dans la chaleur torride, et Parthena les rejoignit en poussant un grand cri. Elle volait à côté d'eux, s'inclinant pour que le bout de ses ailes effleure la surface de l'eau. Comme ils approchaient de la ville, le garçon songea de nouveau à la Citadelle, mais, tandis que celle-ci s'élevait de la roche, Tempestra semblait sortir de l'eau.

Maintenant qu'il était plus proche, il se rendait compte que certains des toits étaient verts, et que les murs paraissaient être en pierre et en verre. La ville continuait même sous la surface de l'eau!

— Le niveau de l'eau fluctue, ici comme sur le reste du territoire, expliqua Ermitage. Ce n'est pas aussi extrême qu'à l'ouest, mais ça arrive quand même.

Le vieil homme les rapprocha de la jetée la plus proche et attacha l'aquaplane à un piquet. De toute évidence, on les attendait. Une délégation était rassemblée tout au bout. Une femme grande et élégante, aux cheveux bruns brillants et à la peau marron parfaitement lisse, se dirigea vers eux. Elle portait une veste à col haut dans le même tissu léger et soyeux que la femme qu'ils avaient rencontrée précédemment, mais ornée de broderies sophistiquées en fil couleur bronze, qui créaient des motifs magnifiques, presque vivants, de plantes qui grimpaient autour de son torse et de ses manches. Elle les observait de ses yeux vert forêt.

— Bienvenue à Tempestra. Je suis Tauria Verada, Professus Excelsis d'Érythéa.

Arthur ne savait pas trop s'il devait s'incliner ou lui serrer la main, mais comme elle ne bougeait pas, il hocha la tête d'un air respectueux et dit :

— Je suis Arthur Brightstorm. Je suis avec l'équipage Coriander.

Elle fronça les sourcils.

— Mme Coriander n'a pas parlé d'un membre d'équipage disparu.

— J'ai été séparé du groupe, mais heureusement, je suis tombé, c'est le cas de le dire, sur M. Wrigglesworth.

— Je vais demander à quelqu'un d'informer Mme Coriander que tu as été retrouvé.

— Inutile, intervint Ermitage. On va lui faire une surprise. Où peut-on la trouver ?

— Elle a ses quartiers dans le secteur des visiteurs. Je vais vous donner deux chambres là-bas aussi, ajouta Tauria en faisant un signe à un homme qui attendait non loin.

Il portait des vêtements similaires et affichait le même calme, comme s'il maîtrisait l'art de garder tout le haut de son corps absolument immobile quand il marchait. Il avait la peau pâle, mais les cheveux bruns et longs comme ceux de Tauria.

— Je m'appelle Cassea. Je vais vous conduire jusqu'à vos chambres.

Ils le suivirent sous une entrée à pignon et dans de superbes couloirs remplis de plantes luxuriantes et de fontaines d'eau potable qui créaient l'illusion que la forêt avait pénétré à l'intérieur de la ville, ou vice versa. Des plantes grimpantes, des feuilles et d'autres formes naturelles étaient sculptées sur le moindre centimètre carré de mur et de plafond en pierre. Il s'en dégageait à la fois un sentiment d'ancienneté et de modernité, et la verdure et la pierre blanche inspiraient la sérénité. De temps en temps, ils passaient devant une ouverture donnant sur une cour pleine d'orangers ou de palmiers et de sièges où des gens lisaient, écrivaient et dessinaient. Arthur était émerveillé.

Sa chambre était tout aussi impressionnante, et celle d'Ermitage se trouvait juste à côté.

— Tu peux aller et venir à ton gré, dit l'homme. Je peux te conduire tout de suite auprès de ton équipage, à moins que tu ne préfères une visite des lieux, ou quelques rafraîchissements ?

Le garçon ne savait pas encore ce qu'il allait faire quand il verrait Eudora. Il avait besoin de temps pour réfléchir et discuter avec Ermitage.

— Je crois que je vais me reposer pour l'instant, merci.

C'était agréable d'avoir enfin un espace rien que pour lui, mais aussi de savoir que son compagnon n'était pas loin. Mais qu'allait-il faire maintenant ?

— Ton équipage dînera avec Tauria ce soir ; tu seras le bienvenu si tu souhaites te joindre à eux après t'être reposé. Appelle-moi si tu as besoin de quoi que ce soit.

Cassea inclina la tête et se dirigea vers la porte.

— Excusez-moi, comment pourrai-je vous appeler ?

Cassea sourit et mit sa main à plat. Un papillon blanc se décolla du mur et vint se poser sur sa paume.

L'homme lui parla doucement, puis le papillon vola vers Arthur, qui tendit instinctivement la main pour qu'il puisse s'y poser.

— Il suffit que tu tendes la main, et un papillon lucide viendra. Dis-lui ton message, son destinataire, et il le transmettra.

Le garçon n'en revenait pas ! Cette minuscule voix venait du papillon !

Cassea parti, Arthur s'allongea sur le lit imposant au milieu de la pièce. Par la fenêtre, il voyait Parthena décrire des cercles avec bonheur au-dessus du lac.

— Quel endroit incroyable, dit-il pour lui-même.

Mais il ne pouvait pas se détendre longtemps ; il devait élaborer un plan et dénoncer Eudora.

Il s'assit, une idée se formant peu à peu dans son esprit.

24.
FLORIAN

Après une autre nuit dans le nid de l'ours d'eau, Maudie décida qu'elle avait eu une hallucination et que le garçon n'existait que dans son imagination ; elle avait sans doute cru le voir parce qu'elle avait trop pensé à Arthur. Il avait plu dans la soirée, presque rien par rapport à la veille, mais son cœur s'était quand même affolé. Elle n'avait pas pu s'endormir avant que la pluie s'arrête, ce qui, heureusement, n'avait pas mis trop longtemps. Aujourd'hui, il faisait beau et il n'y avait pas un seul nuage dans le ciel. Le sol semblait plutôt bien drainé. Les parents de Vaillant étaient venus s'asseoir à proximité.

— Je dois y aller, maintenant, dit-elle à l'ours d'eau. Merci de m'avoir sauvée. Je t'en serai toujours reconnaissante, et une part de moi aimerait rester ici pour toujours, mais… (Elle soupira à l'idée des dangers qui l'attendaient en bas.) Je dois retrouver ma propre famille.

Elle les caressa pour leur dire au revoir puis, après un dernier regard à Vaillant, elle commença à descendre. Le petit ours d'eau tenta de la suivre pendant un moment et n'arrêtait pas de sauter sur son épaule, mais elle finit par prendre sa petite patte palmée dans ses mains et fit le signe « non ».

— Tu as des parents et, crois-moi, c'est une chance. Tu es à ta place ici, dans ce havre magnifique en haut des arbres.

Vaillant lui prit la main et signa « non », trois fois de suite, puis laissa sa patte sur sa main.

— Je dois vraiment y aller.

Elle sourit avec tristesse et essuya ses yeux de sa main libre, puis elle posa l'animal sur une branche et retira sa main. Vaillant poussa un soupir malheureux avant de mettre la patte dans sa poche et de lui donner l'une des pierres précieuses roses.

— Je dois la garder ?

Il signa « oui ».

Au moins, grâce à cette pierre, elle avait l'impression d'emporter une partie de cet endroit et de Vaillant pour le reste de son voyage.

— Merci encore de m'avoir sauvée. Je ne t'oublierai jamais.

Puis elle continua de descendre, se concentrant sur ses prises et s'efforçant de contenir la boule dans sa gorge. Elle jeta un dernier coup d'œil au visage de l'ours d'eau, puis elle s'enfonça dans la jungle. Elle était de nouveau complètement seule.

Elle avait oublié à quel point la forêt était étouffante. Tous les insectes, même les plus minuscules, semblaient vouloir la grignoter. Pire encore, elle ne voyait aucune des fleurs d'eau que Vaillant lui avait données, et elle commençait à avoir soif. Elle avait dépassé les grottes et, pendant un carillon, elle fut persuadée qu'elle se dirigeait vers les autres plages, mais au carillon suivant, elle avait perdu toute son assurance. Elle ramassait encore des palmes et les enroulait autour de son cou pour les faire sécher, quand quelque chose attira son regard.

Son cœur bondit dans sa poitrine.

Il y avait quelqu'un, ou quelque chose. Elle était certaine d'avoir vu un visage entre les arbres, mais maintenant, il n'y avait plus rien. Elle continua d'avancer tout en ayant l'impression d'être suivie. C'était peut-être Vaillant ? Elle ne faisait qu'apercevoir brièvement quelque chose, puis, en un clin d'œil, la chose disparaissait.

Au bout d'un moment, elle décida de grimper dans un arbre pour essayer de se repérer, afin aussi de scruter la forêt à la recherche de ce qui l'avait prise en filature.

Elle s'apprêtait à détacher son harnais de sa ceinture quand quelque chose se jeta sur elle. Elle leva les poings en avant pour se défendre et donna des coups de pied, mais elle tomba par terre.

Un visage de garçon était penché sur elle.

— Lâche-moi ! hurla-t-elle.

Le garçon fronça les sourcils et battit des paupières, ses yeux vert bouteille braqués sur elle. Il secoua la tête comme pour en déloger une pensée dérangeante.

— Je… Je croyais que tu venais de la ville… Mais tu me parles lontonien ? C'est pour pratiquer ?

— Pratiquer quoi ?

— Le lontonien.

— Bien sûr que non ! s'offusqua-t-elle.

— Attends, pourquoi est-ce que tu parles lontonien, dans ce cas ? demanda-t-il en examinant son visage. D'où es-tu ?

— D'où es-tu, *toi* ?

— Je suis d'ici, et pas toi, de toute évidence.

Elle le repoussa.

— C'est très malpoli, de sauter sur quelqu'un. Tu as de la chance que je n'aie pas eu un couteau à la main. J'aurais pu te poignarder.

— Non, tu n'aurais pas fait ça.

— Qu'est-ce que tu en sais ?

— Parce que je n'ai vu aucun couteau dans ta main avant de te sauter dessus, répondit-il en tendant la main pour toucher ses vêtements. Quel accoutrement étrange.

Elle se raidit et ramena un peu la tête en arrière.

— Eh bien, tes vêtements à toi sont très… verts.

— Tu vis à l'ouest ? Tu es vraiment vornatanienne ?

— Oui, et alors ? Tu vis ici, toi ?

— Bien sûr que oui. Et pourtant, tu me parles comme si tu étais ici chez toi. Comment es-tu arrivée jusqu'ici ?

— C'est un peu compliqué. Y a-t-il une ville à proximité ? demanda-t-elle avec espoir.

S'il y avait d'autres gens, elle trouverait peut-être Harriet et les autres.

Il la regarda d'un air curieux.

— Il y a un village dans les arbres à l'est. Tu ne trouveras aucun Érythéen qui vive ici. C'est trop instable.

— Mais toi, qu'est-ce que tu fais là ? demanda-t-elle d'un air méfiant.

— Encore une fois, tu me parles comme si c'était moi l'intrus. C'est quoi, tous ces trucs sur ta ceinture ?

Elle lui donna une tape sur la main.

— Mes outils.

— Laisse-moi voir.

— Non.

— Ça a l'air cassé, dit-il en tendant la main vers la boussole.

— Je ne peux rien y faire pour le moment sans mes autres outils, et je parierais que tu ne peux pas m'aider à la réparer non plus.

Elle lui décocha un sourire un peu sarcastique avant de lui faire les gros yeux en se rappelant comment elle avait failli tomber de l'arbre.

— Dis-moi, c'est toi que j'ai vu dans la canopée ?

Il sourit de toutes ses dents.

— Tu m'as fait tomber !

— Est-ce que j'étais près de toi ?

— Eh bien, non, mais…

— Alors, comment pourrais-je t'avoir fait tomber ?

— Tu m'as fait peur.

Il plissa les yeux.

— Je ne suis pas sûr que tu sois du genre peureuse. Maladroite, par contre, oui, et sacrément bruyante dans la jungle.

Il secoua la tête d'un air désapprobateur.

— Tu sais parler ma langue, dit-elle, suspectant à son léger accent qu'il ne s'agissait pas de sa langue maternelle.

Soudain, elle se rendit compte avec étonnement qu'elle se trouvait sur un continent inconnu de tout Vornatania et que pourtant, ce garçon était capable de parler leur langue, ce qui signifiait que les gens d'ici connaissaient leur existence. Était-ce en rapport avec Ermitage Wrigglesworth ?

— Nous parlons beaucoup de dialectes, expliqua-t-il en haussant les épaules. Les langues des nombreuses îles, la langue des confins les plus méridionaux d'Érythéa, la langue des anciens, la langue de la forêt.

Le garçon leva le visage vers le ciel, forma un grand O avec sa bouche et poussa un drôle de hululement, si fort que Maudie sursauta comme si elle avait reçu la décharge électrique d'une chambre de combustion défectueuse.

Quelques instants plus tard, un hululement s'éleva en réponse, quelque part au loin.

— C'est… euh… impressionnant, dit Maudie.

— Qu'est-ce que tu fais ici ? Comment as-tu passé les Angariis ?

— Les Angariis ?

Il plissa les yeux. Manifestement, il se demandait si elle n'était qu'une fille perdue dans la jungle ou une menace potentielle. Son froncement de sourcils lui indiqua qu'il hésitait encore.

— Nous ne cherchions pas précisément votre terre. Nous avons fait naufrage.

Elle était contente de ne pas lui mentir ; après tout, techniquement, ils avaient simplement voulu retrouver Arthur.

— Et vous avez été séparés ? Est-ce que les autres sont en vie ?

— Je l'espère.

— Il faut que je t'emmène en ville. C'est la procédure classique.

Le cœur de Maudie se serra.

— La procédure classique ? Tu veux dire la loi ?

Le garçon hocha la tête.

— Et si je ne veux pas ?

Il haussa les épaules.

— Si tu es sûre de pouvoir survivre un jour sans te faire manger, ou résister à un autre déluge…

Elle frémit.

— Mais fais comme tu veux. Je croyais que tu voulais chercher les tiens.

Et, sans lui laisser une chance de répondre, il haussa les épaules, se détourna et sauta dans un autre arbre.

— Hé !

— Bonne chance, l'étrangère.

La branche sur laquelle il avait sauté semblait bien trop loin pour qu'elle puisse l'atteindre. Elle prit son courage à deux mains, serra les dents, recula puis sauta.

Il continuait de monter, alors elle le suivit. Puis il passa dans un autre arbre, et grimpa encore. Désormais, elle était suffisamment haut pour se blesser gravement en tombant.

— Allez ! s'encouragea-t-elle.

Des lianes pendaient tout autour ; peut-être pouvait-elle s'attacher à l'une d'elles ? Elle aperçut le garçon à plusieurs arbres d'elle.

— Attends !

Il lui jeta un coup d'œil et elle crut voir un sourire narquois.

— Nom d'un rouage rouillé! siffla-t-elle avant d'agripper la liane la plus proche et de sauter.

Elle atterrit maladroitement sur une branche et, pendant un moment d'indécision terrifiant, ses mains hésitèrent entre tenir la liane de toutes ses forces et la lâcher pour attraper un bout de l'arbre sur lequel elle se trouvait. Elle glapit et se décida pour la branche. Elle trébucha, tomba et se retrouva à califourchon, serrant la branche dans ses bras.

— Je vais bien! cria-t-elle, bien que son compagnon n'ait pas montré le moindre signe d'inquiétude.

Mais il représentait peut-être sa seule chance, aussi devait-elle le suivre. Elle recouvra l'équilibre et se leva, à la recherche d'une autre liane. Cette fois, elle réussit à atterrir plus près du tronc et, au moins, elle ne tomba pas.

Le garçon sortit la tête de derrière l'arbre, et elle poussa un cri.

— Tu m'as fait peur!

— Je n'imaginais pas que tu me suivrais jusqu'en haut! J'allais revenir te chercher, dit-il en la regardant comme si elle était dérangée. Tu as compris que tu dois venir en ville avec moi?

Elle hocha la tête.

— Mais je dois d'abord aller au village dans les arbres, reprit-il. À mon avis, tu serais mieux un peu plus près du sol.

— Je vais bien, mais si tu insistes… !

— Tu te déplaces dans les arbres avec la grâce d'un lézard aquatique obèse. Viens.

Il lui tendit la main, mais elle l'ignora et chercha la meilleure voie jusqu'en bas.

— Je te signale que je suis très à l'aise sur les toits de Lontown. C'est juste que je n'ai pas encore l'habitude de ces arbres, mais ça ne me prendra pas longtemps.

— Vous êtes donc bien aussi obstinés que ce que l'on raconte.

— Comment ça ?

Il ne répondit pas et se laissa tomber sur une branche plus basse. Elle se précipita derrière lui, empruntant la même voie, mais essayant de le faire un peu différemment.

— Têtus. Persuadés de mieux savoir.

Elle mit les mains sur ses hanches, mais elle se sentait en équilibre instable, alors elle appuya une hanche contre l'arbre.

— Pas du tout.

— Vous vous comportez mal avec la nature.

— Non, c'est faux.

Il continua jusqu'à ce qu'il soit au niveau du sol. Tous ses mouvements étaient précis et parfaitement équilibrés.

— Vous avez arraché de gros morceaux de vos collines pour faire voler vos bateaux volants.

Il semblait plus perplexe que dégoûté.

— Tout le monde ne fait pas ça.

— Et dans votre capitale, il y a plus de briques que d'arbres.

— Pas vraiment.

Mais là encore, il avait raison.

— Vous croyez être des précurseurs, mais en réalité, vous êtes à la traîne.

— Qu'est-ce que tu veux dire par là ? demanda-t-elle en glissant et en manquant de tomber à nouveau. Je te ferai remarquer que nous avons une prestigieuse Universitas et de grands inventeurs qui révolutionnent l'exploration par navire volant.

Il se déplaçait plus vite à présent, fonçant entre la végétation.

— À Tempestra, tu verras ce qu'est le véritable progrès.

Elle aurait bien aimé avoir son kayak volant. Voilà qui lui aurait cloué le bec. Elle décida de se taire, de crainte de se remettre à lui crier dessus. Cela dit, elle n'avait pas vraiment le choix : il avançait à une telle allure qu'elle arrivait à peine à reprendre son souffle.

— J'ai entendu que vous appeliez les grandes terres Premier, Deuxième et Troisième Continents. Oui, vous, les Lontoniens, vous vous croyez au-dessus de tout.

Ce garçon représentait peut-être sa meilleure chance de survie pour l'instant, mais il devenait rapidement la personne qu'elle appréciait le moins au monde.

— Attends un peu !

Elle se mit à courir et voulut lui saisir le bras, mais, dans sa hâte, elle glissa et tomba lourdement sur le coude. Elle en aurait pleuré si elle n'avait pas été aussi en colère. Elle serra les dents.

— Nous avons commis des erreurs, mais nous apprenons et nous nous améliorons sans cesse.

Autour d'eux, les feuilles s'agitèrent dans la brise.

— Je suis désolé. Je t'ai trop taquinée. Tu es blessée ?

Elle secoua la tête et pinça les lèvres. Il s'accroupit à côté d'elle et lui examina délicatement le bras.

— Contusionné, mais pas cassé. Comment tu t'appelles ?

— Maudie. Je suis une Brightstorm, précisa-t-elle fièrement.

— Je m'appelle Florian. (Il l'observa un instant.) Repose-toi ici un moment.

En un clin d'œil, il gravit un arbre proche.

— Qu'est-ce que tu fais ? voulut-elle savoir.

— Je vais te chercher quelque chose contre la douleur.

Il arracha un morceau d'écorce.

— Tiens, mâche ça, ça va te faire du bien.

Elle le regarda d'un drôle d'air, puis elle décida d'essayer. C'était affreusement amer.

— Où est ta famille ? demanda-t-il.

Cette question lui serra la poitrine. Elle ramena les épaules en arrière.

— Tu as réussi à passer les Angariis toute seule ?

— Pas vraiment… On s'est échoués et… et je ne sais pas encore ce qui est arrivé aux autres, reconnut-elle, réprimant l'explosion d'angoisse dans son ventre. On ne veut pas de problèmes. On recherchait juste un explorateur disparu. Il venait par ici et on pensait qu'il était mort, mais on a découvert que ce n'était pas le cas. Enfin, pas moi, mon frère… (Elle prit une longue inspiration.) Du moins, il était certain que l'affaire ne s'arrêtait pas là, et moi je ne l'ai pas écouté, et on l'a laissé, et ensuite, cette horrible femme – et quand je dis horrible, c'est vraiment, vraiment horrible – a volé notre navire volant alors qu'Arthur était encore à bord et ils sont venus ici et je ne sais pas ce qui lui est arrivé et…

Le garçon s'approcha un peu. Il lui adressa un faible sourire qui indiquait qu'il avait de la peine pour elle.

— Je suis désolé, dit-il avant de réfléchir un instant. Il faut que je t'emmène en ville. Sinon, j'enfreindrais les règles, et en plus, ils pourront peut-être nous aider.

Maudie hocha la tête. À supposer qu'Eudora Vane et Arthur aient réussi à arriver ici malgré les sombrants, ils s'étaient sans doute dirigés vers la ville, ou bien ils avaient été découverts et emmenés là-bas.

— Nous pourrons les chercher en chemin. Je dois faire un arrêt sur la route, dans un bon endroit pour passer la nuit.

— Est-ce qu'on va avoir de gros ennuis pour être venus jusqu'ici ?

Il haussa les épaules.

— Récemment, seul un habitant de chez vous est arrivé ici.

Elle fronça les sourcils.

— Pas Wrigglesworth, quand même ?

— Si, c'est lui.

Elle n'en revenait pas qu'il soit en vie, et sur ce continent !

— On va se diriger vers l'est. Le village où je dois me rendre sera sûr si les pluies arrivent.

Ils marchèrent dans la forêt pendant plusieurs carillons, jusque tard dans l'après-midi, puis atteignirent enfin un endroit où Florian s'arrêta et déclara simplement :

— On y est.

Maudie regarda autour d'elle. Il n'y avait rien à part les troncs d'arbres habituels.

— Je ne vois pas de village, dit-elle, dubitative.

— Regarde mieux.

25.
DES PREUVES

L'armoire dans la chambre d'Arthur contenait quelques pantalons et hauts verts comme ceux qu'il avait vus sur plusieurs Érythéens. Ils semblaient trop serrés pour lui, trop chauds. Peut-être que les gens d'ici étaient habitués aux températures élevées. Néanmoins, il décida de les essayer, car ses vêtements étaient fatigués et déchirés. Après un bain dans la plus grande baignoire qu'il eût jamais vue, il était temps d'explorer la ville et de découvrir ce qu'Eudora manigançait : se fondre dans le décor serait le meilleur moyen d'y parvenir.

Il enfila le pantalon. À sa grande surprise, le tissu était étrangement rafraîchissant contre sa peau. Il remonta la manche droite d'une tunique verte et la passa. Elle aussi était incroyablement fraîche et agréable à porter. Il passa les doigts sur les motifs de feuilles complexes.

Il se demandait ce que les Lontoniens auraient pensé de cette nouvelle mode!

Il frappa à la porte d'Ermitage mais, quand celui-ci ouvrit, Arthur le reconnut à peine. Il s'était taillé la barbe, son manteau en mousse avait disparu, et il portait une tunique et un pantalon verts brodés, très élégants.

— Vieille branche, tu es propre comme un sou neuf! s'exclama l'explorateur en lui donnant une tape sur le bras.

— Euh... vous aussi! Je vais aller faire un tour et voir si je peux trouver Eudora. Vous êtes déjà venu ici, alors je me suis dit que vous pourriez m'aider. Cassea a proposé de me faire visiter les lieux, mais je ne voudrais pas qu'il soupçonne quelque chose.

Ermitage hocha la tête.

— Je ne connais pas bien la ville, mais ils me l'ont fait visiter quand je suis arrivé, donc je devrais pouvoir m'y retrouver.

Ils marchèrent dans des ruelles aux treillages élaborés entre les bâtiments, et dans des couloirs le long desquels couraient de petits ruisseaux.

— La bibliothèque est par là-bas.

Arthur se demandait quel genre de livres ils pouvaient avoir, ici. Des ouvrages sur leur histoire, sur les plantes, sur les orages, sur les sombrants… ?

— Je devrais dire *les* bibliothèques, se corrigea Ermitage. Elles occupent cinq niveaux.

— Cinq niveaux de bibliothèques ? répéta Arthur, ébahi.

— Leur société place le savoir au-dessus de tout. Leur conviction profonde est que la seule réelle sagesse est d'avoir conscience qu'on ne sait pas grand-chose, aussi s'efforcent-ils d'en apprendre plus. Alors, oui, les bibliothèques sont une composante importante de la ville.

C'était l'endroit que le garçon aurait aimé visiter en premier, mais ce n'était peut-être pas le plus indiqué pour trouver Eudora Vane.

Ils empruntèrent un escalier ivoire en spirale ; il s'ouvrait au-dessus du lac avant de revenir à l'intérieur. Maintenant qu'ils se mêlaient à la population grâce à leurs nouveaux vêtements, les gens qu'ils croisaient leur souriaient comme aux autres Érythéens.

— Voici l'arène de l'intelligence, où les gens viennent partager les avancements et les connaissances venus d'Érythéa et d'ailleurs.

Il s'agissait d'un large espace avec une fontaine au centre et, entre les arches soutenues par des piliers, des vues sur les montagnes et forêts environnantes. Des groupes d'Érythéens discutaient, debout ou assis sur des bancs.

Ermitage se pencha vers Arthur.

— Je le sais parce que j'ai été le sujet de nombreuses conversations pendant quelque temps, et les agents ont tendance à se réunir ici quand ils reviennent.

— Les agents ?

— Les Érythéens qui partent dans le Grand Large. Les agents sont chargés de se mêler aux autres peuples, de s'intégrer dans leurs sociétés, et ils font tout le temps des rapports.

Des papillons blancs étaient posés sur les murs de l'arène d'intelligence. Arthur se demanda quels messages et secrets ils avaient bien pu entendre.

— Allons au marché, reprit Ermitage en se tapotant le ventre. C'est par là. Ah, j'ai failli oublier qu'il fallait qu'on descende d'un niveau. Suis-moi. Il y a un immense secteur dédié à l'éducation du côté Est, et…

Le garçon força le vieil homme à s'arrêter. Il avait entendu une voix. Une voix qui lui glaçait le sang, et dont le ton mielleux dissimulait de bien cruelles intentions.

Eudora Vane.

— Merveilleux, oui, c'est presque la teinte exacte. Il faut encore l'éclaircir d'un ton.

Lentement, Arthur s'avança vers la porte d'où venait la voix et s'arrêta juste devant.

— Je crois que ce sont les salles de technologie des tissus, murmura Ermitage.

Arthur jeta prudemment un coup d'œil par l'entrebâillement de la porte. La pièce était remplie de personnes qui cousaient et travaillaient.

— Mais, madame Coriander, la couleur traditionnelle est le vert pour une bonne raison ; elle sert non seulement de camouflage dans certaines des zones les plus dangereuses de la forêt, mais elle symbolise également notre unité avec…

— Malarina, c'est bien votre nom, n'est-ce pas ? s'enquit Eudora d'une voix suave.

— Marinya, la corrigea la femme.

— N'oubliez pas que les choses sont différentes dans le Grand Large, et qu'il est temps de s'ouvrir à la nouveauté. Quel mal y a-t-il à essayer, Malarina ?

La femme sourit d'un air gêné.

— Je suis sûre que vous pouvez faire quelque chose pour améliorer cette couleur. Peut-être une plante de la forêt avec le bon pigment ? Ou un scarabée ?

Arthur leva les yeux au ciel. Il ne supportait pas l'idée que les Érythéens puissent croire qu'il s'agissait de Harriet Coriander. La véritable Harriet se moquait bien de la teinte de ses vêtements.

— Bon, pourriez-vous m'indiquer la direction des archives des cartes érythéennes ? J'aimerais beaucoup me familiariser avec la géologie de cette terre. C'est une de mes grandes passions.

— Bien sûr, madame Coriander. Dans les salles de géologie du secteur de la bibliothèque.

— Formidable. Où est donc mon assistant, Smethwyck ?

Arthur s'écarta rapidement de la porte alors qu'Eudora se tournait dans sa direction. Il entraîna Ermitage dans le couloir juste au moment où s'élevait non loin la voix obséquieuse de Smethwyck.

— Par ici, dit le garçon en tirant son compagnon dans la pièce la plus proche, au haut plafond voûté et aux murs couverts d'étagères en pierre.

Un jeune homme s'approcha d'eux et leur parla en érythéen. Arthur sourit et hocha la tête. L'homme fronça les sourcils et ajouta quelque chose, puis désigna les pieds d'Arthur.

Comme le garçon Brightstorm restait planté là sans un mot, Ermitage dit :

— *Methia, etia.*

— Qu'est-ce que vous avez dit ? chuchota Arthur tandis que le jeune homme s'accroupissait pour examiner les pieds du garçon.

— J'ai appris quelques mots depuis mon arrivée, et je crois que ça veut dire : des chaussures, s'il vous plaît.

Ermitage désigna les étagères où de nombreuses paires marron et vertes étaient soigneusement alignées.

— Ah… d'accord.

Comme ils se dirigeaient vers la bibliothèque, Arthur ne put s'empêcher de s'extasier sur ses nouvelles chaussures.

— On dirait une seconde peau ! Et elles agrippent tellement bien le sol ! J'ai l'impression que je pourrais gravir un mur horizontal. Elles seraient super pour les toits de Lontown !

— Voilà, je crois que c'est la salle de géologie.

La pièce était immense, avec des rayonnages en pierre contenant de gros livres, certains aussi grands qu'Arthur.

Des Érythéens étudiaient à différentes tables. Ils aperçurent Eudora assise à une grande table avec Smethwyck. Le garçon se glissa rapidement dans l'une des allées à proximité. Il écarta prudemment quelques livres d'un rayonnage pour pouvoir les espionner.

Eudora feuilletait les pages d'un vieil ouvrage vert d'un air absent.

— Il doit y avoir de l'or, ici. Nous savons que les agents ont des bagues en or, et si nous pouvions en trouver la source et en récupérer autant que possible avant notre départ, non seulement ça vaudrait une fortune, mais ça aiguiserait l'appétit des gens quant à ce qu'il est possible de faire ici.

— J'ai essayé d'enquêter, mais personne ici ne semble comprendre notre mot pour désigner l'or, Eudora.

— Eh bien, tu n'as pas assez essayé, le réprimanda-t-elle. Trouve un moyen de les persuader. Paie-les s'il le faut.

— J'ai tenté le coup. Les souverains n'ont aucune valeur pour eux. Ce n'est pas comme ça que ça marche, ici.

— Tout le monde a un prix. Et s'ils ne se laissent pas persuader, nous reviendrons avec des renforts. Ils ne comprendront pas ce qui leur arrive.

Smethwyck baissa la voix.

— Il faudra qu'on dépasse ces créatures. Ça ne sera pas facile.

— Nous serons dans l'*Aurora.* Nous avons bien réussi à l'aller.

— De peu.

Une perle de sueur coula sur le front de Smethwyck. Eudora plissa les yeux.

— Si tu es trop effrayé, je te laisserai ici et je promouvrai quelqu'un qui n'a pas peur à ta place.

Miptera s'envola de l'épaule d'Eudora et fit claquer ses mandibules devant le visage de son bras droit.

— Oh, efface cette expression terrifiée de ton visage. J'ai posé des questions. Les Érythéens sont très obligeants avec les leurs, surtout avec la parente perdue enfin retrouvée. Ils me donneront tout ce que je leur demanderai. Tout ce que j'ai à faire, c'est dire que tout est merveilleux ici, et que j'aimerais rester pour toujours, et ils répondent à toutes mes questions. Il se trouve qu'il existe une créature qui protège les Érythéens des sombrants. Un oiseau de feu.

— Celui du mythe ?

— C'est le plus gros oiseau de la planète, et personne ne sait quel âge il a. Il nous faudrait un équipement adéquat pour l'attraper, bien sûr… et une cage adaptée. Mets-le sur la liste pour le retour.

Smethwyck se mit à griffonner.

— Nous pourrions nous en servir pour qu'il nous protège lors de notre traversée. Nous pourrions emmener un Érythéen pour assurer nos arrières. La couturière en chef, peut-être. Au moins, elle pourrait m'être utile à Lontown.

L'un des livres du rayonnage tomba en avant. Eudora releva brusquement la tête, mais Arthur s'était déjà baissé.

— Fichons le camp d'ici ! murmura-t-il en poussant Ermitage devant lui.

Ils remontèrent l'allée à toute vitesse.

— Par ici, siffla le vieil homme d'un ton pressant en l'entraînant vers une autre porte menant à la bibliothèque des langues.

De là, ils rejoignirent rapidement la chambre d'Ermitage.

— Il faut la dénoncer. Vous avez entendu ce qu'elle prépare. Et s'ils comprennent ce qu'elle manigance, ils croiront que c'est Harriet la coupable.

— Mais nous n'avons pas de preuve qu'elle n'est pas Harriet. Ce sera notre parole contre la sienne et celle de son équipage.

— Si, on a une preuve ! répliqua Arthur, que la vue de Miptera avait inspiré. Son tatouage. Vous avez remarqué qu'elle portait des manches longues ?

Ermitage réfléchit un instant.

— Oui… Je suppose que ça pourrait marcher.

— D'après Cassea, ils vont tous dîner avec Tauria Verada ce soir. On interviendra à ce moment-là.

Arthur et Ermitage partirent tôt pour le dîner et empruntèrent un escalier incurvé jusqu'à la grande salle ouverte où des fenêtres voûtées laissaient entrer une brise bienvenue.

Le garçon avait coiffé ses cheveux différemment pour passer inaperçu, et il avait baissé les deux manches de sa tunique pour essayer de masquer le fait qu'il n'avait qu'un bras, sans quoi l'équipage d'Eudora risquait de le repérer immédiatement. Le vieil homme portait un chapeau vert à larges bords.

— Ça va attirer l'attention sur vous, monsieur Wrigglesworth.

— Sottises. Il gardera mon visage dans l'ombre, répliqua-t-il en l'inclinant d'un air canaille et en admirant son reflet dans une fenêtre.

Il y avait déjà quelques professeurs dans la salle à manger qui discutaient en petits groupes, mais aucun signe d'Eudora Vane pour le moment.

— Venez, asseyons-nous ici.

Arthur sentit le parfum écœurant de sa tante avant même de la voir.

— Harriet, voulez-vous vous asseoir à côté de moi ? demanda Tauria en entrant dans la pièce, suivie de près par Eudora. J'aimerais vous parler un peu plus de notre pacte du secret, et peut-être aussi de votre descendance.

— Ce serait un honneur, répondit Eudora d'un ton enjoué.

Les nombreux professeurs et les membres d'équipage commencèrent à s'asseoir. Arthur avait convaincu Ermitage de retirer son chapeau et de le mettre sous la table, mais ils firent toutefois mine de poursuivre leur conversation pour que leurs visages restent cachés.

Bientôt, des plats furent apportés dans la pièce : du riz à la noix de coco, des légumes parfumés et un assortiment de fruits colorés. Le bruit du dîner et des discussions envahit la pièce, mais Arthur entendait battre son cœur à ses oreilles. Comment reconnaîtrait-il le bon moment ? Son idée lui avait paru excellente, mais maintenant qu'ils étaient là, cela semblait trop gros, trop important pour qu'il fasse ça tout seul… Il avait Ermitage à côté de lui, mais d'habitude il était avec Maudie. Alors, il repensa à Nova et à ce qu'Eudora avait voulu leur faire, et, sans même s'en rendre compte, il se retrouva debout, le doigt pointé sur elle.

Tous les convives avaient interrompu ce qu'ils faisaient et le dévisageaient.

L'exploratrice écarquilla les yeux.

Avant que le doute s'empare d'Arthur, les mots s'échappèrent de sa bouche.

— Cette femme n'est pas Harriet Coriander. Elle se fait passer pour elle !

— Je te demande pardon ? dit Tauria. Viens-tu de dire que ce n'est pas Harriet Coriander ?

Eudora poussa un rire désinvolte.

— C'est ridicule.

— C'est exactement ce que je viens de dire, confirma Arthur.

Tauria regarda Eudora, puis de nouveau le garçon.

— Mais tu es membre de l'équipage Coriander ?

— Oui.

— Et tu es venu sur le navire volant des Coriander ?

— Oui, mais ils ne savaient pas que j'étais là.

— Alors, tu es un passager clandestin ? demanda Tauria en plissant les yeux.

— Non, ce n'est pas ça. Harriet Coriander, la vraie Harriet Coriander, est toujours à Nova. Son navire volant a été volé par la femme qui se fait passer pour elle. Cette femme.

Les sourcils de Tauria se froncèrent encore plus et elle se tourna vers Eudora.

— Connaissez-vous ce garçon ?

Celle-ci hocha la tête.

— Oui. Mais il ne faut pas lui en vouloir de cette confusion. Il a perdu son père l'année dernière et, depuis, il n'a plus jamais été le même. Il ne sait pas ce qu'il dit.

Soudain, Arthur se rendit compte qu'Ermitage n'avait pas prononcé un mot.

— Dites-leur qui elle est vraiment, monsieur Wrigglesworth.

Eudora ouvrit grand la bouche quand elle vit qu'Ermitage était aussi dans la pièce.

— Eh bien, euh, oui… ce garçon est arrivé avec le navire, bafouilla-t-il, et… je l'ai aidé à venir jusqu'ici, et il a raison, elle…

— Elle n'est pas Harriet Coriander ! répéta Arthur d'un ton féroce. Le symbole des Coriander, c'est deux hirondelles en plein vol. Cette femme ne l'a pas. Il s'agit d'Eudora Vane, de la famille Vane ! Montrez-leur votre tatouage, Eudora !

— C'est vraiment ridicule. Je ne devrais pas avoir à prouver mon identité d'une manière aussi humiliante. Et sur les accusations d'un passager clandestin, qui plus est ! protesta la femme en se levant.

— Vous voyez, elle ne veut pas vous le montrer, dit Arthur, qui prenait de l'assurance.

Tauria posa doucement la main sur le bras d'Eudora.

— Capitaine Coriander. Ce serait sans doute une manière rapide d'infirmer cette accusation afin que nous puissions tous poursuivre notre repas.

Un grand sourire apparut sur les lèvres du garçon. Son cœur battait la chamade.

— Très bien, dit Eudora, les lèvres serrées, sans quitter Arthur des yeux.

Elle remonta sa manche, et…

Le tatouage était là : deux hirondelles en plein vol.

26.

LE VILLAGE DANS LES ARBRES

Des formes inhabituelles dans les arbres, montant en spirales, attirèrent l'attention de Maudie.

— Ce sont des escaliers ? souffla-t-elle.

Florian sourit.

— Dans la forêt, il faut toujours penser à regarder en l'air.

Les escaliers s'élevaient à perte de vue, disparaissant dans la canopée. Le garçon l'entraîna vers l'un d'eux et sauta sur la première marche.

— Viens, on pourra se reposer ici cette nuit, et je voudrais te présenter quelqu'un.

— Comment s'appelle cet endroit ?

— Althuria. Certains l'appellent « le village dans les arbres ».

Ils gravirent l'escalier formé par des branches finement tressées jusqu'au sous-étage, puis encore plus haut, à travers des arches végétales.

— C'est incroyable, dit Maudie d'un air rêveur. Comme de l'ingénierie naturelle.

Peu de temps après, la lumière commença à percer la canopée en flèches plus larges et des structures devinrent visibles dans les couches supérieures des arbres. Quand elle était petite, son père avait construit une cabane dans un arbre, dans le jardin de la demeure Brightstorm, à Lontown. Elle avait encore des frissons quand elle se rappelait la fois où il l'avait laissé utiliser les outils de la ceinture de sa mère, dont elle avait hérité ; ensemble, ils avaient scié, martelé et fabriqué la petite cabane. Elle gloussa ; leur arbre aurait eu l'air d'un jeune plant miniature comparé à ceux d'ici. Le grand salon de la demeure Brightstorm aurait tenu tout entier dans l'un de ces troncs !

Elle distinguait désormais de nombreuses constructions au sommet. Elles contenaient les branches, mais semblaient pourtant elles aussi faire partie des arbres, comme s'ils avaient naturellement poussé ainsi : la nature et l'homme travaillant en symbiose.

— Elles sont magnifiquement réalisées, dit Maudie en observant, émerveillée, les arches pointues des portes et des fenêtres, le quadrillage que formaient les passerelles. C'est tout simplement incroyable.

Il y avait des gens dans le village, traversant les ponts, passant sous les arches. Maudie se raidit ; et s'ils ne voulaient pas d'elle ici ?

— Tu es avec moi, la rassura Florian en souriant, lisant dans ses pensées. Tu n'as rien à craindre. Viens.

Il la devança sur un pont. Il saluait les gens qu'ils croisaient en souriant et échangeait avec eux quelques mots dans une langue que la jeune fille ne comprenait pas, mais qui avait de très belles sonorités.

Ils s'arrêtèrent devant l'une des maisons.

— Ma sœur vit ici, dit le garçon avant de se mordre la lèvre.

— Qu'y a-t-il ?

— Il faut que tu saches qu'elle ne saura peut-être pas qui je suis… elle a des problèmes de mémoire.

Maudie fronça les sourcils et hocha la tête. Elle suivit prudemment Florian à l'intérieur.

— Voici Herminia.

Il désignait une jeune femme assise à une table, occupée à visser une sorte de lampe. Ses cheveux bruns étaient finement nattés de chaque côté de son visage et elle avait des pommettes hautes et de grands yeux verts.

— *Herminia, pre dada istea, Maudie Brightstorm.*

L'Érythéenne prit un air interrogateur et son regard passa de l'un à l'autre, comme si elle essayait de comprendre quelque chose. Cette expression rappelait un peu celle d'Arthur quand il était aux prises avec les leçons de Welby, mais on aurait dit qu'elle tentait de saisir non seulement qui était Maudie, mais aussi Florian.

— *Istea manina, Florian*, dit-il lentement, et Maudie reconnut la tristesse dans ses yeux.

C'était la tristesse qu'elle portait en elle depuis qu'elle avait été séparée d'Arthur.

Le garçon sortit des fruits de son sac et les lui tendit, la main tremblante. Herminia fixa les fruits, puis Florian.

— *Istea manina*, répéta-t-il doucement.

Comme un bourgeon qui s'ouvre, un sourire apparut sur les lèvres et dans les yeux de sa sœur.

— Florian ?

— Oui, dit-il avec un grand sourire.

Herminia coupa les fruits et leur en donna, et ils mangèrent assis par terre. Maudie garda le silence tandis qu'ils discutaient. C'était surtout Florian qui parlait tandis que sa sœur l'écoutait comme une enfant captivée par une histoire, bien qu'elle ait de toute évidence plusieurs années de plus que lui.

Florian lui jeta un coup d'œil.

— Je suis désolé, Herminia ne parle pas lontonien. Elle le parlait avant, mais… bon. Je viens de lui demander si des étrangers sont passés par ici ces derniers jours, mais elle dit que non. Cela dit, elle pourrait avoir oublié. Je vais aussi interroger les voisins.

Dehors, la nuit était tombée. L'Érythéen inséra ce qui ressemblait à une batterie dans un réceptacle et une superbe lumière dorée emplit la pièce.

— Waouh, c'est quoi, ça?

Florian réfléchit un instant.

— Il n'y a pas de mot dans ta langue. Quelque chose comme une « réserve d'énergie de l'eau » ?

— Eh bien, quoi que ce soit, c'est fascinant! Drôlement différent des lampes à poix de chez nous. J'aimerais beaucoup l'examiner de plus près…

Mais elle se tut en remarquant les nombreuses autres lampes qui s'allumaient au sommet des arbres. Elle s'approcha de la fenêtre et regarda au-dehors, stupéfaite. Il y avait des centaines de maisons et toutes, ainsi que les escaliers et les ponts, émettaient une douce lueur. C'était à couper le souffle.

Florian lui tendit la main en souriant.

— Viens.

Il la conduisit dans un escalier qui montait encore plus haut, jusqu'à ce qu'ils ressortent sur une plateforme au-dessus des feuilles. Des étoiles scintillaient dans le ciel indigo et, malgré son inquiétude à propos d'Arthur et des autres, Maudie ne put s'empêcher de se sentir connectée à eux à cet instant, où qu'ils soient. Elle avait presque l'illusion d'être sur le pont de l'*Aurora,* en train de voler dans la nuit.

Au bout d'un moment, Florian demanda :

— Il y a un vaste monde, là-bas ?

Maudie le regarda et, dans la lueur dorée de la plateforme, vit beaucoup de choses sur son visage : de la tristesse et de la curiosité. Cela lui rappela Arthur. Elle hocha la tête.

— Est-ce que ta sœur… est-ce qu'elle va bien ?

— Tu as dépassé les sombrants pour arriver ici.

— Oui.

— Ma sœur voulait être agente.

— C'est quoi ?

— Les agents érythéens surveillent le monde extérieur et nous font des rapports.

— Oh, fit-elle en pensant aux habitants de Nova.

— On a refusé sa candidature. Les professeurs de la ville ont senti que sa demande était plus motivée par ses propres envies que par les intérêts d'Érythéa.

— En fait, elle voulait seulement voir le Grand Large ?

Il haussa les épaules.

— Un soir, elle a décidé d'y aller quand même.

— Elle s'est fait attraper par les sombrants, c'est ça ?

Il hocha la tête.

— Elle naviguait vers eux, et elle savait que l'oiseau de feu la protégerait, sauf qu'elle était suivie par un groupe d'agents qui l'avaient vue partir. L'oiseau de feu ne peut pas protéger tout le monde, et il choisira toujours le groupe contenant le plus d'Érythéens. Ma sœur a été séparée d'eux dans les falaises. (Il garda le silence un moment.) Quand ils l'ont retrouvée, elle n'avait plus aucun souvenir… elle ne reconnaissait même pas… elle ne reconnaissait même pas mon visage. Je l'aide à reconstruire ses souvenirs. Je viens ici quand je peux et je lui raconte des histoires de notre enfance, comment elle m'a appris à grimper aux arbres et à trouver les fruits pampa près de l'habitat des ours d'eau.

— Tu ramassais des fruits quand je t'ai vu ?

Il hocha la tête.

— Ces histoires l'aident à se souvenir. Elle voit les fruits et les goûte, et ça réveille des choses. Parfois, elle se rappelle un petit détail, avoir ajusté l'aquaplane avec moi, ou quelque chose comme ça. On aimait les adapter ou les rendre plus rapides en ajoutant des voiles ou d'autres trucs. Certains jours, elle ne se souvient de rien du tout. J'essaie de lui rendre visite dès que possible, mais les professeurs sont d'avis que mes connaissances linguistiques seront plus performantes si je suis basé en ville.

— Je suis désolée qu'il lui soit arrivé une chose pareille. Qu'il te soit arrivé une chose pareille.

Maudie songea à tous les souvenirs qu'elle partageait avec Arthur, aux expériences qu'eux seuls pouvaient se rappeler et qui les unissaient dans la joie, la découverte, la tristesse, la perte. Ces souvenirs évoquaient un passé, un passé qui les avait construits.

— C'est un peu étrange de rester caché comme ça. Vous auriez tellement de choses à partager, on aurait tellement à apprendre de vous, et réciproquement.

Florian haussa les épaules et détourna le regard.

— C'est comme ça. Ce n'est pas à moi de remettre ça en question.

Mais, à son expression, elle comprit qu'il remettait bel et bien ce choix en question.

— Si tu voyais Lontown, si tu allais à la Citadelle et rencontrais les rois, et si tu voyais…

Elle se tut, sentant qu'elle lui rendait les choses encore plus difficiles. Ils restèrent assis en silence un moment de plus, jusqu'à ce qu'elle demande :

— C'est quoi, un aquaplane ? Tu as dit que vous aimiez adapter les aquaplanes.

Florian se leva, un grand sourire aux lèvres.

— Je te montrerai demain.

Ils redescendirent, et Herminia les accueillit avec des sourires et du jus de baies rouges. Après avoir inspiré profondément, le garçon déclara :

— Je crois que le temps va rester sec cette nuit.

Ils s'installèrent dans des hamacs en feuilles tressées sur la terrasse.

— Bonne nuit, Maudie Brightstorm.

— Bonne nuit, Florian.

Elle sortit sa boussole cassée et la pierre précieuse rose de sa poche, puis les serra dans ses mains. Ils s'endormirent au son de l'orchestre des cris et des coassements nocturnes, à un monde des glapissements de renards, des bagarres de chats et des chariots à poix grinçants des rues de Lontown.

Le lendemain matin, Maudie trouva la boussole à côté d'elle dans le hamac. Elle avait été réparée.

Elle regarda autour d'elle à la recherche de Florian, et elle le vit à l'intérieur de la maison, en train de parler avec Herminia.

Ça n'avait donc pas été un rêve. Elle admira les ponts et les constructions incroyables dans les arbres et commença à analyser les structures, observant comment elles s'imbriquaient.

L'Érythéen apparut, les yeux pétillants et un grand sourire aux lèvres.

— Aujourd'hui est une bonne journée. Herminia se souvient d'hier.

— Tu es réveillé depuis longtemps ?

Il haussa les épaules.

— Assez longtemps pour avoir fait deux trois trucs.

— Oh, oui, merci, dit-elle en brandissant la boussole.

— Et j'ai fabriqué ça, parce qu'elle va facilement se perdre si tu la gardes dans ta poche ou à la main. Elle est tombée dans la nuit, mais heureusement, elle n'est pas passée par-dessus bord.

Il lui tendit un collier en ficelle intelligemment tressée, auquel il avait attaché la pierre précieuse que Vaillant lui avait donnée. Il détourna le regard.

— Oh ! un double merci, alors, dit-elle en passant le collier au-dessus de sa tête.

— Des nuages approchent en provenance de l'est. On devrait partir pour la ville maintenant. Je suis désolé qu'on n'ait pas encore trouvé tes amis, mais on pourra les chercher en route. Un voisin a dit qu'il avait vu de la fumée au sud ce matin. Peut-être un feu de camp.

L'espoir envahit la poitrine de Maudie.

— Ce n'est peut-être qu'un autre Érythéen, mais on va aller vérifier.

Ils dirent au revoir à Herminia et descendirent le grand escalier en spirale.

— La fumée n'était pas loin d'ici, alors on va y aller à pied, et ensuite on reviendra chercher un aquaplane.

Après avoir marché dans la forêt pendant un moment, Florian s'arrêta soudain, complètement immobile, et renifla. Il dit quelque chose dans sa propre langue. Les yeux grands ouverts, il semblait en alerte.

— Qu'est-ce qu'il y a ? demanda Maudie.

— Une panthéra.

— C'est quoi ça ?

— Vite !

Florian prit une poignée de boue et la lui donna.

— Berk, qu'est-ce que tu fais ?

Il commença à recouvrir son corps de boue.

— Dépêche-toi !

Au début, elle crut qu'il plaisantait, mais son visage était mortellement sérieux. Elle l'imita donc.

— Ton visage aussi. Vite, mets-en partout. Ça masquera notre odeur, si elle ne l'a pas déjà captée.

Puis il la poussa dans les fougères et il posa un doigt contre ses lèvres. Ils attendirent. Au bout de quelques minutes, il pointa le doigt. D'abord, elle ne vit rien. Puis elle distingua une silhouette se déplaçant entre les arbres, non loin. Ils demeurèrent immobiles jusqu'à ce qu'elle soit passée.

— Elles ne viennent pas souvent dans cette zone. Elles ne nagent pas très bien et ne veulent pas se faire prendre dans un déluge, mais les nuages sont encore loin. Elle venait probablement de l'ouest, de sorte qu'elle n'a pas senti notre odeur, à moins qu'elle n'en ait senti d'autres…

Maudie était à moitié remplie d'exaltation, à moitié de panique. Était-ce possible ?

— Tu penses qu'elle pourrait traquer les autres ?

— Possible. Viens, on va la suivre. Mais imite bien ce que je fais.

Ils la poursuivirent discrètement jusqu'en bas de la colline.

Alors, Maudie aperçut entre les arbres une grande clairière et elle faillit pousser un cri de joie. Elle plaqua une main sur sa bouche. C'était Felicity, debout à côté d'un feu de camp ! Elle était dépenaillée et ses cheveux emmêlés tombaient sur ses épaules, mais elle était en vie !

La panthéra avançait furtivement entre les arbres. On aurait dit une énorme version de Queenie, en plus élancée, et avec de bien plus grandes dents.

— Qu'est-ce qu'on fait ? chuchota la jeune Brightstorm. Elle pourrait attaquer à tout moment.

Florian la regarda.

— Je crois qu'on va devoir l'attirer vers nous.

— Tu plaisantes ? siffla-t-elle.

— Non. On lui signale notre présence, et elle sera intimidée parce que nous sommes deux, mais si elle charge, on devra se faire aussi gros et féroces que possible.

Elle hocha la tête, tremblante, puis, ensemble, ils sortirent des feuillages. La panthéra se tourna vers eux.

— Ne la regarde pas dans les yeux, ou elle croira que tu la défies.

— Tu aurais pu le dire plus tôt !

La créature fit un pas vers eux. Felicity devait l'avoir vue, car elle poussa un cri, mais Maudie était trop concentrée sur l'animal qui se préparait à bondir. Florian leva les bras au-dessus de sa tête et se mit à hurler de toutes ses forces, faisant sursauter la jeune fille. Alors, elle se mit en action et fit la même chose.

L'animal hésita, et ils crièrent plus fort.

Il recula de quelques pas, puis il détala dans la jungle.

Maudie courut vers Felicity, qui poussa un glapissement de surprise à sa vue, et Welby et Harriet déboulèrent de la forêt, brandissant des branches avec agressivité. Maudie s'arrêta, se rappelant qu'elle était complètement couverte de boue.

— C'est moi ! s'écria-t-elle encore et encore, et soudain, voilà que Felicity la serrait dans ses bras à lui faire craquer les os.

Harriet et Welby les rejoignirent.

— Je te l'avais dit ! Je l'ai senti dans mes orteils, Harrie, aujourd'hui est une bonne journée !

L'exploratrice repoussa les cheveux de Maudie de son visage.

— Que s'est-il passé ? J'étais malade d'inquiétude ! Je t'ai perdue de vue ; je craignais que tu ne te sois noyée, mais Felicity m'affirmait le contraire. Elle disait qu'elle savait que tu allais bien.

— Le kayak volant m'a sauvé la vie. J'ai réussi à arriver ici, enfin, sur une plage au nord d'ici, et…

Elle inspira. Il s'était passé trop de choses. Elle secoua la tête.

— Tu auras bien le temps de tout nous raconter. Maintenant, dis-nous, qui est ton ami dans l'arbre, là ?

Florian était monté dans un arbre et les observait d'un air méfiant. Maudie lui fit signe de les rejoindre.

— C'est Florian. Il veille sur moi. Il peut nous emmener en ville. Nous pensons qu'Arthur et l'équipage Vane pourraient s'y trouver, et il doit plus ou moins signaler notre présence, parce que personne ici ne veut que les Lontoniens entendent parler de cet endroit.

— Oh, vraiment ? demanda Harriet en inclinant la tête d'un air curieux. Je vois. Alors, il parle lontonien ? (Elle échangea un regard perplexe avec Welby.) La ville est-elle loin d'ici, Florian ?

— Pas si nous voyageons sur les canaux en aquaplane, répondit-il.

Ils rassemblèrent leurs affaires et partirent dans la jungle en direction du village dans les arbres. Welby, qui était le meilleur pour raconter les histoires de sa voix profonde et avec sagacité, leur expliqua comment le grand oiseau rouge avec la queue de feu les avait sauvés de l'attaque des sombrants. Leur bateau s'était fracassé contre les rochers et ils avaient réussi à monter sur un gros morceau de coque. L'oiseau de feu les avait guidés jusqu'au rivage.

L'Érythéen marchait en silence, écoutant attentivement.

— Peux-tu nous en dire plus sur l'oiseau de feu, Florian ? demanda Harriet au bout d'un moment.

Il réfléchit un instant.

— Nous l'appelons Aeterna, car il est aussi vieux que cette terre, et ni mâle ni femelle ; il est, tout simplement. Il vit sur la plus haute montagne et veille sur les Érythéens.

Maudie trouvait que c'était un nom magnifique. Plus elle découvrait le Grand Large, plus elle était émerveillée.

— Comment ça, il veille sur vous ? demanda Felicity.

— Il nous protège des sombrants quand nous voulons voyager vers l'ouest.

— Ne me parle pas de ces sombrants ! lança-t-elle en agitant sa cuillère. Même si je ne me souviens pas de tout. Comme s'ils m'avaient volé des fragments de mémoire.

— C'est ce qu'ils font, dit Florian. Si on n'arrive pas à leur échapper, petit à petit, tout disparaît. Tous vos souvenirs.

Ils pénétrèrent dans un ruisseau sous le village dans les arbres. L'eau était cristalline, et d'étroites embarcations étaient amarrées à des arbres non loin.

— C'est quelque chose…, dit Harriet en tournant sur elle-même, émerveillée, pour admirer les escaliers en spirale.

— On sera mieux sur deux aquaplanes. Il faut que j'apprenne à l'un d'entre vous comment les diriger. Maudie ?

Elle hocha la tête avec enthousiasme.

Harriet, Welby et Felicity contemplèrent la clairière, commentant les incroyables structures au-dessus d'eux, tandis que Florian détachait deux aquaplanes.

Maudie se glissa à côté de lui.

— Je suis désolée d'avoir cru que tu serais incapable de réparer ma boussole.

— Je suis désolé d'avoir cru que tu serais incapable… de quoi que ce soit.

— Hé!

Ils rirent, et Maudie se rendit compte que, maintenant qu'elle le connaissait mieux, Florian était bien différent de ce qu'elle avait cru.

Il lui expliqua patiemment comment l'embarcation fonctionnait et répondit à ses nombreuses questions sur le minuscule moteur, l'hélice et la batterie. Elle n'en revenait pas de ses similarités avec son kayak volant. Il lui montra ensuite comment placer ses pieds et barrer avec la poignée et la colonne. Elle prit instinctivement le coup de main et, en un rien de temps, elle volait déjà sur l'eau sous les applaudissements de ses compagnons. Certains habitants du village étaient même sortis pour la regarder.

Elle s'arrêta en dérapant à côté de l'aquaplane de Florian.

— C'est quoi, ça, à l'arrière du tien?

— Ah, ça, c'est mon adaptation, répondit-il en hissant une petite voile. Je barre avec cette main et ajuste la voile de l'autre. Ça ne marche pas ici, mais sur la voie aérienne, il vole presque !

— La voie aérienne ? répéta Maudie, fascinée.

Felicity et Harriet montèrent avec Florian, Welby avec Maudie. Ils démarrèrent les petits moteurs et s'engagèrent à toute vitesse sur le fleuve, vers l'est.

Après plusieurs carillons, la forêt s'ouvrit et ils se retrouvèrent en surplomb. Le fleuve sur lequel ils voyageaient débouchait sur une voie navigable élevée, une sorte d'aqueduc naturel, bien que certaines parties semblent construites. Au loin s'étendait ce qui ressemblait à un grand lac scintillant avec une petite montagne au milieu.

Florian ouvrait la marche. Il se servait de la voile désormais, prenant habilement le vent, et, même s'il y avait plus de passagers sur son aquaplane, il allait presque deux fois plus vite. Il ralentit pour que Maudie puisse le rattraper.

— Impressionnant, dit-elle, et il sourit de toutes ses dents.

Comme ils avançaient, ils virent qu'il y avait d'autres voies navigables, conduisant toutes au grand plateau, qui grouillait d'aquaplanes.

— Toujours aucun signe de l'*Aurora,* fit remarquer Welby.

Maudie voyait bien qu'Arthur lui manquait, et son inquiétude se lisait dans les plis concentrés de son front.

— Peut-être qu'ils ne sont pas venus jusqu'ici ? Peut-être qu'ils ont fait demi-tour avant d'arriver aux sombrants. Au moins, on n'a vu aucune trace d'eux là-bas…

Elle se demandait si l'oiseau de feu les avait aidés aussi. Soit ça, soit ils avaient été…

Elle refusait de penser à ça. Au fond de son cœur, elle sentait qu'Arthur allait bien. À moins que ce ne soit qu'un faux espoir auquel elle se raccrochait ?

Ils cessèrent tous de parler en approchant du lac, car ils s'étaient rendu compte qu'il ne s'agissait pas d'une petite montagne en son centre, mais d'une grande ville.

— Pile quand on croyait avoir tout vu ! lança Felicity. Welby, vous avez beaucoup voyagé, mais je parie que même vous, vous n'aviez jamais vu quelque chose comme ça !

— En effet, mademoiselle Wiggety.

La structure était incroyable ; les arches et les piliers étaient d'une précision et d'une symétrie mathématiques, et une partie de la ville semblait immergée !

Maudie était émerveillée par les prouesses d'ingénierie nécessaires pour que la ville reste étanche.

Soudain, quelque chose dans le ciel attira son attention : une forme en V au-dessus du lac. Son cœur s'emplit d'euphorie et de soulagement. Elle perdit sa concentration et l'aquaplane tangua un instant, mais elle se reprit et serra encore plus fort la poignée, folle de joie.

— Parthena ! cria-t-elle. Arthur ne doit pas être loin !

27.
MENSONGES, VÉRITÉ ET TATOUAGES

Sur l'embarcadère, ils furent salués par une dame portant des vêtements verts raffinés. Elle dit quelque chose à Florian dans sa langue, et il lui répondit longuement.

— Peux-tu deviner ce qu'ils disent ? chuchota Maudie à Welby, qui se tenait derrière elle.

— Cette langue diffère de toutes celles que j'ai entendues. Je crains de ne rien y comprendre.

Florian se détourna de la femme et leur dit :

— Nous devons attendre ici.

— Mais Arthur est là ! s'exclama Maudie en tentant de passer, bien que la femme leur barrât le passage.

La jeune fille soupira et se résigna à attendre, portant son attention sur l'incroyable structure devant elle, avec ses courbes et torsades majestueuses, ses voûtes et dômes ouvragés. Il y avait aussi des éléments de technologie astucieusement cachés, comme des sillons dans les murs, conçus pour ressembler à des gravures, mais qui, en réalité, servaient de guides pour les jetées, afin qu'elles s'élèvent ou descendent avec le niveau de l'eau, en se connectant aux différentes voûtes.

Au bout de quelques instants, une femme et un homme pleins d'élégance remontèrent la jetée dans leur direction.

— Je suis Tauria Verada, Professus Excelsis d'Érythéa. Voici Cassea Sigart, mon assistant.

Harriet fit un pas en avant.

— Je suis Harriet Coriander, et voici Felicity Wiggety, William Welby et Maudie Brightstorm, tous originaires de Lontown, Vornatania.

La femme parut interloquée un bref instant. Elle commença à chuchoter avec Cassea.

Maudie regardait Welby, estomaquée elle aussi. Elle ignorait que son prénom était William ! Pour eux, il avait toujours été simplement Welby. C'était fou qu'ils n'aient jamais pensé à l'interroger à ce sujet !

Quand Tauria eut terminé, Cassea hocha la tête, puis la femme se retourna vers eux.

— Nous sommes un peuple pacifique. Nous ne cherchons pas les ennuis. En réalité, nous nous protégeons activement des ennuis.

Harriet leva les mains.

— Nous venons en paix. Nous n'avons pas d'armes, et nous ne vous voulons aucun mal. Nous cherchons simplement quelqu'un. Un garçon, Arthur Brightstorm.

Tauria Verada ferma la bouche, pensive, pendant un instant. Puis elle reprit :

— Nous sommes honnêtes à Érythéa, honnêtes vis-à-vis de notre terre, honnêtes vis-à-vis des autres, et je serai donc honnête avec vous. Nous avons déjà une Harriet Coriander en ville.

— Pardon ? s'exclama Harriet, sous le choc.

Ils échangèrent tous les quatre des regards incrédules.

C'est alors qu'Eudora Vane fit son apparition, avançant à grands pas comme si la jetée lui appartenait, une écharpe rose voletant dans la brise…

— Vous m'avez appelée, Tauria ? Je pensais que nous pourrions examiner le…

Elle se figea à la vue de l'exploratrice.

Maudie se précipita vers elle, mais Harriet passa devant Tauria la première et fonça sur Eudora.

Felicity agrippa la main de la jeune fille.

— Laissons Harriet s'en occuper.

— Où est Arthur ? demanda Harriet. Que lui avez-vous fait ? Si vous avez touché à un seul de ses cheveux, je…

Elle poussa Eudora au niveau des épaules, la faisant vaciller en arrière.

— Mademoiselle… euh… Coriander bis, nous sommes pacifiques ici, intervint Cassea en la tirant en arrière.

— Il n'y a qu'une seule Harriet Coriander, répliqua celle-ci d'une voix calme, mais ferme. Et je peux vous assurer que ce n'est pas cette femme.

— Nous pouvons tous garantir qu'il s'agit de la vraie Harriet, déclara Welby.

— Et l'autre Harriet a un équipage qui se portera garant pour elle, répliqua Tauria. Pouvez-vous me montrer votre signe familial ?

— Bien sûr, répondit celle-ci en relevant sa manche.

— Exactement le même que l'autre, commenta Tauria en secouant la tête.

Deux Érythéens tirèrent alors Harriet vers l'arrière avec force.

— C'est impossible ! protesta Welby.

— Ça, c'est sûr, marmonna Maudie avant de foncer sur la jetée et de se lancer sur Eudora.

Celle-ci hurla tandis qu'elles tombaient toutes les deux à l'eau.

Eudora se défit de l'emprise de la jeune fille à coups de pied, puis rejoignit la jetée à la nage. Cassea la hissa hors de l'eau tandis qu'elle crachotait, et Florian tendit la main à Maudie.

— Tu as un sacré caractère !

Welby attrapa le bras d'Eudora et Felicity remonta sa manche mouillée. De l'encre s'étalait tandis que le faux tatouage coulait pour révéler le vrai symbole d'Eudora.

Tauria resta bouche bée.

— Arthur Brightstorm avait raison.

— S'il vous plaît, c'est mon frère, il faut que je le voie ! supplia Maudie, les yeux gonflés de larmes.

Felicity mit son bras autour d'elle.

— Cassea, assurez-vous que cette femme…, commença Tauria avec un geste en direction d'Eudora, trempée et fulminante, avant de regarder Harriet. Quel est son nom ?

— Eudora Vane, répondit celle-ci d'un ton impassible.

— Cassea, assurez-vous que cette Eudora Vane et tous ses membres d'équipage sans exception soient mis sous les verrous.

Le verrou tourna.

— Il était temps! s'écria Arthur en sautant de son lit. Vous ne pouvez pas me garder emprisonné ici. Je croyais que vous étiez des gens pacifiques. Me tenir en otage dans une chambre, c'est…

Il ouvrit brusquement la porte et sentit son cœur exploser de surprise et de joie. Il n'arrivait pas à le croire.

— Maudie!

Ils sautèrent dans les bras l'un de l'autre et se serrèrent fort, aucun d'eux ne voulant être le premier à lâcher, au cas où le charme serait rompu, au cas où ce ne serait qu'un rêve. Ils finirent par reculer et se regarder, les yeux remplis de larmes.

— On dirait que tu rapportes la moitié de la jungle avec toi! dit Arthur. Où est ton ruban?

Elle passa la main à l'endroit où elle le portait d'habitude.

— Ah, j'oubliais. Je l'ai utilisé pour faire bouillir de l'eau.

— Quoi? Encore une invention?

— Plutôt une improvisation. Toi, on dirait que tu es chez toi, ici, dit Maudie en le regardant des pieds à la tête.

— Euh… ouais, au bout de quelques jours dans les marais, mes vêtements schlinguaient, et ceux-ci sont plutôt chouettes, hein ?

Elle rit. Toutes les tensions dans son cœur avaient disparu. Cette affreuse sensation de crispation depuis leur séparation s'était évanouie.

— C'est quoi, cette pierre rose autour de ton cou ? demanda-t-il. On dirait qu'elle luit !

— Un ours d'eau me l'a donnée. C'est une longue histoire.

— Comme la créature que j'ai vue à Nova ?

— Oui, je crois. Et celui que j'ai rencontré était lucide !

— Incroyable !

Cassea, qui se tenait en retrait dans le couloir, se racla la gorge.

— Je vais vous laisser vous mettre au courant des derniers événements. Tauria Verada aimerait tous vous voir bientôt.

Il se retourna et partit.

Arthur dévisageait Maudie.

— Tous ? Attends, comment es-tu arrivée jusqu'ici, nom d'un rouage rouillé ? Qui est là avec toi, Maud ?

— Harriet, Felicity et Welby. Ils attendent pour te voir. Ils m'ont laissée te voir en premier.

— Harriet est là ? Ça veut dire que…

— Arthur, il s'est passé quelque chose d'extrêmement étrange à notre arrivée, cette femme professeur…

— Tauria Verada, je l'ai rencontrée aussi.

— Oui, elle. Eh bien, elle nous a dit que Harriet Coriander était déjà là ! Tu aurais dû voir le visage de Harriet quand Eudora est apparue !

— Elle était en ville et se faisait passer pour Harriet.

— Pourquoi faire une chose pareille ?

— Ça a commencé quand on a posé l'*Aurora* ici…

— Alors, l'*Aurora* est ici ?

— Pas ici en ville, dans la jungle, quelque part près de la côte.

— Et en un seul morceau ?

— Oui. Arrête de me couper la parole, Maud, ou je vais perdre le fil.

— Pardon.

— On a atterri, et les Érythéens nous ont trouvés, puis ils ont vu l'hirondelle peinte sur l'*Aurora* et ont dit « Collander ». Leur attitude hostile est soudain devenue amicale, et c'est là qu'Eudora a dit, oui, c'est moi, je suis Harriet Coriander !

— Attends une seconde. Comment pourraient-ils connaître Harriet ?

Arthur s'affala sur une chaise.

— Exactement ! C'est ce que je me demande depuis.

— Mais elle disait ne rien savoir de ce continent.

— Tu penses que c'était vrai ?

— Harriet nous l'aurait dit si elle avait été au courant. N'est-ce pas ?

— Tu as toujours la bague ?

Maudie la sortit de sa petite pochette et la lui tendit.

— Elle est liée à cette histoire, j'en suis persuadé.

— Harriet est la personne la plus honnête que nous connaissions, Arty.

— Ermitage dit que l'oiseau de feu existe vraiment.

— C'est vrai ! Je l'ai vu. Les Érythéens l'appellent l'Aeterna.

Il ouvrit la bouche comme un poisson.

— Je l'ai vu dans la zone des sombrants.

— Non ! Tu les as vus aussi ? Ces créatures sont terrifiantes !

— Florian m'a dit que si elles t'attrapent, elles emportent absolument tous tes souvenirs.

— Qui est Florian ? Attends, peu importe, dis-moi tout sur l'oiseau de feu et les sombrants.

Elle lui raconta la tempête, l'attaque des sombrants, comment l'oiseau était arrivé et avait protégé Harriet, comment elle-même était tombée à la mer et comment le kayak volant l'avait sauvée.

— Est-ce que Harriet pourrait être… une des leurs ? Une Érythéenne ?

— Si c'est le cas, je suis sûre qu'elle n'en savait rien.

— Il nous reste des choses à découvrir sur cette bague.

— Tu sais où est Harriet en ce moment ?

— Je te l'ai dit, ils attendent pour te voir !

Il lui prit la main.

— Allons les retrouver !

Maudie le tira pour l'arrêter.

— Attends. As-tu dit « Ermitage » à l'instant ?

— Ah, oui ! Il était là pendant tout ce temps, et je suis plus ou moins tombé sur lui.

— Tombé ? répéta Maudie en penchant la tête sur le côté et en levant la main. Comment as-tu bien pu faire ? Tu ne regardais donc pas où tu allais, encore une fois ?

— Peut-être, répondit-il en riant. Viens !

— Attends, une dernière chose avant de partir.

— Quoi ?

— Tu savais que le prénom de Welby est William ? William Welby !

Arthur eut un petit pincement au cœur. Il n'en revenait pas que Welby lui ait tellement manqué, en dépit de toutes ses remarques, de ses corrections agaçantes et de ses haussements de sourcils inquisiteurs.

— Will Welby, dit-il. Et on croit bien connaître les gens, hein ?

Ils se regardèrent et partagèrent un instant de satisfaction totale. Ils avaient tous les deux l'impression d'être rentrés chez eux, alors même qu'ils se trouvaient à des milliers de kilomètres de Lontown.

Puis ils entendirent une voix reconnaissable entre mille :

— Bon, écoutez-moi, je ne peux pas attendre une seconde de plus. Si vous ne me conduisez pas tout de suite à Arthur Brightstorm, je vais prendre ma cuillère et…

— Felicity ! cria Arthur.

Elle apparut soudain à la porte et les dévisagea, bouleversée.

— Oh, nom d'un oignon, je savais bien que mes pieds ne me picotaient pas pour rien !

Elle courut vers Arthur et le souleva dans ses bras, puis attira Maudie dans son étreinte.

— À nouveau réunis, sanglota-t-elle.

Puis Harriet apparut, Arthur cria de joie, et elle rejoignit leur immense embrassade, suivie d'une cacophonie de bavardages dans laquelle personne ne comprenait ce que les autres disaient, car tout le monde parlait en même temps. Ils finirent par tous s'arrêter pour reprendre leur souffle et furent interrompus par un léger toussotement derrière eux.

— Welby ! s'exclama Arthur en souriant.

Les yeux du vieil homme se mouillèrent de larmes, et ils s'étreignirent tous à nouveau.

28.
RÉVÉLATIONS

Ce soir-là, l'équipage Coriander fut invité à dîner avec les professeurs. Ermitage se joignit à eux.

— Ma chère vieille amie, c'est un plaisir de te rencontrer ! dit Ermitage à Maudie. Ça, par exemple, vous vous ressemblez comme deux gouttes d'eau, avec vos taches de rousseur et vos cheveux de la couleur du fer qui rouille ! Et qui eût cru que deux personnes puissent avoir la même détermination de feu dans les yeux !

Il expliqua à Arthur qu'Eudora et son équipage avaient réussi à convaincre les Érythéens qu'Arthur lui avait empoisonné le cerveau avec des histoires fantaisistes, jusqu'à ce que Harriet et les autres arrivent.

— Je commence certes à avoir un âge avancé, mais je ne suis quand même pas impressionnable à ce point !

Tauria Verada les dirigea vers les chaises autour de la table rectangulaire dans la grande salle à coupole. Harriet s'assit à côté de Tauria, Ermitage en face, puis Welby et Felicity, avec Arthur et Maudie au bout, à côté de Cassea et d'une place vide.

— Eh bien, Ermitage Wrigglesworth est finalement vivant, commenta Welby d'un ton flegmatique.

— Merci de nous inviter à déjeuner avec vous, dit Harriet d'une voix respectueuse.

Tauria hocha la tête.

— Je suis désolée de ce qui est arrivé. L'imposteur, cette Eudora Vane, a été emmenée avec son équipage dans une zone sûre.

— Une zone sûre ? répéta Arthur, se demandant si un endroit avec Eudora à proximité pouvait être qualifié ainsi.

Tauria sourit.

— Nous avons rarement à l'utiliser. Comme je vous l'ai dit, notre peuple est pacifique. Nous menons une vie heureuse, loin des difficultés du Grand Large. Les sombrants y veillent.

— Ne vous sentez-vous pas exclus du Grand Large, néanmoins ? demanda Harriet.

— Il en a toujours été ainsi, répondit Tauria.

On entendit un bruit sourd de pas, et Florian fit son entrée. Il prit la place vide à côté de Maudie.

Elle lui sourit.

— Nous devons te remercier d'avoir aidé ces gens, Florian, dit Tauria. Florian est l'un de nos plus brillants jeunes savants. Il est incroyablement doué pour les langues. Je crois qu'il pourrait devenir un jour Professus Linguis.

Il eut un sourire timide et jeta un regard à Maudie. Arthur l'observa d'un air méfiant, puis il murmura à Maudie :

— D'où le connais-tu ?

— Il m'a aidée, enfin, il nous a aidés, dans la jungle.

— Je ne l'aime pas.

— Ne sois pas ridicule, Arthur. Je ne serais pas là sans lui.

— Il n'arrête pas de te sourire.

— Quel horrible crime ! railla-t-elle.

— Comme je le disais à propos de la zone sûre, poursuivit Tauria, nous n'avons jamais eu de raison de l'utiliser, mais, comme l'a démontré l'arrivée de M. Wrigglesworth et de deux équipages de plus à la suite, son existence était justifiée.

— Pourriez-vous me dire comment vous avez reconnu le symbole Coriander ? demanda Harriet.

— Nos agents restent principalement dans ce que vous appelez les Stella Oceanus, surveillant quiconque voudrait aller plus loin. Bien sûr, nous préférerions que personne n'arrive jusqu'aux sombrants. Nous ne souhaitons cela à personne, pas même aux gens de Lontown.

— Mais je ne comprends pas pourquoi vous avez accueilli Eudora à bras ouverts quand elle s'est fait passer pour moi ?

— Nous pensions que le temps était peut-être venu.

— Le temps de quoi ? demanda Harriet, qui semblait plus confuse que jamais.

Arthur et Maudie échangèrent un regard qui confirmait qu'elle n'en savait effectivement pas plus qu'eux.

— De rapporter la bague.

Arthur sortit le bijou de sa poche et le posa sur la table.

— Celle-ci ?

— Ça alors, oui ! s'exclama Tauria, surprise.

— Est-ce… ? commença Harriet.

— Nous avons une agente à Lontown, annonça Tauria.

— Octavie ! lancèrent à l'unisson Harriet, Arthur et Maudie.

— L'héritage érythéen des Collander, Coriander je veux dire, remonte à plusieurs générations. D'habitude, nos agents préfèrent rester à proximité, mais il y a de nombreuses décennies, quand l'exploration de Lontown atteignait un pic, nous avons envoyé une agente nommée Argentia Collander. Elle est très célèbre ici. Elle a rencontré un jeune explorateur et ils ont eu deux enfants, Octavie et Leviah.

— Il semble que vous en sachiez plus que moi sur ma propre famille, dit Harriet doucement. J'ai donc des origines érythéennes, ajouta-t-elle, incrédule.

Tauria hocha la tête.

— Il a été décidé que la bague du gardien, l'Aeterna, serait transmise à la génération suivante, tout comme le secret de l'existence de nos terres. Comme Octavie n'avait pas d'enfants, elle la passerait à la lignée de son frère Leviah.

— Mon grand-père ?

— En tant que plus jeune génération de la lignée Coriander, le secret et la bague te seraient transmis. Octavie a dû décider que le moment était venu, tout comme Argentia l'a décidé quand Octavie et ses amis nous ont presque découverts.

Tauria posa un regard insistant sur Ermitage, qui semblait sidéré.

— Voilà pourquoi l'Aeterna vous a protégés dans la zone des sombrants. Nous ignorons comment il fait pour savoir, mais il laisse toujours passer en sécurité les vrais Érythéens. Argentia a choisi l'hirondelle comme symbole qu'elle trouverait toujours une voie pour rentrer à la maison, à Érythéa, en cas de besoin. L'hirondelle migre d'ici à Vornatania chaque année, cela semblait donc adapté.

— Et quand les gens d'ici ont vu l'hirondelle sur le navire volant, ils ont su que cela signifiait qu'une Coriander était rentrée à la maison, conclut Arthur.

— Alors, pourquoi Octavie n'a-t-elle rien dit à mon grand-père, Leviah ? Ou à ma mère ? Pourquoi ne savais-je rien ? demanda Harriet, peu convaincue.

— Parce que les secrets peuvent être difficiles à garder. C'est un lourd fardeau que l'on impose à quelqu'un, et Argentia était consciente que sa décision de rester et de s'installer à Lontown était la plus difficile de toutes. Elle voulait protéger Érythéa en ne transmettant ce savoir qu'à une seule personne à la fois.

— Pardonnez-moi, je m'immisce dans la discussion, intervint Felicity, mais elle voulait vous protéger de quoi ?

Quelques secondes s'écoulèrent tandis que Tauria formulait soigneusement sa réponse.

— Ne croyez pas que nous ayons toujours fait l'impossible pour garder notre terre secrète. Au début, il y a de nombreuses années, lorsque nos navires maritimes ont atteint les nombreuses îles de l'Ouest, nous avons observé et appris, mais plus nous avancions et plus nous devions être prudents face à certains dangers. Vos navires volants et leur poix polluante, par exemple. Et certaines personnes, obsédées par les titres et les possessions, comme cette Eudora Vane, apparemment.

— Nous ne sommes pas tous comme ça, dit Maudie.

— Les sombrants sont devenus une sorte de barrière naturelle pour nous, comme s'ils étaient destinés à être ici pour nous protéger. Au départ, seuls des navires maritimes s'aventuraient dans notre direction. Ils rencontraient les sombrants et disparaissaient, ou faisaient naufrage. Si toutefois certains survivaient, ils n'avaient aucun souvenir de ce qui était arrivé.

— C'est pour ça que tout est devenu mythique, dit Harriet. Les Bestwick-Ford étaient persuadés d'avoir vu l'oiseau de feu, mais dans leurs journaux, ils décrivaient cela comme un rêve, et même eux ne lui accordaient pas plus d'importance que ça. Pourtant, il était bien réel ! Ils l'avaient vu, mais avaient occulté leurs souvenirs.

— C'est logique, Harriet, dit Maudie. Regarde la technologie aquatique ici : ce que tu as appris de tes parents et eux des leurs, tout cela t'a amenée à concevoir ton incroyable navire volant à moteur à eau.

— Votre navire volant fonctionne à l'eau ? demanda Tauria, impressionnée. Je me demandais comment il était parvenu jusqu'à nous avec de la poix.

Harriet hocha la tête.

— Et cette jeune fille est elle aussi une ingénieure de talent. Elle a conçu une version miniature, un kayak volant, qui fonctionne également grâce à un moteur à eau. Il est très proche de votre aquaplane.

— Fascinant. Es-tu sûre de ne pas être également Érythéenne ? demanda Tauria en souriant. Il faut qu'on te montre nos bibliothèques d'ingénierie.

— Qu'allez-vous faire de Mme Vane ? demanda Ermitage d'un ton curieux.

— La décision reste à prendre. Mais, quand nous avons découvert sa vraie identité, nous avons trouvé les journaux qu'elle avait écrits lors de son séjour ici, en ville. Il y avait de nombreuses notes concernant le matériel qu'elle souhaitait rapporter à Lontown. Bien sûr, nous ne pourrions jamais accepter une telle chose. L'École des Professeurs se réunira demain pour décider de la meilleure marche à suivre.

Plus tard, Arthur se dirigea vers la bibliothèque de géographie avec Maudie, même s'il voyait bien qu'elle avait hâte de découvrir celle d'ingénierie. Ils entrèrent dans le grand espace rempli de livres, de globes et de cartes. Il y avait de nombreux volumes documentant les différentes régions d'Érythéa, qu'il empila sur la table.

— Maud, ce n'est que la partie émergée de l'iceberg. Il y a tellement d'endroits au sud d'ici et tant d'îles plus à l'est. Je me demande si, en continuant à naviguer, on atteindrait les îles de Carrickmurgus, de l'autre côté.

— Peut-être ! C'est plutôt chouette que toutes les personnes à des postes de responsabilité soient des professeurs. Où penses-tu qu'ils aient mis Eudora et son équipage ?

Arthur haussa les épaules.

— Dans un cachot très profond sous l'eau, j'espère.

— Ça me paraît horrible.

— Une punition horrible pour une femme horrible.

— Je me demande ce qu'ils vont décider de faire.

— L'enfermer pour toujours.

— Avec nous, je voulais dire. On sait tout, maintenant, on représente donc aussi un danger pour eux.

— On ne dira rien à personne en rentrant. Enfin, ce sera très dur, mais…

— Papa disait toujours qu'on n'a qu'une parole.

Arthur hocha la tête.

— On le sait, nous, qu'on ne dira rien, mais comment peuvent-ils le savoir, eux? Ils n'ont pas assez confiance en M. Wrigglesworth pour le laisser rentrer. Ils feront sans doute confiance à Harriet en raison de ses origines, mais peut-être pas à nous, ni à Felicity, ni à Welby.

— Will Welby, je ne m'y fais toujours pas…

Arthur s'interrompit en entendant quelqu'un tousser à une table non loin.

Une carte bruissa et Welby leur jeta un coup d'œil.

— Oh, pardon, je ne vous avais pas vu, dit Arthur en rougissant.

Le vieil homme haussa les sourcils, puis sourit.

— J'aime bien vous réserver quelques surprises.

La porte s'ouvrit et Florian entra. Il regarda dans leur direction et sourit. Maudie lui fit signe de les rejoindre.

— Pourquoi tu as fait ça ? siffla Arthur.

— Pour être aimable… et on peut lui demander, pour Eudora.

— Ah oui, d'accord. Bonne idée.

Florian s'assit et Maudie se pencha vers lui pour murmurer :

— Sais-tu où est Eudora ?

Il hocha la tête.

— Aux cascades électriques.

— Où est-ce ?

— C'est par là que je suis arrivé en ville, intervint Arthur.

— Et elle ne peut pas s'échapper ?

— C'est très sécurisé, avec des pièces verrouillées. Si tu arrives à sortir, tu es bloqué de toute manière, si tu ne sais pas te servir des ascenseurs. Et quelqu'un te verrait si tu essayais de traverser le lac.

— Et les professeurs décideront ce qu'il adviendra d'elle demain ?

Florian acquiesça.

— Qu'arrive-t-il en général aux gens qui agissent mal ici ? demanda Maudie.

Florian haussa les épaules.

— Ils doivent rendre service à la ville, aider.

— Oh, peut-être qu'ils obligeront Eudora à récurer les toilettes !

Arthur se mit à rire.

— J'aimerais bien voir ça !

29.

L'AVEU

Le lendemain matin, tous furent conviés par les papillons à se réunir dans la salle de la coupole centrale. Puis on les conduisit sous une arche à l'arrière de la pièce et dans un autre escalier en spirale jusqu'à ce qu'ils émergent dans un petit pavillon ouvert aux colonnes d'albâtre et au toit incurvé. Une brise tropicale soufflait et, au loin, les nuages étreignaient les montagnes. C'était le point le plus élevé de la ville.

Douze professeurs d'Érythéa étaient assis au centre, sur des bancs en pierre en demi-cercle. Ils portaient des robes de cérémonie dans une gamme de couleurs naturelles rappelant celles des arbres, des montagnes, des pierres et des eaux de la forêt tropicale : olive, terre d'ombre, cannelle, sauge, citron vert, chartreuse, turquoise, graphite, or, argent, émeraude. Ils avaient de longues manches évasées, des cols hauts et des pantalons larges, tous ornés de broderies aux motifs complexes représentant des créatures de la forêt.

— Je ne me sens pas assez bien habillé, d'un seul coup, murmura Arthur à Maudie.

— Veuillez vous asseoir, dit Tauria.

Harriet, Arthur, Maudie, Felicity et Welby s'assirent en face des professeurs. Tauria, arborant sa couleur émeraude caractéristique, se leva.

— Les professeurs ont longuement parlé avec Harriet et rassemblé les faits sur Eudora Vane et son équipage. S'il nous restait des doutes, la révélation de ce qui s'est passé à Polaris Sud, de ce qu'elle a fait à votre famille… (Elle regarda Arthur et Maudie.) Nous avons pris une décision à l'unanimité.

L'équipage se pencha en avant avec curiosité.

— Nous ne pouvons nous permettre de garder cette femme telle qu'elle est à Érythéa. Nous avons autorisé Ermitage Wrigglesworth à rester, car nous avons observé qu'il s'agit d'un homme bon et pacifique, mais cette femme représente un danger pour notre peuple. Demain matin, Eudora Vane et son équipage seront livrés aux sombrants, jusqu'à ce que tous leurs souvenirs d'Érythéa – et même leurs souvenirs tout court – aient disparu.

— Je ne m'attendais pas à ça, murmura Arthur.

— C'est dur, souffla Maudie.

Tauria leur décocha un coup d'œil. Harriet se leva.

— Les laisserez-vous là-bas ?

— Nous les ramènerons sur Érythéa, où ils travailleront. Ils ne garderont aucun souvenir de leur vie d'avant et nous les rééduquerons dans une nouvelle perspective.

— Et mon équipage et moi ? demanda Harriet, les mains sur les hanches, les jambes légèrement écartées.

— Nous en avons longuement débattu.

Arthur déglutit.

— Nous avons confiance en vous, Harriet. Et, sur votre parole, nous sommes prêts à vous faire confiance à tous les cinq. Nous vous laisserons repartir à Lontown à condition que vous ne révéliez rien de votre voyage après Nova. Si vous nous le promettez, vous pourrez rentrer.

Les cinq amis échangèrent des regards et Arthur sut qu'ils partageaient la même conviction : que l'exploration élargissait les horizons, pas seulement les leurs, mais aussi ceux des habitants de Lontown. Les Vornataniens auraient pu apprendre tellement de ces gens, et leur apprendre tellement en échange… Mais avaient-ils seulement le choix ?

— Vous avez notre parole, déclara Harriet d'un ton solennel.

— Et Wrigglesworth ? demanda Welby.

Tauria secoua la tête.

— Il devra demeurer ici pour le restant de ses jours. Tellement des vôtres le croient mort que s'il revenait vivant, même s'il jurait de ne révéler aucune information… cela causerait trop de problèmes. Nous lui en avons parlé, et il le comprend. Vous êtes libres de rester ici aussi longtemps que vous le souhaitez, bien sûr, mais attention aux histoires que vous devrez inventer pour couvrir vos traces.

— Vous ne pouvez pas juste enfermer Eudora ? demanda Felicity.

— Notre jugement est définitif. Je crains fort qu'il ne soit pas ouvert à la discussion.

— Eudora ne vous laissera jamais lui faire ça, intervint Arthur. Elle trouvera un moyen de s'échapper.

— Elle s'imaginera être bannie et reconduite vers l'ouest. Elle ne saura pas ce qui l'attend jusqu'au dernier moment. Jusqu'à ce qu'il soit trop tard. Son équipage non plus.

De retour dans la chambre d'Arthur, les jumeaux s'assirent devant la fenêtre surplombant le plateau.

— Je n'aime pas ça, Maud. J'ai beau détester Eudora Vane, ça ne me semble pas juste.

— On ne devrait pas se sentir mal à cause de leur décision, après ce qu'elle a fait.

Arthur réfléchit un instant ; Parthena poussa un cri.

— Il y a autre chose.

— Quoi ?

— Si les sombrants prennent tous les souvenirs d'Eudora, alors la vérité et la preuve de ce qu'elle a fait seront perdues aussi. Comment obtiendrons-nous justice pour papa ?

Sa sœur le dévisagea. Il avait raison. Elle se voûta.

On frappa à la porte. C'était Florian.

— Certains d'entre nous vont sur le plateau avec les chaussures d'eau, et j'ai pensé que tu aimerais venir.

Maudie lui sourit largement et jeta un coup d'œil à son frère.

— Que vous aimeriez venir, tous les deux, ajouta rapidement l'Érythéen.

— C'est quoi, les chaussures d'eau ? demanda Arthur.

— Tu verras, venez !

Le lac scintillait au soleil de l'après-midi. Ils avaient l'impression d'être au sommet du Grand Large, au cœur de son secret le mieux gardé.

Les chaussures d'eau étaient comme de mini-bateaux pour les pieds. On les enfilait et on flottait sur l'eau, si bien qu'il était possible de patiner sur la surface, avec une pagaie pour contrôler son élan. Arthur se fit la remarque que, pour cette occasion, son bras en fer lui aurait été utile. Pagayer avec un bras n'allait pas être facile.

Il enfonça la pagaie dans l'eau et faillit basculer. Il observa Florian, qui tenait la sienne plus bas et donnait de petits coups dans l'eau avec plutôt que de l'y plonger. Arthur ajusta sa prise et réessaya. Au bout d'un moment, il comprit comment procéder. Il rejoignit Maudie.

— Tu as vite pris le coup de main ! dit-il.

— C'est facile, une fois qu'on a compris la loi physique de ce qui se passe et qu'on se fie à son instinct. C'est génial.

— On ne pourra parler de ça à personne.

— Des chaussures d'eau ?

— Pas seulement de ça, de tout le reste, d'Érythéa. On ne pourra pas en parler à la Société Géographique, ni à *La Gazette de Lontown*, ni…

Il se tut. Maudie le regarda.

— Je sais.

— Je n'arrive pas à me sortir de la tête ce qu'ils vont faire à Eudora et à son équipage. Après-demain, ce sera comme si ce qui est arrivé à papa à Polaris Sud avait été effacé, et ce n'est pas bien. Imagine, si les sombrants nous avaient eus ? On a perdu la demeure Brighstorm, toutes nos affaires ont été vendues. Nos souvenirs sont tout ce qu'il nous reste.

Maudie frémit, malgré la chaleur de l'après-midi.

— Ce serait terrible. Quand les sombrants ont attaqué notre bateau, pendant un moment, l'un d'entre eux m'a eue. J'ai revécu un souvenir avec papa. C'était… je ne sais pas. Je ne m'en souviens pas bien, évidemment. Si l'oiseau de feu n'était pas arrivé, j'aurais pu tout perdre. C'est ce qui est arrivé à la sœur de Florian. C'est tellement triste de voir quelqu'un comme ça. On dirait qu'une grande partie d'elle s'est évaporée.

Ils sombrèrent dans le silence et se remirent à glisser sur le lac.

— J'ai réfléchi, reprit finalement Arthur.

Maudie lui lança un regard qui semblait dire : « Quel plan stupide as-tu élaboré cette fois-ci ? »

— Je t'écoute, dit-elle lentement.

— Il faut qu'on la fasse avouer par écrit avant demain.

Elle rit, avant de se rendre compte qu'il était parfaitement sérieux.

— Il va falloir que tu répètes ça, car j'ai cru entendre que tu allais demander à Eudora Vane de faire des aveux, ce qui serait le plan le plus idiot depuis l'invention des plans idiots !

— J'y ai bien réfléchi. On trouve un moyen d'aller la voir et on lui demande.

— Bref, on n'a qu'à s'introduire en douce là où elle est détenue et dire : « Salut, Eudora, tu te souviens que tu as empoisonné notre père et son équipage, eh bien on pense qu'il est temps que tu rédiges tes aveux ! »

— Pas exactement.

— Ou alors : « Eudora, ta conscience doit être alourdie par le poids de ce que tu as fait à Polaris Sud. Voici un crayon et un stylo ; allez, libère-toi de tout ça. » Elle ne fera rien gratuitement pour qui que ce soit. Elle ne comprend que le gain, le gain de pouvoir, de ressources, et elle veut que le nom des Vane reste sur le piédestal des explorateurs de Lontown.

— Nous avons une monnaie d'échange.

Elle fronça les sourcils.

— Nous savons ce qui va lui arriver, reprit Arthur. Ce qu'ils vont lui faire. Et si nous lui proposions de l'aider à retourner à l'ouest sans se faire retirer ses souvenirs ?

— Et comment va-t-on faire ça ?

— Ça, je n'en ai aucune idée. Après tout, on n'est pas obligés d'honorer notre part du marché.

— Dans ce cas, on ne vaudrait pas mieux qu'elle.

— Eh bien, on peut demander à Harriet de nous aider.

Ils continuèrent de patiner, plongés dans leurs conjectures.

Puis Arthur se rendit compte que Maudie ne bougeait plus et qu'elle fixait le nord-est.

— Qu'est-ce qu'il y a ?

Des nuages sombres s'amoncelaient à l'horizon. Des éclairs faisaient des étincelles. Un autre déluge approchait.

Florian les rejoignit.

— Ne vous inquiétez pas. On sera en sécurité en ville. Ça passera rapidement. Mais il faut qu'on rentre dès maintenant.

Quand ils parvinrent à la jetée, la bande de nuages gris les avait atteints, et des gouttes de pluie mouchetaient le plateau, formant des milliers d'anneaux aux formes continuellement changeantes, dansantes.

— Est-ce que l'eau va submerger tout ça ? Nous sommes suffisamment en hauteur, n'est-ce pas ?

— L'eau va monter, mais nous avons l'habitude. Venez voir.

Ils le suivirent à l'étage inférieur où l'eau arrivait à mi-hauteur des fenêtres.

— Toute la ville est étanche. Et les trois niveaux au-dessus de nous aussi, même si l'eau dépasse rarement cet étage.

— Florian ? demanda soudain Arthur.

— Oui ?

— Tu sais où Eudora Vane et son équipage sont enfermés ? Aux cascades électriques, c'est bien ça ?

Le jeune garçon hocha la tête.

— Il faut qu'on aille lui parler ce soir. On doit faire quelque chose de vraiment très important avant qu'elle ne soit livrée aux sombrants, demain.

— Et tu veux que je vous conduise jusqu'à elle ? demanda Florian, les sourcils froncés.

— Oui.

Il regarda Maudie.

— C'est ce que tu souhaites aussi ?

Elle se sentit rougir vivement face à ce dilemme. Finalement, elle hocha la tête. Il réfléchit un moment.

— Si Tauria l'apprenait…

— Elle n'en saura rien. On fera vite.

— Alors on devrait y aller maintenant, avant que l'orage ne soit trop violent.

Le ciel était d'un gris éthéré, et une pluie tiède tombait lourdement sur le lac tandis que l'aquaplane fonçait sans un bruit vers le bâtiment dans la chute d'eau.

— Comment va-t-on distraire le garde ? demanda Maudie.

— Je m'en charge, dit Florian.

Ils flottèrent jusqu'à la jetée, mais quand ils atteignirent le bâtiment, l'Érythéen le dépassa.

— Qu'est-ce que tu fais ? demanda Maudie.

— Les fenêtres de la pièce dans laquelle elle est détenue sont ici. Les gardes ne sauront rien de notre passage.

Arthur dut admettre que, bien que simple, c'était une idée intelligente.

— Mais on ne sera pas trop près de la cascade ?

Florian les dirigea vers une petite fenêtre et immobilisa la voile de leur embarcation.

— Ça ira tant que la pluie n'est pas trop forte.

— Trop forte ? répéta Maudie en repoussant ses cheveux trempés de son visage et en regardant Arthur avec de grands yeux.

— Allez, dit le garçon Brightstorm, et il jeta un coup d'œil à l'intérieur.

Eudora était dans la pièce. De nombreux tuyaux couraient sur les murs et un lit de fortune avait été placé au milieu. Contrairement à son habitude, l'exploratrice n'était pas impeccable : sa chemise était froissée, ses cheveux ternes et décoiffés, ses joues pâles et tirées.

— Hé ! chuchota-t-il.

Eudora releva les yeux, manifestement étonnée. Elle lança d'une voix joyeuse :

— Quelle agréable surprise !

Maudie regarda aussi à l'intérieur.

— Eh bien, mon neveu et ma nièce viennent tous les deux me rendre visite !

— Ne nous appelez pas comme ça ! siffla Maudie.

— Qu'est-ce qu'elle a dit ? demanda Florian, l'air soudain paniqué.

— Ne t'inquiète pas, répondit Maudie. Je t'expliquerai plus tard. Ce n'est pas ce que tu crois.

Arthur décida que la meilleure approche serait la plus directe.

— Demain, vous serez livrés aux sombrants. Ils vous laisseront là-bas jusqu'à ce que tous vos souvenirs aient disparu. Comme ça, vous ne serez plus une menace pour eux.

Florian remua ses pieds sur la planche, mal à l'aise.

— Devrait-on vraiment lui dire ça ? murmura-t-il à Maudie.

Elle posa la main sur son bras.

L'espace d'un instant, il y eut une altération à peine perceptible dans l'expression d'Eudora.

— Vous allez perdre tout ce que vous savez, poursuivit Arthur. Voilà ce que font les sombrants : ils se nourrissent des souvenirs jusqu'à ce qu'il n'y ait plus rien. Vous ne vous rappellerez plus vos expéditions, Lontown, votre équipage, vos parents…

Et à cet instant, il vit une lueur de panique sur le visage d'Eudora.

— … votre sœur.

Elle ne se souviendrait pas de Violetta. Leur mère et la sœur qu'elle avait tant aimée, qui avait choisi un autre chemin, un chemin qui avait poussé Eudora à faire des choses terribles. C'était la chose à laquelle elle tenait le plus, et il le lut brièvement dans ses yeux.

— Nous voulons des aveux sur ce que vous avez vraiment fait à Polaris Sud, intervint Maudie.

Eudora demeura silencieuse un moment, ce qui ne lui ressemblait pas. Puis elle répondit :

— J'ignore de quoi tu parles.

— Vous savez exactement de quoi on parle, répliqua Arthur en poussant un carnet et un crayon par la fenêtre. Si vous nous aidez, nous vous prendrons à bord de l'*Aurora* et nous vous ramènerons à Lontown. Vous n'aurez plus vos souvenirs, mais vous avez notre parole que nous vous rapatrierons.

Elle les observa pendant plusieurs secondes.

— Des aveux en échange de ma vie. Une proposition intéressante, les Brightstorm, mais que je ne compte pas accepter.

— Mais ils vont laisser les sombrants prendre tous vos souvenirs !

Elle sourit.

— Peut-être. Et si c'est le cas, qu'est-ce que ça change pour moi que j'avoue ou non ? Si j'avoue, ma réputation sera détruite ; sinon, elle perdurera.

— Mais vous ne saurez même pas qui vous êtes !

— Quand je suis confrontée à une proposition, je me pose toujours la même question : qu'ai-je à y gagner ? Vous venez avec une offre qui ne me fait absolument rien gagner. (Elle s'approcha de la petite fenêtre.) C'est la pire négociation de l'histoire. Pas étonnant que votre père ait été un si mauv…

— Je vous interdis…

Maudie posa la main sur le bras d'Arthur.

— Elle n'en vaut pas la peine.

Eudora leur adressa un sourire aussi suave que du sucre rose.

— Merci pour votre offre, mais je vais devoir la décliner. Je suppose que ma dernière victoire sera d'emporter la vérité dans ma tombe.

— On doit y aller, les pressa Florian. La pluie gagne en puissance.

Soudain, les yeux de la femme s'illuminèrent.

— Approche-toi ! Qu'as-tu autour du cou, petite ?

Une lueur rose provenait du cou de Maudie. Elle s'en voulut d'avoir oublié qu'elle portait la pierre précieuse.

— D'où est-ce qu'elle vient ? J'aimerais beaucoup l'avoir. Puisque je suis destinée à perdre tous mes souvenirs, pourrais-tu au moins m'offrir quelque chose que j'aimerai même quand je ne serai plus que l'ombre de moi-même ?

Maudie recula.

— Vous n'aurez rien, et demain, vous ne serez rien. Allons-nous-en. Elle ne mérite pas une seconde de plus de notre temps.

30.
POURSUITE

— Je savais que c'était une idée stupide ! lança Maudie en se précipitant sur la jetée pour rejoindre Tempestra. Je ne sais pas pourquoi je te laisse m'entraîner dans ce genre de chose, Arty.

— Parce que ça valait le coup d'essayer ? suggéra Florian.

Elle lui fit les gros yeux.

— Ne prends pas son parti, en plus.

La pluie bombardait la jetée avec une force tonitruante.

— Au moins, on ne s'est pas fait prendre et personne ne sera au courant, reprit-elle en soufflant et en jetant un regard en biais à son frère.

— Mais ça n'a servi à rien ! répliqua-t-il en donnant un coup de pied dans un piquet.

Elle s'arrêta et pinça les lèvres.

— On doit accepter qu'on ne peut rien faire et laisser les Érythéens l'emmener demain. Ensuite, on rentrera à la maison et on reprendra le cours de notre vie. J'irai à l'Universitas de Lontown et toi, tu pourras... faire ce que tu veux.

— Ce que je veux, c'est que justice soit rendue, rétorqua-t-il sèchement.

— Eh bien, on ne peut pas toujours avoir ce qu'on veut !

Florian s'éloignait lentement d'eux.

— Où vas-tu ? demanda vivement Maudie.

Il haussa les épaules, mal à l'aise.

— Je pensais vous laisser vous disputer tranquilles.

Elle soupira.

— Viens, montre-nous au moins où trouver ce délicieux fruit pampa avant qu'on s'en aille.

Florian les conduisit dans des couloirs ivoire.

— Regardez ! dit-il. L'eau est montée jusqu'à un autre niveau. Elle doit tomber à seaux dans les montagnes du Nord.

Ils s'approchèrent tous de la fenêtre, où l'eau arrivait à mi-hauteur.

La foudre étincelait au loin, des éclairs frappant toutes les quelques secondes.

— C'est sauvage, ici, dit Maudie. Sauvage, mais magnifique.

Florian la regarda et sourit.

Tandis qu'Arthur contemplait l'orage, un éclair argenté vola devant la fenêtre. Un insecte.

— C'était quoi, ça ? On aurait dit Miptera !

Il y eut encore un mouvement argenté.

— Là, vous avez vu ?

— J'ai vu quelque chose, acquiesça Florian.

— C'était peut-être Miptera, Arty. Ils n'allaient pas emprisonner un insecte avec Eudora. À supposer qu'ils connaissent son existence !

— Non, c'est vrai.

— Elle se sent sans doute un peu perdue sans Eudora et elle doit chercher à s'abriter de l'orage, ajouta Maudie en songeant à Vaillant.

— Attention, Maud, on dirait presque que tu as pitié de ce monstre à mandibules.

Les enfants repartirent en direction d'une des cuisines. Quand ils tournèrent à un coin du couloir, Arthur glapit, évitant de peu une collision avec Ermitage.

— Désolé, vieille branche ! J'étais juste…

— … en train de dévaliser la cuisine ? C'est ce qu'on s'apprête à faire.

— Oui ! Démasqué ! gloussa-t-il avant de s'éloigner précipitamment.

Ils trouvèrent Felicity dans la cuisine avec l'une des cuisinières de Tempestra. Elle griffonnait furieusement dans son carnet.

— Les petits jumeaux ! s'exclama-t-elle en tapant de sa cuillère porte-bonheur sur la table, tout excitée. Et leur ami ! Regardez ces recettes ! Je vais devoir improviser avec certains des ingrédients, mais je pourrai trouver des produits approchants sur le chemin du retour. Je les rassemblerai dans un livre, pour notre usage personnel, bien sûr, puisque je ne peux pas vendre la mèche, pour ainsi dire. On l'appellera *Les Délices de l'Est*… Non, *Les Denrées de l'Est*… non, ça ne va pas…

— *Festins de l'Est* ? suggéra Maudie.

— Parfait !

— C'est accrocheur, commenta Arthur.

Les éclairs frappaient toutes les dix secondes environ, désormais. Il y eut un tremblement lorsque des volets s'élevèrent de sous les fenêtres pour les recouvrir.

— Que se passe-t-il ? demanda Maudie.

— Il semblerait qu'on soit partis pour un vrai déluge, ce soir, répondit Florian. Quand l'eau atteint un certain niveau, la deuxième couche de protection se met en place, car le poids de l'eau additionnelle met plus de pression sur nos bâtiments. L'eau monte plus lentement ici que dans l'ouest, mais quand le déluge est particulièrement violent sur les montagnes, les inondations peuvent être sévères. On ne pourra sans doute pas sortir avant que l'eau ait suffisamment baissé.

Après avoir rassemblé un festin de tartes épicées à la patate douce, de confiseries au chocolat et à la noix de coco, de gâteau à l'ananas et aux noix de pécan et de jus de mangue, Arthur, Maudie et Florian retournèrent dans la chambre d'Arthur, à l'étage du dessus, où les volets ne s'étaient pas encore activés.

Ils s'approchèrent de la fenêtre et regardèrent la foudre fendre le ciel dans des éclats de lumière blanche au nord-ouest.

— Les sombrants doivent adorer ça, dit Arthur.

— Peut-être que l'orage va leur tomber dessus et qu'ils en retireront tellement d'énergie qu'ils ne voudront pas des souvenirs de l'équipage Vane, soupira Maudie. Tu as vu le visage d'Eudora quand tu lui as dit qu'elle perdrait ses souvenirs de maman ?

Arthur hocha la tête.

— Je crois que je ne l'avais encore jamais vue apeurée, mais ça, ça l'a vraiment affectée.

— J'aimerais qu'on ait des souvenirs de maman, nous.

— Je suis désolé que vous n'ayez pas pu la connaître, dit Florian.

— Arty, il faut qu'on les aide, n'est-ce pas ?

— Oui, car ça ne m'inspire rien de bon, et papa disait toujours…

— Fiez-vous à votre instinct.

Ils regardèrent tous les deux Florian.

— Je sais que c'est beaucoup te demander, mais tu veux bien nous aider ? demanda Maudie. Si tu t'inquiètes pour votre secret, dis-toi qu'il ne pourra pas durer éternellement, de toute manière. Par exemple, les Acquafreeda, une famille d'explorateurs, développent des vaisseaux qui vont sous l'eau. Comment les sombrants les arrêteraient-ils s'ils décidaient de venir par ici à l'avenir ?

Il la dévisagea d'un air vide pendant un moment de silence pénible, puis il répondit :

— Si le grand secret d'Érythéa est voué à disparaître… peut-être est-il temps de choisir une nouvelle approche. On pourrait y aller demain matin, quand l'eau aura suffisamment baissé, avant que Tauria Verada n'envoie chercher l'équipage Vane.

— On pourrait faire croire qu'Eudora s'est échappée, suggéra Arthur.

— Il y a un fleuve au bas de la cascade électrique qui mène à un estuaire. Je pourrais leur amener un bateau. Ensuite, qu'ils se débrouillent.

— Mais au moins, on aura fait ce qu'on peut, ajouta Maudie.

L'eau arrivait presque à la fenêtre. Les volets commencèrent à s'élever.

Le garçon Brightstorm regarda les éclairs qui disparaissaient lentement.

— Tout ce qu'on peut faire d'ici à demain, c'est élaborer un plan et essayer de dormir un peu.

Arthur, Maudie et Florian restèrent ensemble dans la chambre d'Arthur pour discuter de différentes possibilités, avant de sombrer dans un sommeil intermittent jusqu'à ce que les volets s'ouvrent et révèlent les teintes pêche brumeuses, gris pâle et vert sombre de la forêt à l'aube. Ils se précipitèrent à la fenêtre pour évaluer la situation. Le lac était toujours en crue, mais il semblait n'avoir dépassé que d'un mètre environ son niveau habituel.

— Les jetées ne seront pas sous l'eau ? demanda Arthur.

— Elles s'élèvent et s'abaissent dans une certaine mesure, alors ça ira, répondit Florian.

Ils coururent au-dehors et détachèrent un aquaplane. L'Érythéen se chargea de barrer et les éloigna de la jetée.

Tandis qu'ils naviguaient vers la grande structure au bord de la cascade, Parthena décolla de la coupole la plus élevée et se mit à voler à côté d'eux.

Florian fonçait habilement sur le plateau aquatique pendant que Maudie revoyait leur plan avec Arthur.

— Il y a des doubles des clés des réserves dans la salle de contrôle. Florian ira les chercher pendant qu'on distraira la personne de garde. On libère les prisonniers et on se dirige vers l'ascenseur principal, en bas des chutes, où on trouvera d'autres aquaplanes, puis on les conduit vers le sud, là où les bateaux de pêcheurs sont amarrés.

Ils rejoignirent la jetée au niveau des chutes d'eau et débarquèrent rapidement, mais avant qu'ils puissent aller plus loin, un Érythéen sortit comme un ouragan du bâtiment en hurlant.

Le cœur d'Arthur se serra. Ils avaient été pris avant même d'avoir commencé !

L'homme parlait en érythéen avec colère tout en faisant de grands gestes avec les bras.

Des plis se creusèrent sur le front de Florian. Il prononça plusieurs phrases en réponse avant de regarder les jumeaux.

— Ils se sont échappés.

Arthur eut la sensation d'avoir reçu un coup de poing dans le ventre.

— Il voulait leur apporter le petit déjeuner et, quand il a ouvert la porte, ils étaient partis. Il dit qu'il manque de nombreux aquaplanes. Ils se sont peut-être échappés au petit matin ou tard hier soir, avant que le déluge ne s'abatte sur le plateau. L'orage était plus sévère au nord, alors ils pourraient avoir cherché refuge au sud, dans les maisons-globes, à moins qu'ils n'aient pris la voie aérienne jusqu'au village dans les arbres.

— Mais comment ?

Arthur fit les cent pas pendant un moment. Puis il revit Miptera filant devant la fenêtre, la veille.

— Quelqu'un les a aidés.

— Qui ? demanda Maudie.

Arthur haussa les épaules.

— Je ne sais pas, mais je parie que quand on a vu Miptera hier soir, elle portait un message.

Le garde érythéen repartit en ville avec eux et se hâta d'aller informer les professeurs.

— On va avoir des problèmes quand ils apprendront qu'on est allés à la cascade, souffla Maudie.

Florian secoua la tête.

— J'ai dit au garde que tu étais curieuse de voir le mécanisme et que j'avais promis de te le montrer.

— Je suppose qu'on devrait s'estimer heureux qu'ils se soient échappés. Après tout, c'est ce qu'on essayait d'organiser, dit Arthur.

— Mais on allait faire ça à notre manière, répliqua sa sœur en marchant de long en large. Elle a pris de l'avance maintenant, et qui sait ce qu'elle prépare ?

— Elle doit se diriger vers l'*Aurora* !

Leur idée de la libérer lui paraissait absurde désormais ; le garçon Brightstorm était pris dans un tourbillon d'émotions contradictoires.

Ils furent rapidement rejoints par Tauria, Cassea, Harriet, Welby et Felicity.

— Où est Ermitage ? chuchota Arthur à Maudie, mais alors même qu'il prononçait ces mots, il comprit : c'était lui qui avait aidé Eudora !

Tauria et Harriet se mirent à parler précipitamment, puis à hocher la tête. Arthur les entendit mentionner le vieil explorateur. Harriet s'approcha d'eux.

— Ils pensent qu'elle se dirige vers l'*Aurora*. Elle a peut-être compris ce qu'ils prévoyaient de faire. Tauria envoie une équipe de recherche là-bas.

Le garçon regarda la jetée, sentant le poids de la culpabilité sur ses épaules. C'était mal de prendre les souvenirs d'Eudora, mais la laisser s'enfuir avec l'*Aurora* l'était aussi. S'ils ne lui avaient pas parlé de ce que les Érythéens comptaient lui faire, serait-elle encore enfermée ?

Les aquaplanes des Érythéens partaient déjà.

— Ils ne connaissent pas sa stratégie pour échapper aux sombrants, mais ils veulent l'attraper d'abord, expliqua Harriet.

— Je sais ce qu'elle va faire, elle se servira de la canopée météorologique, comme à l'aller, dit Arthur. On peut essayer de leur couper la route, s'ils ne sont pas déjà trop loin. Parthena pourrait partir à leur recherche et nous dire dans quelle direction ils vont.

— Bonne idée, Arthur.

Il appela Parthena, qui attendait sur la jetée :

— Tu peux scruter les alentours et voir si tu trouves Eudora ?

Elle poussa un cri, puis s'envola et s'éloigna à toute vitesse.

Arthur monta sur un aquaplane avec Welby et Cassea, Maudie avec Florian sur un autre, et Harriet avec Tauria et Felicity. Les embarcations filaient comme le vent sur la voie aérienne. Celle de Florian était la plus rapide, avec sa voile adaptée, et il dut ralentir plusieurs fois pour que les autres puissent le rattraper. Peu de temps après, Parthena réapparut dans le ciel et se posa sur l'aquaplane d'Arthur. Le groupe s'arrêta et Welby déplia la carte. Parthena donna un coup de bec sur une zone dans les montagnes.

— Il semblerait qu'ils soient passés par les grottes, si ton oiseau ne se trompe pas, dit Tauria.

— Parthena ne se trompe jamais, assura Arthur.

— Dans ce cas, je suggère qu'on se sépare. Harriet et moi nous dirigerons vers l'*Aurora* et on leur barrera le passage avec le reste de l'équipe de recherche. Arthur, Felicity et Cassea, passez par le centre, au cas où l'équipage Vane essaierait de rebrousser chemin. Florian et Maudie emprunteront la rivière du nord, comme deuxième ligne d'encerclement. La voie aérienne se divise en une ramification de fleuves dans peu de temps. Bonne chance.

Les aquaplanes partirent dans différentes directions.

Maudie et Florian pouvaient aller à pleine vitesse, maintenant qu'ils n'avaient plus à attendre les autres. C'était étrange pour la jeune fille de ne pas faire équipe avec Arthur, mais après tout, ils étaient arrivés séparément, et Tauria savait que Florian avait voyagé avec elle jusqu'en ville.

Tandis qu'ils filaient sur le fleuve, elle n'arrêtait pas de se demander pourquoi Eudora s'était dirigée vers les grottes.

— Le cristal rose… elle l'a vu. Elle a dû découvrir d'où il venait.

L'Érythéen lui décocha un regard.

— Je ne lui ai rien dit, se justifia Maudie. Tu étais là. Je ne lui en aurais jamais parlé, mais je sais comment son cerveau fonctionne, et c'est pour ça qu'elle est allée là-bas.

Il hocha la tête.

— Il faut qu'on se dépêche !

Florian naviguait aussi vite que possible sur le fleuve au nord du village dans les arbres, coupant à travers des petits ruisseaux pour éviter les rapides, passant dans un tunnel d'arbres énormes et pénétrant dans la forêt dense. Ils s'arrêtèrent brièvement pour vérifier la direction alors qu'ils s'enfonçaient dans la jungle, la chaleur du soleil de midi pesant sur eux.

Quand ils se furent suffisamment approchés, et comme les ruisseaux n'allaient pas plus loin, ils abandonnèrent l'aquaplane.

— Par ici ! lança Florian d'un ton pressant.

Maudie crut reconnaître les troncs larges des arbres des ours d'eau et elle regarda en l'air, soudain remplie d'espoir à l'idée d'apercevoir Vaillant. Mais il régnait un silence étrange, sans un souffle de vent. Même les coassements, les gazouillis et les vrombissements habituels, le chant de la jungle, s'étaient tus.

— Je n'aime pas ça, souffla-t-elle.

Comme ils avançaient en silence, le sol devint rocailleux. Une boule de plomb se forma dans le ventre de Maudie tandis qu'ils approchaient de la grotte dont elle se souvenait. Mais ce n'était pas seulement à cause du souvenir de sa quasi-noyade.

Quelque chose clochait. Elle le sentait.

Florian s'arrêta pour ramasser une pierre précieuse rose abandonnée par terre.

Et alors, elle vit.

Une vague d'émotion suffocante la submergea. L'Érythéen lui prit la main. De toute évidence, il ressentait la même chose qu'elle. Des pierres précieuses étaient éparpillées sur le sol de la forêt, comme si quelqu'un était parti en toute hâte, et au milieu gisaient plusieurs ours d'eau.

Florian poussa un gémissement et Maudie tomba à genoux. Les pauvres créatures. C'était affreux, comme d'être prisonnier d'un cauchemar. Elle eut alors une pensée terrible : et si l'un d'entre eux était Vaillant ?

Un petit geignement s'éleva derrière un arbre et le cœur de Maudie s'emplit à la fois de chagrin et de joie.

— Tout va bien, dit doucement la jeune fille. Tu peux sortir. Personne ne va te faire de mal.

Mais l'ours d'eau s'enfuit et grimpa dans un arbre.

— Il est terrifié ! dit-elle avant de regarder Florian. On était prêts à aider Eudora, et regarde ce qu'elle a fait. Si on n'avait pas essayé de la sauver, elle aurait ignoré quelle punition l'attendait, et elle n'aurait pas…

Le poids de la culpabilité lui comprimait la poitrine, comme si elle était prise dans un étau.

Le garçon lui tira sur le bras pour qu'elle le regarde.

— Ce n'est pas toi qui as fait ça.

— Je sais, mais…

Sa voix tremblait.

— Tu peux passer ta vie à regretter ce qui s'est passé, mais ça ne changera rien. Et si les professeurs n'avaient pas opté pour un châtiment aussi sévère ? Et si on les avait surpris en train de s'enfuir ? Et si mon peuple ne se coupait pas du reste du Grand Large, et si… (Il soupira.) Tu ne peux pas vivre comme ça. Tu es quelqu'un de bien et tu as voulu bien faire. Je le sais.

Ils entendirent un bruissement, et un autre ours d'eau apparut. Maudie reconnut les marques sur son visage. C'était Vaillant. Il gémit et poussa une lamentation si déchirante qu'elle aurait voulu tout annuler, remonter le temps.

Elle le prit dans ses bras. Il monta sur son épaule, enroula sa queue autour de son bras et enfouit sa tête dans son cou.

— Est-ce qu'une femme est venue ici ? Vêtue de rose, sans doute ?

Il lui prit la main et la caressa pour dire « oui ». Puis il s'agrippa à elle.

— On doit y aller, reprit Florian. Je reviendrai les enterrer plus tard.

Elle hocha la tête et regarda l'ours d'eau.

— Je suis désolée, je dois y aller.

Mais Vaillant refusait de la lâcher. Elle détacha ses petites pattes palmées de son bras. Le garçon posa une main sur la sienne.

— Emmène-le.

— Mais…

— Je ne pense pas que tu aies le choix, Maudie.

31.

HAUT, PLUS HAUT ET…

Maudie et Florian retournèrent à leur aquaplane et repartirent en direction de la plage. Le garçon naviguait instinctivement dans les ruisseaux et les rigoles. Au bout d'un moment, deux cours d'eau se rejoignirent et ils aperçurent Arthur, Welby et Cassea, qui avaient emprunté la voie centrale. Leurs aquaplanes s'arrêtèrent l'un à côté de l'autre.

— Ils se dirigent vers l'*Aurora*, lança Arthur. Parthena a réussi à voler devant nous et à nous informer. Le navire n'est pas loin d'ici. Attends… C'est un ours d'eau autour de ton cou, Maud ?

— Oui, le lucide dont je t'ai parlé.

— Il est exactement comme celui que j'ai vu sur Nova ! Incroyable ! Comment est-ce qu'il… Peu importe, tu me raconteras plus tard. Harriet et les autres essaient d'attraper Eudora avant qu'ils ne s'envolent, mais, si on en croit les indications de Parthena, nous sommes plus proches, et on a peu de chances d'y arriver.

Maudie poussa un grognement de frustration. Son sang coulait comme une rivière brûlante. Elle ne s'était jamais sentie aussi énervée, furieuse, impuissante… à part à Polaris Sud.

— Ça ne va pas recommencer ! siffla-t-elle.

Le doux ronronnement des moteurs se fit entendre lorsque l'*Aurora* s'éleva dans le ciel au sud.

— Que peut-on faire ? demanda Arthur.

Soudain, la jeune fille eut une idée fulgurante.

— Le kayak volant ! Je l'ai laissé sur la plage… mais la dérive s'est cassée dans la tempête.

— C'est quoi, un kayak volant ? demanda Cassea, perplexe.

— C'est un petit navire volant. Il a un moteur à eau et il rase la surface, mais il a aussi un ballon, si bien qu'il vole… enfin, pendant une minute.

— Peut-on le réparer ?

— Et si on se servait de l'aquaplane pour le réparer ? Il pourrait voler au-dessus de la mer.

— Mais ils ont déjà décollé ! répliqua Arthur, paniqué. On n'a pas le temps ; ils seront déjà trop loin !

Maudie secoua la tête.

— Nous n'avons pas d'autre plan. C'est toujours mieux que rien.

Ils continuèrent sur le ruisseau, puis rapidement, les arbres s'ouvrirent et du sable blanc apparut.

— L'*Aurora* n'est pas aussi loin que je le pensais, lança Arthur, le doigt pointé sur le ciel.

— C'est à cause du jet-stream, expliqua Cassea. Il souffle sur Érythéa depuis l'ouest. Quand on vole vers l'ouest, on va deux fois plus lentement. Lorsqu'il touche les montagnes, il tombe et crée un courant bas et rapide dans la direction opposée. C'est super si on est dans un bateau en route vers l'ouest, mais pas si on est dans les airs dans un navire volant !

— Pourquoi ne volent-ils pas plus bas ? demanda Arthur.

— Parce qu'ils ne le savent pas, répondit Welby. Ils ont sans doute cru que le vent avait tourné quand ils s'élevaient.

Maudie sauta de l'aquaplane et courut jusqu'à l'arbre où elle avait laissé le kayak volant. Elle inspecta de nouveau les dégâts sur la coque.

— Je ne sais pas si on y arrivera dans les temps, marmonna-t-elle.

Florian apparut à côté d'elle, et elle le regarda.

— Et si tu nous tractais avec l'aquaplane ? Tu nous emmènes aussi loin que possible, puis tu nous relâches et on s'élève jusqu'à être au-dessus de l'*Aurora*.

L'Érythéen réfléchit un moment.

— C'est possible. Mais ce serait beaucoup plus rapide si vous aviez aussi une voile, comme moi.

— Alors, voyons voir ce qu'on a pour en fabriquer une ! répondit Maudie.

Maudie, Florian et Cassea entreprirent de confectionner une voile de fortune avec le tissu qui couvrait la zone de stockage du kayak volant.

— Que va-t-on faire quand on atteindra l'*Aurora* ? demanda Arthur. Ils sont plus nombreux que nous. Et on peut monter à quoi, deux, trois maximum sur le kayak volant ?

— As-tu déjà oublié mon expertise en arts martiaux ? répondit Welby avec un clin d'œil.

Le garçon sourit.

— Mais ne devrait-on pas avoir un plan ?

Il n'en revenait pas que le vieil homme ne lui donne pas une centaine de raisons de ne pas faire ça.

— En de rares occasions, il faut savoir jeter les plans aux oubliettes, et il s'agit d'une telle occasion, Arthur Brightstorm.

Welby lui sourit et se tourna vers les autres, toujours occupés avec la voile.

— Florian nous traînera au début ; je monterai avec vous dans le kayak volant, et Cassea préviendra les autres quand ils arriveront.

Ils acquiescèrent et Maudie finit d'attacher une corde.

— La voile nous aidera à gagner de la vitesse pour pouvoir nous élever suffisamment, dit Welby. Je monterai à l'arrière et je la contrôlerai ; je me suis bien entraîné en venant ici. Cassea, quand Harriet arrivera, envoyez-la aussi près que possible dans l'un des aquaplanes, juste au cas où. (Il tapa dans ses mains.) Bon, qu'est-ce qu'on attend ?

Après que Maudie eut promis qu'elle reviendrait le chercher, Vaillant la relâcha à contrecœur et ne les lâcha pas du regard, debout sur la plage. Les quatre autres portèrent le kayak volant et l'aquaplane dans l'eau peu profonde pour les attacher ensemble. Arthur n'arrêtait pas de se retourner vers l'*Aurora*, qui continuait sa progression, mais toujours lentement. Quand le kayak volant fut fixé à l'arrière de l'aquaplane de Florian, Maudie monta à l'avant, Arthur au milieu et Welby à l'arrière.

— Arthur, il va falloir que tu déclenches le ballon juste quand il faut, pour qu'on atteigne l'altitude correcte au moment idéal, dit Maudie. Il est impossible de calculer exactement quand cela se produira, alors il faudra deviner. Mais bien deviner.

Elle remarqua la sueur qui perlait sur le visage de son frère, tant à cause du soleil accablant que de l'angoisse. Le garçon jeta un coup d'œil à Welby.

— Ça ne t'inquiète pas qu'on doive se baser sur des conjectures ?

Le vieil homme posa une main sur l'épaule d'Arthur et répondit :

— Nous sommes bien revenus de Polaris Sud, non ?

— Florian, on est prêts ! lança Maudie.

L'aquaplane fonça dans les vagues et la corde se tendit subitement, puis, dans une embardée, le kayak volant s'élança sur la mer.

Des embruns les éclaboussaient. D'abord, l'*Aurora* leur parut trop éloigné pour qu'ils puissent le rattraper, mais au bout d'un petit moment, ils avançaient à une telle vitesse qu'il ne faisait aucun doute qu'ils allaient combler leur retard. Devant eux, l'aquaplane sortait de la mer comme une grosse baleine.

— Je viens de penser à autre chose, lança Maudie. Il faut qu'on les rejoigne avant qu'ils arrivent au niveau des sombrants. Souvenez-vous, l'oiseau de feu aide les Érythéens. Nous ne serons pas protégés.

— On les rattrape ! s'écria Arthur.

— Ils ne nous verront sûrement même pas venir, ajouta Welby.

Il avait soudain l'air plus jeune, avec ses cheveux gris s'agitant dans le vent, et, à nouveau, il avait perdu la raideur qu'il affichait à Lontown.

Maudie marmonnait, essayant furieusement de calculer la trajectoire et le moment idéal pour le gonflage du ballon et le largage. Florian n'arrêtait pas de se retourner vers eux.

Ils se rapprochaient de plus en plus.

— Maintenant ? demanda Arthur.

— Attends.

— Il semble proche !

— Arty, je te dirai quand.

Les vagues étaient calmes, et ils allaient si vite que Parthena avait du mal à les suivre. Maudie posa brièvement la main sur sa pierre rose. Puis, au bout d'un moment, elle lança :

— Arty, relâche la valve !

Le ballon se gonfla et, grâce à leur élan, ils s'élevèrent haut dans le ciel. Les ailes et le ballon, combinés au courant de vent chaud, les firent monter au niveau de l'*Aurora*, puis bien au-dessus. Heureusement, les membres d'équipage présents sur le pont regardaient devant et ne les avaient pas encore remarqués.

Quelque chose de duveteux effleura la jambe de Maudie. Elle baissa les yeux et vit Vaillant blotti sous son siège.

— Qu'est-ce que tu fais là ? Hé, qui a laissé Vaillant monter sur…

— Ils nous ont vus ! l'interrompit Arthur en voyant Miptera s'envoler.

Elle fonçait droit sur eux. Parthena vola à sa rencontre, les serres écartées, mais Miptera fit un écart et Parthena poursuivit tout droit, sortant de leur champ de vision. Le ballon claqua lorsque l'insecte le heurta, et ses mandibules s'enfoncèrent dans le tissu. Vaillant escalada les cordes, sauta et arracha Miptera au ballon, puis il atterrit sur la proue du kayak volant et la rejeta dans le ciel.

Welby se leva.

— Prends la voile et dirige-nous, Arthur. Je vais sauter sur le pont.

— Tu as perdu la tête, Welby ? Et si tu tombes ?

— Fais ce que je te dis !

Mais le ballon se dégonflait, et le kayak volant tanguait.

— Je ne peux pas conserver cette altitude, grogna Maudie.

— Rapproche-toi autant que possible ! cria le vieil homme, les genoux fléchis, prêt à bondir.

— Je ne peux pas garder le contrôle, mais on arrivera peut-être à se poser sur le pont ! hurla-t-elle. Préparez-vous !

Sur l'*Aurora*, presque tout l'équipage s'était précipité sur le côté. Smethwyck s'écarta en roulant sur lui-même alors que le petit navire fonçait vers le pont, et, dans un énorme *boum* et de terribles raclements, le kayak volant atterrit en urgence et s'immobilisa juste à côté d'Eudora Vane, qui tenait la barre. Arthur et Maudie sautèrent sur le pont et, après avoir échangé un rapide coup d'œil, ils poussèrent l'exploratrice de toutes leurs forces, la projetant à travers le pont.

Welby plongea et, dans une série de mouvements élaborés, mit Smethwyck à terre, gémissant.

Maudie attrapa le mât du kayak volant, l'arracha et le brandit, prête à défier quiconque oserait s'approcher. À côté d'elle, Vaillant grognait et montrait ses petites dents blanches tandis que Parthena tournoyait au-dessus d'eux, plongeant et menaçant leurs ennemis de ses cris perçants et de ses serres acérées.

Welby tourna violemment la barre et l'*Aurora* pencha vers l'est, quand soudain, tout le monde se figea. D'étranges volutes de vapeur d'eau les entouraient. Un murmure étouffé leur parvenait, porté par le vent. Des griffes se refermèrent sur le bastingage en bois de la proue du navire, et des yeux d'un blanc nuageux scrutèrent le pont.

Un sombrant.

32.
MÉMOIRE

Presque tous les membres de l'équipage d'Eudora foncèrent sous le pont, mais l'exploratrice s'était relevée et titubait en direction de Welby, qui tentait de garder le contrôle du navire volant.

L'*Aurora* se trouvait presque au-dessus de la première île des sombrants. En dessous, l'aquaplane de Florian les suivait de près en décrivant des cercles prudents.

Le regard du sombrant passa furtivement sur ceux qui restaient sur le pont.

Maudie cligna rapidement des yeux quand la créature la fixa de son regard embrumé.

Son père lui tendait un paquet enveloppé dans du papier marron, avec un nœud de ruban rouge. Elle avait environ trois ans. Elle prenait ce cadeau comme s'il s'agissait du trésor le plus précieux de tout le Grand Large, et c'était bien cela pour elle, car lorsqu'elle tirait soigneusement sur le ruban et ouvrait le paquet, elle y trouvait la ceinture à outils de sa mère.

Maudie tâtonna distraitement sa taille et sentit une petite patte qui lui tirait la main essayant de l'entraîner vers l'arrière : Vaillant. Cela suffit à la faire revenir brusquement à la réalité. Elle secoua la tête pour tenter de se ressaisir.

Au loin, Arthur vit deux autres aquaplanes sur la mer, mais ils n'étaient que de toutes petites taches. Il cria quand quelque chose l'attrapa à la gorge et son sang se glaça, mais il se sentit presque soulagé lorsqu'il s'aperçut que ce n'était pas un sombrant, mais Smethwyck. Soudain, la pointe froide d'une lame toucha son cou. Mais le garçon n'était plus là.

Il volait pour la première fois sur le Violetta, *s'envolant des docks de Lontown, le vent dans les cheveux, papa à la barre. Il s'agissait seulement d'un petit voyage jusqu'aux Marécages du Nord, mais l'excitation lui procurait des picotements dans le ventre, comme le pétillant à l'algue. Maudie était assise sur le pont, tout près, et tapait sur quelque chose, plantant des clous dans le pont, et puis…*

La pointe du couteau appuya un peu plus sur sa peau, comme si Smethwyck perdait sa concentration.

Revivait-il lui aussi un souvenir ? Arthur ramena son bras en arrière et lui flanqua un coup de coude dans les côtes. Le couteau tomba bruyamment sur le pont et le garçon se dégagea.

Le sombrant descendit d'un bond. Il avait choisi.

Smethwyck tomba au sol, et Arthur et Maudie fuirent à l'arrière du navire volant. Mais Eudora vit une opportunité et, tandis que Welby sautait sur le côté et que le sombrant avançait d'un pas lent et menaçant en direction de Smethwyck, elle saisit la barre et la fit tourner violemment.

Il y eut un moment suspendu, puis l'*Aurora* s'inclina soudain à bâbord. Ils glissèrent tous sur le pont, et un tonneau roula et se fracassa contre le bastingage, projetant une pluie rose et scintillante par-dessus bord. Eudora parvint à grand-peine à garder la main sur la barre et la tourna rapidement dans l'autre sens, le plus vite possible. L'inclinaison cessa juste au moment où il devenait extrêmement difficile de ne pas glisser plus loin, mais elle révéla un panorama auquel ils n'étaient pas préparés. Ils se dirigeaient vers l'un des rochers déchiquetés dangereusement élevés. De nombreux sombrants s'y accrochaient. Ils observaient et attendaient. Tandis que le navire volant commençait à se stabiliser, il devint évident qu'Eudora n'était pas du tout habituée au pilotage subtil qu'exigeait l'*Aurora*, et, dès que le navire revint à l'équilibre, il se mit soudain à pencher dans la direction opposée. Tous furent saisis d'une terreur absolue quand l'extrémité arrière du navire pivota en direction du rocher et le percuta. Le bois se brisa dans un bruit assourdissant.

Maudie fut projetée contre le bastingage avec Vaillant qui se cramponnait à elle, mais juste avant que le navire ne penche à nouveau, elle réussit à attraper une corde de sécurité et à s'y attacher.

Arthur fut moins chanceux. Il battit l'air pour attraper une corde et, au moment où il en effleurait une du bout des doigts, le navire pivota et il roula sur le pont.

Un énorme *boum* retentit, suivi d'un raclement insoutenable quand l'*Aurora* s'écrasa à nouveau contre le rocher, puis commença à pencher en direction du sol. Ils se trouvaient à cent mètres à peine de la base rocheuse.

Welby hurla à Arthur de tenir bon d'une voix tonitruante.

Le navire se mit à tourner sur lui-même dans une vrille mortelle.

La créature fixait toujours Smethwyck et tenait bon, ayant percé le pont avec ses griffes. Eudora agrippait la barre, et Welby et Arthur roulèrent à toute vitesse sur le pont.

L'*Aurora* était presque à la verticale. Welby et Arthur échangèrent des regards terrifiés. Ils allaient tomber par-dessus bord, vers une mort certaine, sur les rochers en contrebas. Le garçon avait la tête qui tournait.

À cet instant, l'une des cordes de sécurité tomba à côté de Welby. En une fraction de seconde, il saisit le harnais.

« Bon, au moins Welby est en sécurité », se dit Arthur.

Puis, avec une agilité surhumaine, le vieil homme pivota et parvint à accrocher la corde de sécurité à la ceinture du garçon Brightstorm.

— Accroche-toi à moi ! hurla Arthur en s'écrasant contre le bastingage.

Il tendit la main. Welby la trouva et, pendant quelques secondes ils s'agrippèrent l'un à l'autre, mais le navire pencha alors un peu plus, et ce fut comme s'il tentait de retenir de l'eau. La main du vieil homme glissa de celle du garçon.

Un cri de détresse retentit et Arthur ne se rendit même pas compte qu'il était sorti de sa bouche tandis qu'il regardait, totalement impuissant, Welby tomber par-dessus bord.

La coque raclait maintenant la paroi rocheuse et le navire vibra jusqu'à ce qu'il s'arrête violemment tout en bas.

Un silence assourdissant se fit, mais pour quelques instants seulement. Les ailes de cuir des sombrants décrivaient des spirales dans les airs, s'approchant un peu plus à chaque respiration.

Maudie détacha sa corde de sécurité et regarda frénétiquement autour d'elle. Toujours agrippé à elle, Vaillant gémit doucement comme pour demander si elle allait bien. Elle lui caressa la tête et tenta de comprendre la scène. Eudora serrait la barre de ses mains, Smethwyck, pâle, les yeux fermés, était toujours immobilisé par le sombrant, qui décrochait ses griffes du pont. Puis elle vit Arthur, agenouillé, qui se débattait pour détacher son harnais de sécurité. Des larmes luisaient sur ses joues.

Des cris et des gémissements résonnaient sous le pont tandis que le reste de l'équipage d'Eudora commençait à remonter.

Maudie chancela jusqu'à Arthur et le prit dans ses bras.

— Où est Welby ?

Arthur ne pouvait pas parler. Il aspirait de grandes goulées d'air, comme un assoiffé trouvant enfin de l'eau.

Elle se leva et appela le vieil homme, observant la zone rocheuse où ils s'étaient immobilisés.

Un sombrant se posa sur le pont, puis un autre. Elle se pencha et aida son frère à se relever.

C'est alors qu'elle vit Welby, sur les rochers, tout près. Elle plaqua une main sur sa bouche pour réprimer un hurlement, puis elle vit sa poitrine se soulever.

— Arthur, il est vivant!

Jetant un regard derrière elle pour s'assurer qu'aucun sombrant ne se trouvait à proximité, elle se hissa péniblement par-dessus bord et insista pour qu'Arthur la suive.

Le garçon regarda derrière lui et vit au moins cinq sombrants atterrir sur le pont, l'un d'eux les yeux rivés sur Eudora. À cette vue, ses jambes se mirent en action et il courut avec Maudie en direction du vieil homme.

Battant des paupières, la peau blanche comme neige, Welby poussa une expiration sifflante.

— Welby! lança Arthur d'un ton paniqué.

Mais celui-ci émit seulement un faible gémissement.

— Ça va aller, Harriet sera bientôt là, dit Maudie de la voix la plus assurée possible.

Mais quand elle regarda la mer, elle vit que les aquaplanes avaient encore une bonne distance à parcourir, et sans voiles, ils ne seraient pas aussi rapides que celui de Florian. L'oiseau de feu, avec ses immenses ailes rouge orangé et sa majestueuse queue écarlate, volait près de l'Érythéen, le protégeant d'un sombrant à proximité, tandis qu'il faisait tout son possible pour les rejoindre.

Un sentiment de terreur écrasante envahit Arthur tandis qu'il s'agenouillait aux côtés de Welby.

— Tu m'as sauvé, murmura-t-il d'une voix tremblante.

À ces mots, l'homme ouvrit légèrement les yeux, et sourit péniblement. Puis il ferma les yeux pour la dernière fois.

L'un des sombrants les observait depuis un rocher escarpé au-dessus d'eux, et les jumeaux ne l'avaient pas vu, dans leur moment de désespoir. D'un bond rapide, il se posa à côté du vieil homme.

Arthur tomba à la renverse et poussa un cri.

— Va-t'en, laisse-le tranquille ! hurla-t-il.

Mais le sombrant fixait le garçon de ses yeux brumeux.

Il frappait au 4 de la rue de l'Archange. Welby ouvrait la porte. C'était le moment où Arthur et Maudie l'avaient rencontré pour la première fois, quand ils étaient venus passer l'entretien pour l'expédition à Polaris Sud. Welby le dévisageait avec son expression inquisitrice, les sourcils haussés, parlant avec son accent chic des Beaux Quartiers. Arthur ressentait à nouveau toutes les émotions de cet instant : désespoir, nervosité, espoir brûlant.

Maudie vit que le sombrant fixait Arthur, mais qu'il se tenait au-dessus de Welby, avec ses tentacules autour de la tête du vieil homme, de petites étincelles électriques ondulant sur toute leur longueur. Elle poussa un cri et chercha ce qu'elle pourrait utiliser comme arme. Vaillant lui tendit une grosse pierre et elle la lança sur le sombrant.

Elle heurta son corps et rebondit comme une balle de caoutchouc.

Arthur était assis, appuyé en arrière, avec un regard étrange, hébété.

Maudie lança une autre pierre, puis une autre, et l'ours d'eau en fit de même. En regardant derrière elle, elle vit que Florian et l'oiseau de feu étaient presque là, et le soulagement l'envahit. L'oiseau poussa un cri perçant : le sombrant leva les yeux et répondit par un hurlement strident.

Mais la terrible créature ne bougeait pas. Pourquoi ne s'enfuyait-elle pas ?

Les créatures se fixaient des yeux avec une grande intensité et, l'espace d'une seconde, Maudie se rappela les loups télépathes. Était-ce ainsi que l'oiseau de feu défiait les sombrants ?

Mais alors, l'oiseau de feu inclina la tête en direction du sombrant, comme en signe de soumission, ou d'approbation. Maudie observait la scène, incrédule, tous les membres paralysés par une terreur pure.

Le sombrant leva la tête et se dirigea vers Arthur.

— Que fais-tu ? Arrête-le ! hurla-t-elle à l'oiseau de feu.

Elle remarqua que Parthena s'était posée tout près.

— Parthena, fais quelque chose !

Mais l'oiseau semblait paralysé lui aussi. Même Florian s'était immobilisé.

— Florian, aide-moi !

Elle tenta de lui prendre le bras, de le tirer vers elle pour qu'il l'aide, mais il ne bougeait pas. Même si son regard n'était pas vitreux, il tremblait de peur. Il devait être en train de revivre ce qui était arrivé à sa sœur.

Le sombrant contemplait désormais le visage d'Arthur.

La porte du 4 rue de l'Archange se referma alors qu'ils sortaient de l'entretien. Il faisait complètement noir. Il tendit la main pour toucher Maudie à côté de lui, mais il ne sentit que de l'air, car elle n'était pas là. Il connaissait cet endroit. Il était à présent dans les Bas-Fonds de Lontown, le quartier le plus pauvre, le plus défavorisé. Il regarda autour de lui, s'attendant presque à voir apparaître les Beggins, mais plus il observait les lieux, plus il comprenait qu'il ne s'agissait pas des Bas-Fonds tels qu'il les connaissait. Les maisons étaient légèrement différentes, moins vieilles.

Il était dans le passé.

Ce souvenir n'était pas le sien.

Une femme descendait clopin-clopant la rue en pleurant. Elle avait le ventre gonflé. Elle attendait peut-être un enfant ? Il vit alors qu'elle serrait contre sa poitrine un tout petit bébé nu. Elle frappa à une porte. Quelqu'un l'ouvrit, puis la referma aussitôt. Elle tenta sa chance à une autre porte et on lui hurla au visage. C'était une nuit glaciale et le pauvre bébé allait mourir de froid si personne ne l'aidait.

Arthur ôta sa veste.

— Hé ! appela-t-il. Hé, je vais vous aider !

Mais la femme ne tourna même pas la tête, car il n'était pas vraiment là. Il était dans un souvenir.

Un brouillard épais roulait sur les rues. Cette brume surnaturelle, dense et onirique, l'engloutit en un instant, avant d'être percée par des rayons de soleil la seconde d'après.

Il était toujours dans les Bas-Fonds, mais il y avait un jeune garçon, avec la peau sur les os, qui mendiait dans la rue, des bleus sur le visage et les bras.

— Un souverain pour un enfant ? Vous auriez un souverain pour un enfant ? demandait-il sans relâche, passant d'un inconnu indifférent à un autre.

Le garçon, qui ne pouvait avoir plus de six ans, finit par s'affaler contre un mur.

— Que quelqu'un l'aide ! hurla Arthur.

Mais encore une fois, sa voix n'était pas là.

L'enfant regardait dans le vide comme s'il était déjà un fantôme, comme s'il n'était plus tout à fait là. Il y avait quelque chose de familier dans son visage, ses sourcils.

Comme un éclair lui traversant le cœur, il comprit que ce garçon était Welby. Il le sut avec une certitude absolue.

Des enfants couraient dans la rue et passèrent à côté de lui, puis l'un d'entre eux dit aux autres de s'arrêter. Ils revinrent en arrière et commencèrent à pousser le garçon et à crier sur lui.

Soudain, le regard du garçon s'enflamma et il bondit sur ses pieds, se mettant à donner des coups de pied et de poing. Il était en claire infériorité numérique, mais il donnait tout ce que son petit corps pouvait. Arthur se surprit à hurler :

— Vas-y, Welby ! Enfonce-leur le nez !

Alors une silhouette apparut au bout de la rue, avançant d'un pas assuré. Elle s'arrêta devant les enfants et mit les mains sur les hanches.

Le gang posa un regard sur elle et déguerpit.

Encore une fois, le visage de cette femme lui était familier.

Elle tendit la main au garçon aux membres fins comme des roseaux, à présent étendu sur le sol.

Attendez, là, sur son bras : les hirondelles Coriander ! Mais ce n'était pas Harriet. Qui alors ? S'il s'agissait de Welby jeune, ce devait être la mère de Harriet ? Ou Octavie ? Non, ça ne collait toujours pas… sa grand-mère ? Non, pas ça.

Elle s'adressa au garçon, et Arthur ne put s'empêcher de se rapprocher, pour entendre chaque mot.

— Tu n'as pas de parents ? demanda-t-elle d'une voix bienveillante.

Le jeune Welby secoua la tête.

— Pas de maison non plus ?

— Je n'en ai jamais eu, madame.

— Tu n'as jamais eu de toit ni de lit ?

Il secoua la tête.

— Y a-t-il au moins une personne qui va s'inquiéter pour toi ?

— Non, madame.

— Pas une seule personne ?

— Non, madame.

— Eh bien, c'est tout simplement inacceptable. Tu as manifestement vécu mille vies durant tes premières années, et il faut que ça cesse. Jeune homme, il est temps d'avoir une enfance. Une jeune personne aussi forte mérite un foyer. Veux-tu venir avec moi ?

Il la regarda avec appréhension.

S'accroupissant pour se mettre à son niveau, elle posa la main sur son cœur.

— Je te promets qu'il ne t'arrivera rien de mal et que je te garderai en sécurité et au chaud.

La lueur d'un sourire apparut au coin de la bouche de Welby. Il était presque trop effrayé, trop incrédule, pour se déployer complètement.

Elle lui tendit la main.

— Est-ce que tu as un nom ?

Il hocha la tête.

— Et me le diras-tu alors ? demanda-t-elle dans un murmure.

— William, madame.

— Inutile de m'appeler madame, William. Je m'appelle Argentia.

33.

DIRE AU REVOIR

D'autres souvenirs suivirent : Welby commençant l'école et essayant de s'adapter en prenant son meilleur accent des Beaux Quartiers, comme les autres enfants, sa première fois dans un navire volant avec Argentia, ses ennuis et ses bagarres à l'école, la remise de diplôme à l'Universitas, tenant bébé Harriet dans ses bras quand les parents de celle-ci devaient partir pour le travail, et toute l'amitié et la loyauté éternelles qu'il éprouvait pour les Coriander.

Le brouillard s'éclaircit et Arthur cligna plusieurs fois des yeux, ne sachant plus s'il était dans un souvenir ou dans la réalité, quand il s'aperçut dans un sursaut qu'un sombrant se trouvait juste en face de lui, ses tentacules posés sur sa tempe, ses yeux vitreux rivés sur lui.

Sur sa droite se trouvait l'oiseau de feu, mais, d'un battement de sa queue écarlate, il s'envola.

Pour une raison qui lui échappait, Arthur n'avait pas peur du sombrant. Celui-ci cligna des yeux, recula d'un pas, puis s'envola à son tour.

Au même moment, tous les autres sombrants s'élevèrent dans le ciel, tournoyant dans le bleu gris. Le grondement lointain du tonnerre se fit entendre et ils se dirigèrent vers les nuages sombres à l'horizon.

Maudie et Florian rejoignirent Arthur en courant.

Le garçon regardait le corps sans vie de Welby, et toute une gamme d'émotions emplissait la moindre cellule de son corps : une profonde tristesse, du regret, de la chaleur, de l'étonnement. Et du bonheur aussi, étonnamment, quelque part dans le chagrin qui lui donnait envie de s'arracher le cœur alors qu'il songeait à la vie de Welby. Et à son père.

— Arthur, tu te souviens de moi ? bafouilla Maudie en posant une main tremblante sur son bras.

— Bien sûr que oui, répondit-il en fronçant les sourcils et en regardant disparaître les créatures dans l'orage distant. Ils ne sont pas entièrement mauvais, tu sais.

Il avait perdu sa peur des sombrants.

— Que s'est-il passé ?

— Je pense qu'il a choisi de se servir de son don. C'est comme s'ils pouvaient lire dans notre passé, voir ce qui fait de nous ce que nous sommes, nos intentions, et… je ne sais pas… il m'a donné les souvenirs de Welby… et maintenant je comprends. Je n'avais jamais pris la peine d'y réfléchir. Je me contentais de suppositions, et maintenant il est parti et…

Il enfouit sa tête dans sa main.

— Excusez-moi ? Pouvez-vous me dire où je suis ?

C'était l'un des membres d'équipage d'Eudora.

— Vous ne vous en souvenez pas ? demanda Maudie.

Il eut l'air troublé et plissa les yeux.

— Je ne me souviens pas de quoi ?

D'autres membres d'équipage sortirent de sous le pont et regardèrent autour d'eux, hébétés. Puis Eudora Vane leur jeta un regard hésitant par-dessus le bord de l'*Aurora*.

— Euh… bonjour… c'est très embarrassant. J'ai déchiré ma robe et il semblerait que j'aie oublié où je suis. Seriez-vous assez aimables pour m'aider ?

Arthur, Maudie et Florian se regardèrent, bouche bée. Vaillant avait sauté sur le cou de Maudie et tremblait à la vue d'Eudora.

— Êtes-vous… (Elle plissa les yeux, comme si elle essayait de les resituer.) Je préparais une expédition, quelque part vers le sud, je crois. Sommes-nous au sud ? J'aurais cru qu'il ferait plus frais que ça…

— Elle ne sait plus qui nous sommes, murmura Maudie. Les sombrants ont pris leurs souvenirs !

Smethwyck apparut et prit la parole dans un murmure urgent :

— Bonjour, je pense que ces gens m'ont enlevé, car je ne me souviens pas de ce que je fais ici… du tout !

Puis un Ermitage à l'air confus arriva sur le pont d'une démarche mal assurée.

— Ah, vieille branche. Je me demandais si vous pourriez m'indiquer la direction de… (Il marqua une pause et se gratta la barbe.) Peu importe.

Désormais, les autres aquaplanes avaient atteint le rivage. Harriet sauta du sien et courut jusqu'à Welby. Elle posa une main sur la poitrine du vieil homme. Ses épaules se soulevèrent lorsqu'elle prit une longue inspiration. Felicity jaugea la scène, puis elle courut jusqu'aux enfants et les enveloppa dans ses bras chauds. Au bout d'un moment, Harriet les rejoignit et ils s'étreignirent tous longuement.

Finalement, ils se séparèrent et aidèrent Tauria, Florian et Cassea à rassembler les membres d'équipage en pleine confusion. C'était étrange de voir Eudora privée de toute son autorité. Elle avait perdu sa posture assurée, et, même si Arthur et Maudie avaient du mal à y croire, il y avait même une lueur d'émerveillement dans son regard alors qu'elle contemplait le monde autour d'elle, comme si elle le voyait avec des yeux d'enfant. Ermitage et tous les autres semblaient avoir perdu plusieurs années de souvenirs.

Les sombrants avaient tous disparu dans les nuages au sud, et d'autres Érythéens arrivèrent sur leurs aquaplanes.

— L'*Aurora* n'est pas trop endommagée, dit Florian d'une voix tremblante. Je ne suis pas expert en mécanique, mais le moteur est intact, et la coque est juste sérieusement éraflée. Il y a quelques trous, mais rien qu'on ne puisse réparer.

Tauria hocha la tête.

— Nous allons retourner à Érythéa, nous regrouper et organiser toutes les réparations nécessaires. Et nous vous aiderons à vous souvenir de ce monsieur. Dans notre monde, quand quelqu'un décède, nous célébrons qui il était et le donnons à la mer. Peut-être pourrons-nous l'honorer de cette manière ?

Harriet hocha la tête.

— Oui, je pense qu'il aurait aimé ça.

Certains membres de l'équipage Vane s'allongeaient et semblaient s'endormir.

— Est-ce qu'ils vont bien ? demanda Arthur.

Tauria hocha la tête.

— Ils auront sans doute sommeil pendant plusieurs jours. Nous avons déjà vu ça chez des personnes à qui les sombrants avaient volé leurs souvenirs.

Puis elle se mit à parler en érythéen à Cassea.

— Qu'est-ce qu'ils disent? chuchota Maudie à Florian.

Elle lui posa une main sur le bras ; il tremblait toujours. Il écouta un moment.

— Elle regrette la punition qu'ils ont choisie ; elle estime qu'ils ont été trop durs, mais elle est furieuse contre Eudora à cause de ce qu'elle a fait aux ours d'eau, et elle hésite à les laisser repartir avec l'équipage Coriander, car cela pourrait mettre en péril le secret des Érythéens.

Il se tut un instant pour écouter, puis reprit d'une voix étouffée :

— Ils se demandent s'ils ne vont pas les garder ici.

— On devrait les ramener à la maison avec nous, dit Arthur, interrompant la conversation de Tauria. Ils sont confus et n'ont aucun souvenir. Ils ne représentent plus aucun danger pour vous, désormais.

L'Érythéenne le dévisagea. Elle réfléchit un instant, puis hocha la tête.

— Je pense qu'il vaudrait mieux que nous… comment dites-vous ça en lontonien ? Que nous nous lavions les mains de ce qui va arriver à cette femme. Ils vont rester hébétés un moment, et leurs nouveaux souvenirs seront fragiles, si bien que vous pourrez leur faire croire qu'ils sont seulement allés aux Stella Oceanus.

Harriet hocha la tête.

— Cependant, Ermitage Wrigglesworth devra rester ici, poursuivit Tauria. Nous en avons déjà parlé : nombre des vôtres le croient mort, et s'il revenait vivant, cela soulèverait trop de questions.

Arthur jeta un coup d'œil à Ermitage qui regardait le ciel d'un air perplexe, assis sur un rocher. Il trouvait triste que le vieil homme ne revoie probablement jamais sa ville natale.

— Je suppose que Lontown lui manquait trop, dit-il à Maudie.

Tauria les conduisit jusqu'aux aquaplanes.

— Nous allons retourner en ville pour nous reposer. L'orage pourrait tourner et apporter un nouveau déluge. Mieux vaut le devancer.

Cette fois, l'orage resta au sud et la pluie décida de garder ses distances, comme si elle savait qu'ils en avaient déjà subi plus qu'ils ne pouvaient en supporter en une journée. De retour dans sa chambre, Arthur avait beau l'appeler de ses vœux, son corps et son esprit avaient beau être meurtris et fatigués, le sommeil se refusait à lui. Il décida donc de faire une petite promenade dehors.

La nuit était aussi silencieuse que le moment entre deux respirations, et les nuages se réduisaient à de simples volutes gris colombe dans le vaste ciel bleu de minuit. Arthur s'assit au bord de la jetée et contempla le reflet du ciel qui ondulait sur la surface telle une version secrète en miroir du monde réel. Dans ce monde, peut-être que les choses étaient différentes et que Welby vivait encore. Une larme coula sur sa joue.

Perdre le vieil homme avait été un coup dur pour eux tous, et encore plus pour Arthur, à cause des souvenirs qu'il portait désormais en lui. Oui, il avait de la chance, il avait retrouvé Maudie, Harrie et Felicity, Parthena était ici, ils étaient en sécurité, le reste de l'équipage aussi. Et pourtant… pourtant, il ne s'était jamais senti aussi vide et seul depuis le moment où il avait appris la mort de son père.

Il ne voulait pas rentrer à Lontown. Il ne voulait aller nulle part.

Comme portée par le vent, une voix murmura son nom. Il se retourna, mais il n'y avait personne sur la jetée.

Puis il l'entendit de nouveau. Plus forte cette fois-ci. Et il la reconnut, bien que ce soit complètement impossible.

— *Tu es plus fort que ce que tu crois, louveteau.*

— Tuyok ? souffla Arthur.

Il contempla de nouveau la nuit indigo à la recherche de la grande forme blanche du loup télépathe. Mais alors, Maudie l'appela en remontant la jetée, Vaillant sur l'épaule.

Arthur cligna des yeux. Il avait imaginé la voix de Tuyok, évidemment.

— Est-ce que ça va ? demanda doucement Maudie.

Il haussa les épaules.

— J'ai l'impression que l'univers est cassé, et qu'il ne pourra jamais être réparé. Et au fond de moi, j'espérais que nous parviendrions d'une manière ou d'une autre à obtenir la justice pour papa. Et maintenant, voilà ce qui est arrivé à Welby, et c'est encore sa faute. Tout nous ramène toujours à cette femme, et j'essaie d'être en colère contre elle, mais…

— Je sais.

— Où que j'aille, aussi loin qu'on explore, je me sens juste tellement… perdu.

Ils entendirent un battement d'ailes et virent Parthena qui volait vers eux. Elle se posa sur l'épaule d'Arthur. Son aile lui effleura le bras.

Alors la voix s'éleva de nouveau, mais distinctement à l'intérieur de lui, cette fois-ci.

— *Tu n'es jamais seul. Aussi loin que tu sois de nous, nous marchons à tes côtés… Tu n'es jamais vraiment perdu.*

Convaincu qu'il devenait fou, il regarda Maudie, mais elle était bouche bée, stupéfaite.

— Est-ce que c'était… ? commença-t-elle avant de secouer la tête.

— Tu l'as entendu aussi ?

— Tuyok ? Tuyok !

Mais il n'y eut que le silence en réponse.

Et, même si Arthur et Maudie se sentaient encore tristes et meurtris, ils connaissaient aussi désormais un regain d'espoir, de chaleur, et d'émerveillement.

Le lendemain, ils partirent sur les aquaplanes : Maudie avec Arthur, et Felicity avec Florian. Harriet voyageait avec Tauria et Cassea sur un bateau plus gros.

Ils naviguèrent sur le fleuve jusqu'à l'estuaire sur la côte sud.

Il y avait une embarcation séparée pour le corps de Welby, tirée par le bateau du Professus Excelsis.

Après avoir vogué un petit moment dans la mer, les aquaplanes se réunirent en demi-cercle. Arthur et Maudie positionnèrent le leur à proximité de celui de Florian.

Debout sur la proue du bateau, Harriet inspira profondément avant de prendre la parole :

— William Welby était mon commandant en second depuis que je suis capitaine d'un navire volant. C'était la personne la plus loyale et la plus sincère avec qui j'aurais pu espérer naviguer, pas seulement envers moi, mais envers ma famille, et mon équipage.

Felicity renifla dans son mouchoir.

— Je ne peux pas m'imaginer naviguer sans lui, mais, comme il me l'a dit lors de ma première expédition en tant que capitaine, « Laisse les ombres derrière toi, et cherche toujours un nouveau jour à l'horizon ».

Elle jeta un coup d'œil à Arthur et Maudie tout en prononçant ces mots, et ni l'un ni l'autre ne purent respirer pendant un moment.

Harriet ferma les yeux durant plusieurs secondes, puis elle les rouvrit.

— Au revoir, cher ami.

Alors, Tauria se leva et parla en érythéen. Florian regarda Arthur et Maudie.

— Elle dit que ceux qui laissent une marque sur le Grand Large ne disparaissent jamais vraiment. Sortis de l'eau de la vie, ils retournent dans ses bras.

Dans un silence révérencieux, ils regardèrent le bateau de Welby qu'on relâchait dans la mer. Arthur s'efforça d'imaginer que le vieil homme partait simplement pour une nouvelle aventure dans des eaux inconnues.

— L'aventure attend…, dit-il dans le plus doux des murmures.

De retour en ville, alors qu'ils marchaient sur la jetée, Harriet posa la main sur l'épaule d'Arthur.

— Il a eu une belle vie… en fin de compte…

— Je pense que je comprends les sombrants, maintenant.

Elle le regarda d'un air curieux.

— Je pense que je comprends Welby aussi. Que je le comprends vraiment.

— Que s'est-il passé sur cette île, Arthur ?

— Le sombrant a fait quelque chose. Je crois… je crois qu'il a pris les souvenirs de Welby et me les a donnés. Il savait qu'ils devaient être transmis. On les croyait mauvais, les sombrants, mais ils ne le sont pas, pas vraiment, ils sont…

Qu'étaient-ils ? Il aurait été bien incapable de trouver le mot juste. Il fronça les sourcils.

— Je ne sais pas ce qu'ils sont. Ils sont compliqués.

Il y avait tant à explorer, et plus il explorait, plus le Grand Large l'émerveillait et le fascinait. Pourtant, pour chaque question à laquelle il trouvait une réponse, d'autres étaient posées, et il avait l'intuition qu'il ne comprenait rien du tout, en réalité.

— Qu'est-ce que ton cœur te dit ?

— Qu'ils ne sont ni bons ni mauvais. Qu'ils ont besoin d'une source d'énergie pour vivre, tout comme moi, ou Parthena, ou les loups télépathes. (Il haussa les épaules.) C'est juste un peu étrange qu'ils se nourrissent d'orages et de souvenirs. Mais ils ne font pas le mal pour le mal, je crois.

Harriet lui adressa un petit sourire.

— Pour eux, ce n'est que de l'énergie. Et ce n'est pas grave de ne pas comprendre certaines choses, Arthur. Accepter qu'on ne sait pas, avouer qu'on ne sait pas, c'est ce qui ouvre une voie vers le savoir.

Soudain, il se sentit coupable. Il essayait de comprendre sa propre situation alors que Harriet devait gérer un héritage dont, seulement une semaine plus tôt, elle ignorait l'existence. Et elle venait de perdre un ami qui l'avait tenue dans ses bras quand elle était bébé.

L'exploratrice contempla le plateau. Malgré tout ce qu'ils avaient vécu, il y avait toujours quelque chose de paisible chez elle, et elle dégageait toujours cette impression de force. Elle savait qui elle était et ce en quoi elle croyait.

— Je suis vraiment désolé, pour Welby, dit-il.

Elle lui sourit.

— Merci. Il t'aimait beaucoup, tu sais.

— Je sais, répondit-il doucement.

34. UN SECRET QUI MÉRITE D'ÊTRE GARDÉ

Le jour suivant, Harriet et Felicity allèrent chercher l'*Aurora* avec les Érythéens. Satisfaits par la dernière tempête, les sombrants restaient paisiblement sur leurs rochers escarpés, mais l'oiseau de feu volait tout de même au-dessus d'eux. Ils réparèrent l'hélice et parvinrent à décoller pour rejoindre le continent d'Érythéa. Les réparations reprirent et, le lendemain matin, ils se préparèrent à mettre les voiles pour partir.

Tauria, Cassea et Florian vinrent leur dire au revoir. Ils installèrent une Eudora sans mémoire ainsi que son équipage sur l'*Aurora* et leur expliquèrent qu'ils rentraient chez eux, même si aucun d'entre eux ne savait vraiment où c'était.

Maudie se tenait face à Florian.

— Je me suis arrangé pour qu'Ermitage Wrigglesworth vive dans le village dans les arbres, comme ça, je pourrai veiller sur lui et sur ma sœur.

— C'est très gentil, j'en informerai les autres, dit-elle en se rapprochant d'un pas. Merci pour tout, et pardon d'avoir été… tu sais, un peu méprisante quand je t'ai rencontré.

Il sourit. Ses yeux verts pétillaient.

— Peut-être qu'un jour tu pourras revenir ?

— Peut-être qu'un jour tu pourras venir à Lontown ?

Florian jeta un regard à Tauria, qui parlait avec Harriet.

— Ça me plairait beaucoup, murmura-t-il.

— Penses-tu qu'ils changeront un jour d'avis, pour le secret ?

Il haussa les épaules d'un air triste et regarda le sol.

— Tu vas me manquer, Maudie Brightstorm.

Elle ressentit un étrange tiraillement dans la poitrine.

— Toi aus…

Arthur, qui aidait Felicity à charger quelques dernières provisions que les Érythéens leur avaient offertes, regarda dans leur direction et toussa fortement.

— Pourrais-tu nous aider avec cette dernière caisse ?

— Euh, oui, répondit rapidement Maudie.

Elle prit le ruban dans ses cheveux et le fourra dans la main de Florian.

— Comme ça, tu seras obligé de venir à Lontown pour me le rendre.

Elle partit en vitesse.

Harriet se tourna vers Tauria et Cassea.

— Si jamais vous avez besoin d'aide de notre part, vous n'avez qu'à demander. Et si les choses évoluent, vous serez toujours les bienvenus à Lontown.

Tauria la remercia d'un hochement de tête.

— Il est temps de partir, dit Harriet.

— Une dernière chose, intervint Tauria.

Elle leur remit à chacun une bague avec l'oiseau de feu.

— Notre secret est entre vos mains.

— Nous respectons vos souhaits et nous ne vous décevrons pas, dit Harriet d'un ton solennel.

Quand Maudie tenta de poser l'ours d'eau, il gémit.

— Je ne peux pas te ramener. Tu es trop différent, ça semblera suspect. Nous devons garder le secret.

Tauria sourit et lui fit un clin d'œil.

— Je suis sûre que tu pourras inventer une histoire. Une nouvelle espèce découverte sur Nova, peut-être ?

Vaillant lui prit la main et effectua le geste pour « oui ». Le visage de Maudie s'illumina d'un immense sourire.

— On dirait bien que tu t'es trouvé un ami lucide, Maudie ! lança Arthur.

— En parlant de lucides, la pauvre Queenie doit être inquiète, tout comme le reste de l'équipage. Mettons-nous en route, dit Harriet.

Avec un dernier regard sur le paysage émeraude d'Érythéa, où la ville de Tempestra n'était qu'un point minuscule au loin, au-dessus du plateau scintillant, ils saluèrent de la main Tauria, Cassea et Florian, puis gagnèrent leurs postes et allumèrent les moteurs.

Sous la protection de l'oiseau de feu, l'*Aurora* navigua au-delà des sombrants, puis poursuivit seul son chemin jusqu'à Nova. Trois jours plus tard, ils retrouvaient le reste de l'équipage. Ils ne révélèrent pas les secrets d'Érythéa, pas même à leurs amis, bien que Gilly ne cessât de regarder Maudie et l'ours d'eau avec un sourire entendu. Harriet leur raconta qu'ils avaient trouvé l'*Aurora* sur le point de sombrer dans la mer, et l'équipage Vane déshydraté et souffrant d'épuisement mental. Ils soupçonnaient des lésions permanentes. Welby avait perdu la vie en les sauvant. Ils laissèrent à Gallus le soin de se débarrasser du *Victorieux* de la manière qui lui conviendrait et se remirent en route.

Pendant le trajet du retour, le choc de la perte de Welby pesa lourdement à l'intérieur du navire volant. Arthur s'attendait toujours à le voir apparaître à la porte, le regardant sous ses sourcils inquisiteurs. Mais l'équipage Vane les tenait bien occupés avec ses questions incessantes, tentant tous de comprendre ce qu'ils faisaient dans un navire volant au-dessus des Stella Oceanus.

Des semaines plus tard, ils arrivèrent à Lontown. Eudora Vane et son équipage furent confiés à l'hôpital de la Société Géographique. Harriet et son équipage se réunirent avec la Société et lui firent un rapport sur ce qui s'était passé, confirmant qu'Ermitage Wrigglesworth avait perdu la vie en mer au large de Nova.

Ils se rendirent ensuite chez Octavie. Elle s'excusa de n'avoir pas pu leur raconter toute l'histoire à propos d'Érythéa, mais fut extrêmement soulagée qu'ils aient été autorisés à rentrer et qu'ils partagent désormais ce secret avec elle.

— Au fond de moi, j'espérais que vous trouveriez Érythéa quand je vous ai donné la bague. Je ne pouvais rien dire, bien sûr, car j'aurais brisé le code de discrétion érythéen, mais je soupçonnais Ermitage d'avoir trouvé le chemin. Je ne voulais pas vous mettre en danger, mais je savais que l'oiseau de feu veillerait sur vous. Ce que je n'avais pas prévu, c'était que cette femme, Vane, ferait ce qu'elle a fait.

— Il semblerait que personne ne soit capable de prévoir jusqu'où elle peut aller, soupira Harriet.

— Au moins, nous sommes en sécurité maintenant qu'elle a perdu une grande partie de sa mémoire, dit Maudie.

— Nous devrons continuer à la surveiller, ainsi que les autres, pour en être sûrs, ajouta Arthur.

— Bonjour ! Vous êtes les gentils enfants qui m'ont aidée, n'est-ce pas ? demanda Eudora en se penchant en avant et en passant les mains sur son édredon en satin rose.

La chambre d'Eudora à l'hôpital de la Société Géographique avait un haut plafond et des murs d'un blanc éclatant.

— Comme c'est adorable ! Vos parents sont avec vous ?

Elle pencha la tête comme si elle s'attendait à voir apparaître d'autres visiteurs derrière eux.

Leurs ventres se serrèrent et Arthur se mordit la langue par peur de ce qu'il aurait pu dire. Il vit Maudie refermer le poing et lui posa la main sur le bras. Il se répéta pour la énième fois que ce n'était pas la même Eudora. Celle-ci n'avait aucun souvenir de ce qu'elle avait fait à leur père.

— Non, ils ne sont pas avec nous, répondit-il.

— Dommage. J'aurais aimé les remercier.

Elle sourit gentiment.

— Je suis exploratrice !

Puis elle chuchota :

— Et cet étrange insecte semble me suivre partout.

Elle fit un signe de tête en direction du rebord de la fenêtre, où Miptera était assise calmement et faisait grincer ses mandibules.

— Je crois qu'il est à moi. Il est sur mon tatouage, vous voulez voir ?

Elle releva sa manche avant qu'ils aient le temps de répondre.

— N'est-ce pas magnifique ?

Puis elle se laissa aller en arrière.

— C'est étrange, cependant. Je ne sais toujours pas ce que je faisais dans les îles Orientales.

Arthur et Maudie échangèrent un regard gêné.

— On ferait mieux d'y aller, dit la jeune fille.

— Mais vous venez juste d'arriver ! J'adorerais en savoir plus sur vous.

— Vous devez être fatiguée, et nous devons, euh… étudier et… faire des choses. Peut-être une autre fois.

Ils se levèrent et se pressèrent de rejoindre la porte.

— Revenez me voir, lança Eudora.

— C'est peu probable, marmonna Maudie entre ses dents.

Arthur se retourna pour regarder Eudora. Elle lui adressa un sourire bienveillant.

Puis elle lui fit un clin d'œil.

Il battit des paupières. Était-ce simplement un mouvement convulsif de ses yeux ? Avait-il des hallucinations ? Pourtant, quelque chose dans son sourire le perturbait. Il la regarda à nouveau.

— Surtout, revenez bien me voir, insista-t-elle, et, encore une fois, son sourire le troubla.

La porte se referma derrière eux.

Il secoua la tête pour se défaire de son malaise.

— Ça va, Arty ?

— Oui, je crois.

— Rentrons à la maison.

Tandis qu'ils tournaient dans le couloir, ils s'arrêtèrent en sursautant. Thaddeus Vane s'avançait vers eux, gravissant les marches en marbre d'un pas étudié. Il marqua une pause et posa les mains sur sa canne surmontée de diamants, et regarda d'abord Maudie, puis Arthur de ses yeux perçants. Bien qu'il soit plus bas dans l'escalier, il semblait s'élever au-dessus d'eux et remplir tout l'espace. Ses yeux les scrutaient et le garçon se sentait absolument transparent, étrangement faible en présence de cet homme impeccable.

— Les jumeaux, dit Thaddeus d'un ton neutre, mais en y mettant du sens aussi, comme s'il réfléchissait.

Arthur aurait aimé connaître le fond de sa pensée, mais il saisit le bras de Maudie et le tira rapidement pour passer devant leur grand-père et descendre l'escalier.

Harriet et Felicity les attendaient dehors.

— J'ai des nouvelles pour vous, annonça l'exploratrice en tendant aux jumeaux un dossier épais. Welby travaillait là-dessus avant notre départ. C'est pour cela qu'il disparaissait pendant des heures quand on reconstruisait l'*Aurora.*

Arthur se sentit horriblement mal de l'avoir accusé de s'esquiver.

Maudie tint le dossier et son frère l'ouvrit.

— C'est l'acte de propriété de la demeure Brightstorm, annonça Harriet d'un ton enjoué.

Arthur et Maudie en restèrent bouche bée. Une vague d'exaltation les submergeait. Puis ils se regardèrent, incrédules. Leur maison, la maison de leur père, l'endroit où ils avaient grandi et partagé tant de souvenirs. Ils posèrent à nouveau les yeux sur l'acte.

Leur maison.

Leurs regards se croisèrent encore une fois, reflétant la question qu'ils se posaient tous les deux.

— Oh ! vous n'êtes pas obligés de déménager de la rue de l'Archange ! s'empressa de préciser Harriet.

Felicity avait le front plissé, mais elle souriait.

— Si vous ne le souhaitez pas, bien entendu.

Puis elle prit la voix la plus douce qu'ils lui aient jamais entendue, comme si elle tentait de contenir quelque chose en elle qui risquait de déborder.

— Nous serons toujours votre famille, les petits jumeaux, où que vous soyez.

Arthur entraîna Maudie à part et murmura d'un air absorbé. Au bout d'un moment, elle hocha la tête et répondit en chuchotant. Ils se tournèrent face à Harriet et Felicity.

— Nous avons pris une décision. Nous aimerions faire de la demeure Brightstorm un foyer.

Harriet et Felicity hochèrent toutes les deux la tête d'un air solennel.

— Nous comprenons parfaitement…, commença la capitaine.

— Mais pas un foyer pour nous. On ne sait pas encore bien comment, mais on aimerait en faire un endroit pour les enfants sans abri des Bas-Fonds. Un havre de paix, sûr et chaleureux, pour ceux qui en ont besoin.

Harriet ouvrit grand la bouche.

— Waouh, euh… C'est fantastique !

Felicity se précipita vers eux et les serra si fort dans ses bras qu'ils durent reprendre leur souffle quand elle finit par les lâcher.

L'exploratrice les embrassa tous les deux sur la joue, puis fit un pas en arrière.

— Ça ne sera pas facile. Il vous faudra des fonds. Nous revenons malheureusement bredouilles de notre expédition, et les réserves sont plutôt à sec.

— Nous y avons pensé, dit Maudie. Nous le financerons avec mon invention du kayak volant.

Arthur acquiesça.

— Et on va…

Sa poitrine se serra soudain et il fut incapable de continuer. Maudie lui posa un bras sur les épaules.

— On l'appellera la demeure Welby.

Harriet se mordit la lèvre et prit plusieurs inspirations avant de reprendre la parole :

— Eh bien… Vous continuez de me surprendre et de m'impressionner, tous les deux.

Ils tournèrent le dos à l'hôpital et s'éloignèrent dans la rue.

— Il semble que nous ayons un peu de travail à faire avant de partir pour notre prochaine expédition.

— Tant mieux, dit Felicity. Mes pieds auraient bien besoin d'un peu de repos.

— Mais pas trop longtemps, intervint Arthur, qui éprouvait déjà ce picotement particulier dans le ventre, celui qui le poussait à bouger, à explorer plus avant le Grand Large, et en découvrir plus sur lui-même.

Harriet lui pressa l'épaule.

— Non, pas trop longtemps. Allez. Rentrons.

Ils traversèrent la place grouillante de Lontown, remplie de badauds vaquant à leurs occupations.

— C’est étrange, dit Maudie. Tous ces gens à Lontown qui ignorent complètement l’existence de vous-savez-quoi…

Arthur hocha la tête et glissa son bras sous celui de sa sœur.

— C’est vrai. Mais, tu sais quoi ? Je pense que certains secrets méritent d’être gardés.

Cet ouvrage a été mis en pages par IGS-CP
à L'Isle-d'Espagnac (16)